## Das Buch

Valérie Tasso kennt keine Hemmungen. Seit sie mit fünfzehn ihr Faible für Sex entdeckt hat, nimmt sie mit, was sich bietet – in allen Konstellationen. Gleichzeitig brennt in ihr die Sehnsucht nach echter Liebe. Doch vom ersten »Mann ihres Lebens« wird sie bitter enttäuscht, zudem verliert sie ihren hochdotierten Job. Verschuldet und desillusioniert landet sie in einem Edelbordell. Dort erlebt sie den spannenden, immer wieder verblüffenden Alltag einer Prostituierten – bis sie endlich auf jemanden trifft, der sie wieder an die Liebe glauben lässt.

## Die Autorin

Valérie Tasso, gebürtige Französin, lebt seit 1992 in Barcelona. Nach ihrem Studium des Business Management arbeitete sie in verschiedenen internationalen Unternehmen. Später verdiente sie für einige Zeit ihr Geld als Edelprostituierte. Das *Tagebuch einer Nymphomanin* war ihr Debüt als Autorin und stand monatelang auf der spanischen Bestsellerliste.

Valérie Tasso

# Tagebuch einer Nymphomanin

Aus dem Spanischen von
Silke Kleemann und Robert Schoen

Ullstein

Besuchen Sie uns im Internet:
www.ullstein-taschenbuch.de

Neuausgabe im Ullstein Taschenbuch
1. Auflage Februar 2012
© für die deutsche Ausgabe Ullstein Buchverlage GmbH, Berlin 2005
© Valérie Tasso 2004
© Random House Mondadori S. A. 2004
Titel der spanischen Originalausgabe: Diario de una ninfómana
(Plaza Janés/Grupo Editorial Random House Mondadori)
Umschlaggestaltung: ZERO Werbeagentur, München
Titelabbildung: © FinePic®, München
Gesetzt aus der Sabon
Papier: Holmen Book Cream
von Holmen Paper Central Europe, Hamburg GmbH
Druck und Bindearbeiten: CPI – Ebner & Spiegel, Ulm
Printed in Germany
ISBN 978-3-548-28398-2

# Inhalt

**Der 1200-Meter-Lauf** 9
Die aphrodisische Kraft von Coca-Cola 15
Das Treffen mit Cristián 28
Ich gehe auf Reisen 47
Schweißtreibende Tropen 64
Scherereien 73
Die 180-Grad-Wendung 85
Lebensstücke 94
Der Polizist 106
Der Streit 109

**Im Bett mit meinem Feind** 113
Das Vorstellungsgespräch 118
Die Falle 124
Unser Liebesnest 135
Ich finde Arbeit 141
Scherben 147
Die Pfändung 156
Eine Suite für zwei 158
»Mein Vater ist gestorben …« 163
Besessen von der Zeit 168
Der Vertrag 174
Das Schlimmste kommt erst noch 178
Mein Geschenk zum Valentinstag 181
Das dicke Ende 189

**Das Haus** 193
Es gibt immer ein erstes Mal 198

| | |
|---|---|
| Miss Sarajevo | 216 |
| Augen auf! Wir werden überwacht | 223 |
| Manolo, der Fernfahrer | 239 |
| Der Schwamm | 243 |
| Politisch unkorrekt … | 249 |
| Der Walzer des Marquis de Sade | 257 |
| Im Auge des Objektivs | 264 |
| Plastisch ist phantastisch … | 269 |
| Heute lade ich ein … | 278 |
| Ausnahmezustand | 281 |
| Fluktuation | 287 |
| Die erste Begegnung mit Giovanni | 289 |
| Der Mann aus Glas | 292 |
| Wie ist er und wo hat er sich in dich verliebt? | 295 |
| Der Arbeitsunfall | 297 |
| Sesam, öffne dich! | 300 |
| Partnertausch | 307 |
| **Mein Schutzengel** | 313 |
| Odyssee in Odessa | 317 |
| Die Häutung zum Jahrhundertwechsel | 327 |
| Die Rettung | 332 |
| Und nun? | 334 |
| DANKSAGUNG | 336 |

*Für Giovanni*

# Der 1200-Meter-Lauf

*Kein Date ist wie das andere ...*

Ich verlor meine Unschuld im Morgengrauen des 17. Juni 1984, um zwei Uhr, sechsundvierzig Minuten und fünfzig Sekunden. Einen solchen Moment vergisst man nie, nicht im zarten Alter von fünfzehn Jahren.

Es geschah in einem Bergdorf, während der Ferien, die ich im Haus der Großmutter meiner Freundin Emma verbrachte.

Der Ort schmeckte nach Ewigkeit und er gefiel mir auf Anhieb, so wie die Jungs, mit denen wir unterwegs waren. Einer von ihnen faszinierte mich besonders: Edouard.

Das Haus von Emmas Großmutter hatte einen wunderschönen Garten und lag direkt an einem kleinen Bach, der uns in der Hitze dieses Sommers erfrischte. Am gegenüberliegenden Ufer gab es eine Wiese, und weil es regelmäßig regnete, stand das Gras hoch. Emma und ich verbrachten ganze Nachmittage dort. Wir lagen einfach nur da und plauderten mit den Jungs, dabei drückte das Gewicht unserer knospenden Körper das Gras zu Boden. Nachts kletterten wir heimlich über die Mauer, trafen uns wieder mit ihnen und flirteten, was das Zeug hielt.

Ich habe Emma nie erzählt, was wirklich passiert ist. Edouard hatte mich in jener Nacht mit zu sich nach Hause genommen. Ich spürte gar nichts, ich schämte mich nur, weil es nicht blutete. Außerdem hatte ich ständig das Gefühl, ins Bett gemacht zu haben. Ich bin dann einfach abgehauen. Glücklicherweise machte die Klospülung einen Höllenlärm, so dass er meine Schritte auf der Treppe nicht hören konnte.

Elf Jahre später habe ich Edouard wiedergetroffen, in einem Hotel während einer Konferenz in Paris. Wir versteckten uns auf der Herrentoilette und versuchten die alten Zeiten wiederzubeleben – vielleicht, weil wir nicht erwachsen werden wollten, oder einfach nur aus Nostalgie. Natürlich machten wir uns was vor, und wieder war es die Klospülung, die der Sache ein Ende bereitete, diesmal für immer. Leb wohl, Edouard.

Auf das erste Mal folgten die Schuldgefühle, die ich dadurch zu vergessen oder zumindest in den Griff zu bekommen versuchte, dass ich es wieder und wieder trieb, bis ich endlich volljährig wurde. Nicht, weil sich mein frühreifer Körper so danach gesehnt hätte – es war eher so eine Art Experimentierlaune, im Grunde reine Neugier.

Anfangs glaubte ich, Mutter Natur hätte mich mit überbordender Sensibilität ausgestattet, auf die ich eben mit dem Körper reagierte. Das glaubte ich so lange, bis ich mich Ende der Achtziger an der Uni einschrieb.

Während dieser ersten Semester konzentrierte ich mich dann tatsächlich mehr auf mein Studium als auf das andere Geschlecht. Mein Ziel war es, in den diplomatischen Dienst aufgenommen zu werden. Gegen Ende der Uni-Laufbahn musste ich meine Fächerkombination dann allerdings noch mal wechseln und machte ohne viel Aufwand einen Abschluss in Angewandten Fremdsprachen und Wirtschaft.

Zu Hause hat man immer versucht, mir gute Manieren beizubringen, den richtigen Ton zur richtigen Zeit und so weiter – alles in allem sehr traditionell, aber wirklich miteinander geredet haben wir eigentlich nie. Das hatte zur Folge, dass ich meine wahren Gefühle immer mehr versteckte. Ein anständiges Mädchen wie ich konnte seinen

Eltern zum Beispiel unmöglich erzählen, dass es schon so früh debütiert hatte.

In meinem letzten Semester nahm ich meine sexuellen Aktivitäten wieder auf. Mir war klar geworden, dass ich etwas an mir hatte, was auf bestimmte Typen eine besondere Wirkung ausübte. Ich war eine Art Magierin und suchte in jeder Ecke der Stadt nach neugierigen Zauberlehrlingen, nach Männern mit Pfiff. Nach Liebhabern, deren pulsierende Äderchen sich unter der Haut abzeichnen. Das finde ich sexy, ich fühle gerne am Handgelenk ihren Puls. Kavaliere, die dem sanften Kratzen der Feder auf einem weißen Blatt Papier lauschen und die es erregt, wenn sich ein Schwall schwarzer Tinte auf den eben noch jungfräulichen Bogen ergießt. Wesen, die wissen, aus welchem Stoff die Luft besteht – so wie ich es weiß –, und die die Farben kennen, mit denen die Welt gemalt ist. Leute, die der Geruch eines verstopften Klos, in irgendeiner Disco, morgens um vier, an die Vergänglichkeit unserer Existenz denken lässt.

Menschen, bei denen ich spüre, dass ich lebe.

Ich weiß, dass diese Suche im Grunde nichts anderes war als der Ausdruck einer schrecklichen Krankheit: des Schweigens. Der Einsamkeit. Des Fehlens wirklicher Kommunikation. Ich beschloss also, meine Erfahrungen einem Tagebuch anzuvertrauen – für mich die einzige Möglichkeit, mich hinzugeben und mitzuteilen. Etwas, das ich zuvor auf die allernatürlichste Art und Weise versucht hatte: durch das Sprechen. Aber damit war ich gescheitert, denn die Wörter flossen zwar, aber sie hatten keinen Kontakt zu dem, was ich eigentlich sagen wollte. Ein Unding, so was, erst recht für eine angehende Diplomatin.

Wirklich und wahrhaftig redete ich mit dem Körper:

einem Schwung meiner Hüften, einem Augenaufschlag. Da bekam ich dann ein »Ja« als Antwort auf einen Blick oder das Befeuchten der Lippen, ein »Nein« für das Falten der Hände – das war die Sprache, die ich verstand.

Einigen Männern gefällt es, wenn die Frau beim Sex redet. So etwas habe ich nie besonders gut gekonnt; ich hab das nie so hingekriegt und bin damit oft angeeckt bei den Männern. Selbst wenn sie anerkennen mussten, dass ich eine gute Liebhaberin war, sind viele nach dem ersten Mal nicht mehr wiedergekommen, denn ihnen fehlte die Kommunikation. »Was weißt du denn schon, was es heißt, wirklich miteinander zu reden?«, rief ich manchmal, wenn ich sie rausschmiss und die Tür hinter ihnen zuknallte.

Aber ich begriff, dass jeder Mensch sich nun mal danach sehnt, den Dingen einen Namen zu geben, sie für sich mit Worten fassbar zu machen. Sie glauben wirklich, so die Welt begreifen zu können. Mir dagegen wurden die Worte immer gleichgültiger. Meine Sprache war der Körper.

Wenn ihr mir einen Namen geben wollt, bitte! Von mir aus! Aber eins müsst ihr wissen: Ich bin eine Nymphe. Eine Nereide, eine Dryade. Oder doch einfach nur eine Nymphe.

# Die aphrodisische Kraft von Coca-Cola

*20. März 1997*

Heute hat mich Hassan im Büro angerufen. Dieser Hassan ... Seit zwei Jahren habe ich nichts mehr von ihm gehört.

»Altes Luder«, so hat er mich begrüßt, »einfach abzutauchen! Aber du siehst, mir entkommst du nicht so einfach. Hör zu, ich bin diese Woche für die Redaktion in Barcelona. Ich würde dich gerne sehen.« Mensch, Hassan!

Wir waren zwei Jahre zusammen (nicht am Stück) und er hatte (hat noch immer?!) eine Vorliebe dafür, mir leere Colaflaschen in die Scheide zu stecken, diese Viertelliterdinger. Erst musste ich sie austrinken und dann ... Keine Ahnung, warum er ausgerechnet auf Coca-Cola so abfährt – besser gesagt auf das Leergut. Ich vermute, das hat irgendwas mit seinem Schwanz zu tun, der ehrlich gesagt weder von der Form noch von der Geschicklichkeit her besondere Qualitäten aufweist.

Sieht man mal vom Sex ab, haben wir eigentlich nie viel miteinander geredet. Okay, wir mochten beide den *Kleinen Prinzen* von Saint-Exupéry, und wir überlegten uns, wie eine wirkliche Romanze aussehen müsste. Aber ich wusste immer, dass er nicht meine große Liebe ist. Er ist Marokkaner und ich bin Französin. Und irgendwie hatte ich immer das Gefühl, vor allem deswegen seine Geliebte zu sein, weil es ihm Spaß machte, mit mir Frankreich und den ganzen Kolonialismus kräftig durchzuvögeln.

Also heute kein Sex, aber immerhin ein Anruf und verlockende Aussichten ...

## 22. März 1997

Als ich heute aus dem Haus gegangen bin, habe ich auf der Straße einen Typen aufgegabelt. Es hat genau zwei Blicke gedauert, dann war klar: Wir machen's. Als wir in dem Aparthotel in der Via Augusta ankommen, nimmt er mich auf den Arm und trägt mich wie ein Porzellanpüppchen ganz vorsichtig durchs Zimmer, bis in die Küche. Da setzt er mich ab, auf der Arbeitsplatte aus Marmor. Zuerst traut er sich gar nicht, mich anzufassen. Aber dann zieht er mir das verschwitzte Top aus und vergräbt sein Gesicht darin. Er atmet tief ein und schnuppert genüsslich an dem Top, Zentimeter für Zentimeter, Faden für Faden. Immer intensiver. Ich muss ihn richtig anstarren und amüsiere mich heimlich ein bisschen über diesen Fetischismus – damit habe ich nicht gerechnet. Er hat jedenfalls Schweißtropfen auf der Stirn, wie kleine Perlen, die aufblitzen, um kurz darauf in seinen Augenbrauen zu verschwinden. Ich nähere mich ihm ganz sanft, und meine Zunge wandert über seine Brauen, ich trinke sie aus. Ich spüre seinen Atem an der Wange, der Rhythmus ist stockend. Die Erregung durchzuckt meinen Bauch, die Muskeln tanzen in den Oberschenkeln – ich kann nichts dagegen tun, mein Körper macht, was er will. Ich bin ganz durcheinander, mein Körper schreit nur so danach, dass ihm die Haut abgerissen wird, um mit diesem Unbekannten verschmelzen zu können ... er bückt sich und pirscht sich unter meinem Rock an das Höschen heran. Klar, denke ich, runter damit. Aber nein, er hebt den Rock nur hoch, schiebt den Slip ein bisschen zur Seite und nimmt mich so. Dabei schaut er mir die ganze Zeit in die Augen, fast analytisch, beobachtet meine Mimik, den Ausdruck meines Gesichts.

Als wir uns auf der Straße verabschieden, will ich ihn nicht nach seiner Telefonnummer fragen. Er macht auch keine Anstalten, sie mir von sich aus zu geben. Es liegt mir ohnehin nicht, Begegnungen dieser Art mit Versprechungen auf ein Wiedersehen zu verwässern. Die Wiederholung langweilt mich. Ich treffe lieber irgendwo auf der Straße einen anderen.

*23. März 1997*

Heute kommt Hassan nach Barcelona. Wir verabreden uns im Hotel Majestic.

»Du kommst um 19 Uhr, fragst an der Rezeption nach dem Schlüssel und gehst direkt hoch. Ich komme etwas später nach. Und: Diskretion! Ich werde mit meinen Leibwächtern unterwegs sein, also ... na ja, du weißt schon«, sagt er mir morgens am Telefon.

Fünf Minuten vor der Zeit bin ich bereits im Hotel. Ich lasse mir den Schlüssel geben und nehme den Aufzug. Ein paar aufgedunsene ausländische Geschäftsmänner zerquetschen mich fast beim Hochfahren. Mir wird schon schlecht beim bloßen Anblick solcher cholesterinbeladenen Fleischmassen. Ein erfülltes Sexualleben können die nicht haben! Und wenn du es doch mal mit so einem treibst, bist du hinterher klitschnass, weil er schwitzt wie ein Schwein.

Ich steige aus und spüre, wie mich die Kerle von der

Hüfte abwärts mit ihren Blicken auffressen. Vor allem mein Hintern scheint es ihnen angetan zu haben. Ja, ja, macht nur weiter so! Dann nehm ich euch alle mit aufs Zimmer, obwohl ich eigentlich wirklich was Besseres zu tun habe.

Ich schließe die Tür auf und ziehe als Erstes die Vorhänge zur Seite, um etwas Licht reinzulassen. Dann gehe ich zur Mini-Bar: Weg mit den Cola-Flaschen! Ich bin heute nicht in der Stimmung für irgendeine S/M-Nummer, noch nicht mal mit Cola light. Stattdessen bin ich zu einem Striptease mit einem gewagten Bauchtanz bereit, ganz ohne Schleier.

Vor einem Date bin ich immer furchtbar nervös. Auch diesmal. Ich schalte den Fernseher an und zappe so lange im Rhythmus meines Herzschlags, bis ich einschlafe. Das Geräusch der Tür weckt mich. Er ist es.

»Du bist ja noch gar nicht ausgezogen!«, sagt er in vorwurfsvollem Ton.

Mein geplanter Strip ist damit natürlich geplatzt. Er besorgt es mir auf dem Teppich, schweigend, das hat er noch nie gemacht. Wir wechseln mehrmals die Stellung, als wollten wir die Unbequemlichkeit des Bodens teilen. Die Härchen des Teppichs kitzeln. Ich muss an die Millionen von Milben denken, die wir gerade zerquetschen; allein der Gedanke bringt mich dauernd zum Niesen. Hassan befreit mich von diesem Milbenbiotop und er leckt mich, am ganzen Körper. Wie viel Zeit er sich nimmt, um es mir schön zu machen! Und wie er sich selbst dabei vergisst! Das ist das Besondere an ihm: Wir treffen uns nach Urzeiten und keiner meint, ewig quatschen zu müssen. Langsam glaube ich, dass manche Menschen wie guter Wein sind: Sie reifen mit den Jahren.

»Du erinnerst mich an eine Exfreundin von mir, eine Schauspielerin«, sagt er und streichelt meine Haare, nachdem er seinen Samen auf meinen Bauch vergossen hat. »Die hat mir immer gesagt: ›Hassan, du hast keine Ahnung, wie viel laufende Schwanzkilometer ich gelutscht habe, um berühmt zu werden!‹«

Und dann lacht er.

»Eine Schauspielerin aus Marokko?«

Er nickt und nimmt noch einen kräftigen Zug von seiner Zigarette, um sie mir anschließend zwischen die Lippen zu stecken. Ich hab es zwar noch nie leiden können, den abgelutschten Filter von irgendjemandem in den Mund zu nehmen, aber was soll's.

»Das ist ja 'n Ding! Okay, in Europa kann ich mir das schon vorstellen, aber in Marokko?! Und … was hat das mit mir zu tun?«, frage ich ihn, halb im Ernst und halb im Spaß, den Kopf auf den linken Ellenbogen gestützt.

»Gar nichts. Du erinnerst mich einfach an sie. Keine Ahnung. Mir ist eben ihr Gesicht in den Sinn gekommen.«

Ich blase ihm einen und stelle dann folgende Rechnung auf: Wenn das durchschnittliche Glied eines Mannes zwölf Zentimeter lang ist, dann muss ich es mit 10 000 Männern machen, um gerade einmal auf mickrige 1,2 Kilometer zu kommen. Oder auch 10 000 Mal mit demselben Mann, wobei mir diese zweite Option nicht sonderlich reizvoll erscheint. Es ist verdienstvoller, 10 000 Männer zu beglücken. Ich bleibe bei dieser Hypothese.

»Hut ab vor deiner Freundin, Hassan!«

»Wieso?«, fragt er mit gespreizten Beinen, seine Hände liegen noch auf den Hoden.

Ich zucke mit den Achseln und gehe ins Bad. Ich fühle mich klebrig, wische den Samen, der über meinen ganzen

Körper verteilt ist, mit Toilettenpapier ab und springe dann unter die Dusche.

Ich habe keine Lust, über Nacht zu bleiben. Morgen muss ich früh raus, mich in Schale werfen und zu einer wichtigen Sitzung gehen. Nachdem mein Liebhaber eingeschlafen ist, schleiche ich hinaus. Ich stehle mich immer davon wie eine Katze.

10 000 Männer. Nun ja, eines Tages werde ich meine Bilanz ziehen.

## 25. März 1997

»Kommst du mit mir nach Madrid?«, fragt mich Hassan. »Ich darf dieses Treffen im Palast von Zarzuela auf keinen Fall versäumen. Und es wäre gut, wenn du mir hilfst, wenigstens mit der Übersetzung der Artikel zu dem Treffen.«

Ich zögere erst ein bisschen, sage dann aber zu. Nachdem ich telefonisch ein Zimmer im Hotel Ángel reserviert habe, nehmen wir die Abendmaschine. Hoch über den Wolken fängt er hemmungslos an, meine Beine zu streicheln. Nebenbei liest er die Tageszeitungen. Ich merke, wie die Passagiere neben uns allmählich unruhig werden, also öffne ich die Beine noch weiter, damit seine Hand mehr Bewegungsfreiheit hat. Die Leute schauen entrüstet zur anderen Seite. Das eine oder andere Hausmütterchen versucht aus den Augenwinkeln einen Blick zu erhaschen. Aber sobald sie sehen, dass ich zurückschaue, wenden sie sich wieder ab. Diese Heuchelei hat mich schon immer genervt. Einerseits laufen die Leute vor Entsetzen rot an, andererseits fallen ihnen vor lauter Gaffen fast die Augen aus dem Kopf.

Als wir im Hotel ankommen, gibt mir Hassan zu verstehen, dass er mich im Badezimmer nehmen möchte. Die Idee gefällt mir. Wir sitzen in der Wanne, das Wasser läuft mir über den Rücken, ihm über die Beine. Mit der Seife massiert er meine Scham. Dann legt er seinen Arm um mich und seift mir auch die Brustwarzen ein. Er spielt mit ihnen und zeichnet mit kreisenden Bewegungen ein mir unsichtbares Bild. Das Wasser und der Schaum wirken bei mir sofort. Hassans Bewegungen werden schneller, bis ich meine Hand nach hinten schiebe und seinen Penis an den angestammten Platz befördere. Er dringt hart in mich ein und nach fünf Minuten kommen wir beide.

## 26. März 1997

Während Hassan mit seinem Thronfolger auf dem Meeting ist, versuche ich Víctor López ausfindig zu machen. Er arbeitet in einem Bürogebäude in der Nähe des Hotels. Víctor und ich haben uns in Santo Domingo kennen gelernt, wo wir uns an den Wochenenden unter fremden Blicken am Strand von Playa Bávaro schamlos liebten. Unter der Woche war ich in Santo Domingo und er in Santiago de los Caballeros, wir waren also immerhin 400 Kilometer auseinander. Ich habe Lust, ihn jetzt zu sehen, denn ich langweile mich alleine auf meinem Zimmer.

»Wer spricht da?«, fragt die Sekretärin barsch. Bestimmt ist sie in den Chef verliebt, wie so viele, und stellt nur widerwillig durch, vor allem, wenn eine Frau in der Leitung ist. Noch dazu, wenn die Stimme verführerisch klingt.

»Ich bin eine Freundin von Víctor«, antworte ich freundlich, um sie nicht weiter zu ärgern.

»Er ist im Augenblick leider nicht zu sprechen. Aber wenn Sie mir Ihre Nummer geben, sage ich ihm, dass er sie zurückrufen soll.«

Wenn du ihm meinen Anruf nicht ausrichtest, kannst du was erleben, denke ich mir.

Eine Stunde später ruft Víctor an.

»Ich glaub's nicht! Wo zum Teufel treibst du dich gerade rum?«, fragt er, ganz aus dem Häuschen.

»Ich habe deiner Sekretärin meine Handynummer gegeben, um dich ein bisschen aufs Glatteis zu führen. Ich bin nämlich ganz in deiner Nähe, Víctor.«

Mein geheimnisvoller Ton scheint ihn neugierig zu machen.

»Ach ja?«

Ich merke seiner Stimme an, dass er zu gerne wissen möchte, wo ich mich gerade aufhalte.

»Komm, sag schon, wo bist du?«

»In Madrid. Im Hotel Ángel. Aber ich bin in Begleitung. Wir könnten allenfalls einen schnellen Kaffee zusammen trinken.«

»Tu mir das nicht an! Ich muss dich einfach zum Abendessen sehen. Kaum tauchst du auf, bist du schon wieder weg. Ob ich dich jemals länger als eine Stunde sehe?«

Víctor ist offensichtlich enttäuscht.

»Vielleicht kann ich wirklich mit dir essen gehen, aber das hängt nicht von mir alleine ab. Möglicherweise hat der Mensch, mit dem ich hier bin, heute Abend ein Geschäftsessen. Lass uns einen Kaffee trinken und dann sehen wir weiter, okay?«

Ich lege auf und gehe ins Bad, um mich etwas frisch zu machen. Ich nehme eine Jacke über den Arm, beschließe dann aber spontan, mir eine Zigarette anzuzünden. Rauchend setze ich mich auf das Sofa. Ich muss Zeit schinden, denn ich hasse es, zuerst zu einer Verabredung zu kommen. Dabei fällt mir Víctors Gerät ein. Wie war sein Geruch? War Víctor gut im Bett? Mir schwirren ein paar Bilder durch den Kopf. Ich hab's! Die Missionarsstellung! Die vor allem. Na ja, ich bezweifle sowieso, dass es heute dazu kommt.

Ich drücke die Zigarette aus und mache mich auf den Weg. Es ist an der Zeit. In der Lobby schaue ich mich um, ob er schon da ist.

Plötzlich umfasst mich jemand von hinten, so, dass ich mich nicht umdrehen kann. Und schon hält er mich in den Armen. So bleiben wir ein paar Minuten vor den Empfangsdamen stehen, die verstohlen vor sich hin kichern und so tun, als würden sie arbeiten. Nach dieser endlosen Umarmung nimmt er mein Kinn in die Hand, hebt meinen Kopf, blickt mir in die Augen und haucht mir zwei Küsse auf die Wangen.

»Weißt du, wie ich mich freue, dich zu sehen? Ich dachte, du wärst irgendwo in der Weltgeschichte unterwegs, Verträge unterschreiben. Arbeitest du noch für dieselbe Firma?«

»Ja. Aber es ist einiges los bei uns und ich habe keine Ahnung, wie es weitergeht. Jedenfalls stehen in den nächsten sechs Monaten zwei Reisen an, um die ich wohl nicht herumkomme. Nächste Woche besuche ich für ein paar Tage meine Großmutter in Frankreich und dann geht's weiter nach Peru und Mexiko. Ich habe wenig Lust, mir ständig den Kopf über die Firma zu zerbrechen. Ich fahr erst mal los, und wenn ich zurückkomme, sehen wir weiter.«

»Und was führt dich nach Madrid? Auch Geschäfte?«

»Nicht wirklich. Ich habe ein paar Tage freigenommen, um einen Freund zu begleiten. Er ist Chefredakteur bei einer Zeitung und berichtet über ein Diplomatentreffen, das hier stattfindet.«

Offensichtlich befriedigt ihn die Antwort nicht ganz.

»Na, da ist doch noch was. Komm schon, raus mit der Sprache.«

Ich setze meine Erklärung fort.

»Also, was ich dir noch nicht erzählt habe, ist, dass dieser Herr und Freund gewisse Hoheitsrechte bei mir hat. Aber das überrascht dich doch bestimmt nicht, oder?«

»Das ist die Frau, die ich kenne! Genau so gefällst du mir! Na, komm schon, spuck's aus! Du bist der einzige Mensch, mit dem ich über solche Sachen tabulos und ohne Vorurteile reden kann. Wie ist es mit ihm?«

Die Neugier hat ihn gepackt. Im Grunde ist Víctor immer sehr verklemmt gewesen, locker konnte er nur bei mir sein.

»Ich werde nicht ins Detail gehen. Ich sage nur so viel: Gut. Obwohl – es könnte besser sein.«

»Besser? Wie? Na los, komm mit. Ich lade dich auf einen Drink in die Bar ein und du erzählst«, legt er los, in der Absicht, alles über mich und Hassan zu erfahren.

Am Ende hat er dann gar nichts erfahren, denn ich habe noch nie gerne mit meinen Affären geprahlt. Vor allem dann nicht, wenn es sich um eine Person des öffentlichen Lebens wie Hassan handelt. Man weiß nie. Ich habe über ein paar Details von diesem und jenem geplaudert, Hassan aber aus dem Spiel gelassen.

In den zwei Stunden, die wir uns unterhalten, lenke ich das Gespräch in der Hauptsache auf Víctor und sein Leben.

Als ich aufs Zimmer komme, ist Hassan zu meiner Überraschung im Bad.

»Was machst du denn schon hier?«, frage ich ihn.

Er antwortet mit einer Gegenfrage, sichtlich verärgert.

»Wo warst du?«

In dieser Nacht schlafen wir nicht miteinander. Er gab vor, müde zu sein, aber in Wirklichkeit war das seine Strafe dafür, dass ich meine Aufmerksamkeit augenscheinlich auf etwas oder jemand gerichtet hatte, das nichts mit ihm zu tun hatte.

## 27. März 1997

Hassan hat das Hotel heute früh verlassen. Er musste zu einer Pressekonferenz im Palast von Zarzuela. Beim Anziehen ging er die Fragen noch einmal durch, die er sich auf einem Zettel notiert hatte. Ich überlegte unterdessen, was ich mit dem Tag anstellen könnte. Am Ende war es dann weder Shopping noch Prada noch sonst was in der Richtung. Dafür habe ich vier Erlebnisse der sexuellen Art gehabt. Zwei am Vormittag, zwei am Nachmittag. Das perfekte Gleichgewicht.

Das erste Mal war in der Metro. Ein Typ betatschte meinen Hintern unter dem Vorwand, dass der Wagen so voll sei und er nicht wisse, wohin mit seinen Händen. An der nächsten Station stiegen wir aus und gingen zum nächsten Passfotoautomaten, wo ich lustvoll sein heißes Geschlecht bearbeitete.

Das zweite Mal gegen ein Uhr mittags. Ich hatte mir gerade ein Sandwich gekauft und wollte es im Retiro-Park essen, unter einem Baum in der Nähe des Kristallpalastes, inmitten von Eichhörnchen, die ein bisschen wie gebückte haarige Männlein aussahen. Da kam ein Mann auf mich zu und fragte, ob ich für Geld mit ihm schlafen würde. Das Geld habe ich abgelehnt, war aber einverstanden, unseren Körpern Freude zu schenken. Geld ist mir egal. Ich war ja immer auf alles neugierig, aber diese Art von Geschäft hat mich nie interessiert. Außerdem habe ich keinen Preis. Es gab nicht viel Körperkontakt zwischen uns. Trotz meiner Konzentration auf die harte Arbeit war ich immer auch mit einem Auge bei den Leuten, die durch den Park gingen. Ich hatte nämlich keine Lust, in Begleitung von zwei Beamten auf einer Wache zu enden.

Am Nachmittag gab's dann in meinem Hotelzimmer noch einmal eine Verabredung mit Víctor. Ich wusste, dass Hassan erst sehr spät zurückkommen würde, und gönnte mir daher ein wenig Zeit, um die Gesellschaft meines Freundes zu genießen. Wir erinnerten uns an Santo Domingo, und ohne groß zu fragen, drückte er mich an sich. Wir verschmolzen in einem Kuss, der einiges von dem verhieß, was noch kommen sollte. Ich zog ihm zärtlich das Hemd aus und entblößte einen Oberkörper, der sich durch berückend üppige Vegetation auszeichnete, ein Wald, der eine Hitze ausstrahlte, die nichts anderes war als die Reaktion seines Begehrens auf mich und meinen Körper. Er tat es mir gleich, entledigte mich meiner Bluse, griff an meine Brust (die wie immer in einen viel zu kleinen BH gepresst war, damit das Ganze ein bisschen fester wirkte) und zeichnete auf meinem Busen die Form eines Kelches nach. Dann ließ er mich sanft aufs Bett fallen, stützte aber mit der Hand meinen Nacken, damit der Kopf nicht nach hinten schlagen konnte. Er bedeckte meine Beine mit Küssen, berührte sie sanft mit seinen feuchten Lippen, und die

Stille des Raums war angefüllt vom Geräusch eines gierigen Mundes auf meiner Haut. Meine Erregung erreichte den Gipfel, als seine Zunge mein Geschlecht umkreiste, ohne in ihr Ziel einzutauchen. Dieses Sich-Verlieren im Anderen war so wunderschön, dass wir es gleich noch einmal wagen wollten. Diesmal ergriff ich die Initiative. Ich wusste, dass ihm das gefallen würde, und tatsächlich ließ er sich nicht lange bitten.

Als Hassan am Abend zurückkommt, liege ich auf dem Bett und sehe fern. Er merkt nichts und schöpft auch keinen Verdacht. Aber seine Laune ist noch genauso schlecht wie am Vorabend. Er teilt mir mit, dass er am nächsten Tag nach Marokko fliegen müsse und dass wir uns am Flughafen verabschieden würden.

# Das Treffen mit Cristián

*28. März 1997*

Wir sind schon frühmorgens in Barajas. Hassans Abschied ist hastig und kalt, denn er zeigt seine Gefühle nicht gern in der Öffentlichkeit. Das ist wohl kulturell bedingt. Ich weiß nicht, wann ich ihn wieder sehen werde. Ich habe ihn auch nicht danach gefragt. Dann nehme ich den Flieger, der mich einem stressigen Tag in Barcelona entgegenträgt. Später am Abend habe ich noch eine Verabredung: Der Direktor einer Bankfiliale, dem ich irgendwann mal meine Karte in die Hand gedrückt hatte – mit handschriftlich angefügter Privatnummer –, lädt mich zum Abendessen ein. Ich hätte nie gedacht, dass er mich wirklich anrufen würde, nun, er hat es getan.

Der Abend will optimal vorbereitet sein. Nach der Arbeit beginne ich mit dem üblichen Ritual vor einem Rendezvous. Ich springe unter die Dusche. Mein Sandelholzduschgel von Crabtree & Evelyn ist für solche Anlässe erfahrungsgemäß bestens geeignet. Ich liebe diesen Duft, weil es heißt, Sandelholz wecke durch seine aphrodisische Wirkung das Begehren. Das sanfte Holzaroma berauscht die Haut und hypnotisiert mich fast ein wenig. Das Gel fließt in meine Hand und ich verstreiche es auf Beinen und Füßen. Ist der ganze Körper damit bedeckt, kommt die Zeit für eine kleine Zigarettenpause, damit das Sandelholzparfum tief in die Poren eindringen kann. Nach dem Abduschen verwende ich als Finish eine Lotion mit demselben Duft.

Ich ziehe mich an: ein smaragdgrünes Abendkleid mit durchsichtigen Strumpfhosen und hochhackigen Schuhen. Dabei denke ich an den Moment vor dem Treffen, vibrierend vor Lust und Spannung – definitiv das Aufregendste an dem Ganzen. Deshalb habe ich auch nicht die geringste Lust, mich heute Abend allzu leicht erobern zu lassen. Es soll dauern. Zuerst werden wir essen gehen. Unter dem Tisch werde ich ihm vorsichtig meinen Slip und die Strumpfhose rüberschieben, das provoziert ihn schon während des Essens, und er bekommt eine Ahnung davon, was ihm hinterher blüht. Er soll sich jede Pore meiner bloßen Haut vorstellen. Er soll meine ungefilterte Lust riechen. Eine gute Idee: Ich werde ihm also meine Wäsche geben. Damit er an mein Geschlecht denkt, während er einen Bissen Entrecote an Pfefferschaum verzehrt.

Ich schminke mich dezent. Ich will nicht, dass mir beim ersten Körperkontakt die Wimperntusche über die Wangen läuft. Das sieht dann gleich so nach billiger Nutte aus. Gloss auf die Lippen, etwas Rouge auf die Wangen, ein zarter, weißer Lidstrich, das muss reichen.

Er klingelt zur verabredeten Zeit und unten treffe ich einen äußerst attraktiven Mann. Seltsam, ich hatte ihn gar nicht so in Erinnerung. Er trägt eine marineblaue Krawatte mit einem leichten violetten Schimmer. Der Anzug ist klassisch, ebenfalls marineblau, sein Hemd ist weiß. Alles in allem ist er von einer Eleganz, die ihn fast unwiderstehlich macht. Der Glanz seiner Schuhe verrät, dass sie frisch poliert sind; ein Detail, das zeigt, wie viel Einsatz er aufbringt, wenn er etwas zu erreichen gedenkt.

Wenn Cristián lächelt, bilden sich zwei kleine Grübchen an den Mundwinkeln, wie bei den amerikanischen Schauspielern aus den fünfziger Jahren. Als ich ihn in der Bank das erste Mal sah, nahm ich gleich eine große Sensibilität bei ihm wahr. Er ist sicher ein guter Liebhaber.

Trotzdem läuft an diesem Abend absolut nichts zwischen uns beiden. Obwohl wir gar nicht so viel zu reden hatten, traute ich mich nicht, das Schweigen damit ein wenig zu würzen, meinen Plan in die Tat umzusetzen. Nichts da mit unter dem Tisch durchgereichten Dessous. Noch nicht mal ein paar laszive Andeutungen konnte ich platzieren. Er hat mich um ein weiteres Date gebeten und anders als sonst habe ich ja gesagt.

*Abend des 29. März 1997*

Ich habe meinen italienischen Freund Franco und seine Familie in ihrem Landhaus besucht. Am Abend konnte ich nach all der frischen Landluft schnell einschlafen. Ich hatte einen seltsamen Traum. Am deutlichsten blieb mir in Erinnerung, dass sich mein Aussehen verändert hatte. Meine Haare waren schulterlang und schwarz, wie bei einer Japanerin, der Pony fiel mir fast über die Augen. Es war eine Perücke. Mich so zu sehen war ein Schock, denn mir kam es vor, als wollte mir jemand diesen Look mit Gewalt aufzwingen. Doch für die Art von Arbeit, um die es ging, war er perfekt. Ich erinnere mich an eine Art Versammlung mit zahlreichen Mädchen. Nachts gingen wir zum Arbeiten in den ersten Stock. Das Ganze war einfach ein Haus, in dem Geishas ihre Dienste anboten. Ich erwachte völlig nass geschwitzt und zündete eine Duftkerze an, um mich zu entspannen, dann legte ich mich auf den Rücken und verschränkte die Hände unter dem Kopfkissen. Ich machte eine Reise durch den Raum. Es mag sich seltsam anhören, aber ich sah, wie sich meine Seele vom Körper löste und durch die Luft schwebte. Plötzlich fühlte ich, dass mich von hinten jemand (ich glaube, es war ein Mann) bei den Händen nahm und an sich heranzog, um mich mit sich zu ziehen. Ich schlug mit den Fäusten nach ihm, konnte mich aber nicht frei bewegen. Da es ihm nicht gelang, mich wegzuzerren, stand er plötzlich auf und ließ sich auf mich fallen, als wollte er mit mir verschmelzen. Er trug eine dunkle Tunika, und um zu verhindern, dass er in mich eindrang, machte ich das Licht an und rauchte eine Zigarette. Irgendwie hatte ich das Gefühl, nicht allein im Zimmer zu sein. Das machte mir Angst.

Meine Freundin Sonia versuchte später, diesen Traum zu deuten. Der Mann in der schwarzen Tunika symbolisiere alle meine Phobien und negativen Energien, wobei es ein gutes Zeichen sei, dass ich mich von ihm befreien konnte.

»Das deutet auf eine neue Phase in deinem Leben hin«, sagte sie, ganz stolz auf ihren Anflug von Hellsichtigkeit.

## 30. März 1997

Endlich fahre ich zu meiner Großmutter nach Frankreich – meiner geliebten Omi! Wie immer begrüßt sie mich innigst mit ihren feuchten Wangenküssen. Sie hat alles vorbereitet und ich gehe nach oben, um meinen Koffer auszupacken. Wir essen gemütlich zu Abend und anschließend mache ich mich auf zu einem Spaziergang durch das Dorf. Letzte Nacht hat es stark geregnet und die Luft ist frisch. Ich beschließe, einen Abstecher auf den Friedhof zu machen, für mich ein ganz besonderer Ort, vor allem, wenn es dunkel und still ist. Ich will ein bisschen Ruhe finden und nachdenken. Die Luft ist schwer und erdig, als sei sie geschwängert vom Fleisch und den Knochen der Toten. Sie kitzelt mir in der Nase. Ein ausladendes Grab mit marmorner Platte zieht mich in seinen Bann. Ich kann nicht umhin, ganz nah heranzutreten und den kalten Stein zu liebkosen. Eine seltsame Begegnung, die mich aber sofort tröstet und mir Frieden schenkt. Ich stelle mir vor, wie es wäre, den Tod zu verlachen, indem man sich genau hier mit jemandem vereinigt, um das Leben zu feiern.

Ein paar knackende Zweige oder Schritte auf Laub holen mich zurück in die Gegenwart. Möglicherweise spielt mir meine Phantasie einen Streich. Ich bleibe ruhig. Doch dann sehe ich ein Licht. Der Schreck fährt mir in die Glieder, aber gleichzeitig packt mich die Neugier und ich nähere mich vorsichtig dem Licht, das immer größer wird, wie ein riesiger, vom Himmel gefallener Mond. Weiter vorne erkenne ich eine Laterne. Zu wissen, dass ich nicht alleine bin, lässt mich schaudern, und ich merke, wie meine Hände feucht werden – ob aus Angst oder vor Erregung, weiß ich selbst nicht. Stimmen dringen an mein Ohr. Die Umrisse zweier Männer werden immer deutlicher und ich sehe, wie sie mitten auf dem Friedhof ein Grab ausheben. Einer von ihnen bemerkt meine Anwesenheit.

»Ist da jemand?«

Ich trete noch etwas näher heran und stelle mich ins Licht der Laterne.

»Entschuldigen Sie. Ich habe Geräusche gehört und wollte sehen, was da los ist.«

»Um diese Zeit sollten Sie nicht auf dem Friedhof herumspazieren, Fräulein«, lässt mich einer der beiden wissen und leuchtet mich von oben bis unten mit seiner Laterne ab. »Sie glauben wohl nicht an böse Geister?«

»Warum fragen Sie? Und an böse Geister glaube ich wirklich nicht.«

Die beiden Männer fangen an zu lachen.

»Wir haben morgen eine Beerdigung, deshalb heben wir die Grube hier aus«, erklärt der andere.

Ich blicke auf seine Hose und sehe, dass sie ausgebeult ist. Er bemerkt meinen Blick und kommentiert:

»Die menschliche Natur kommt eben nie zur Ruhe, auch nicht an einem solchen Ort.«

Er sieht mich starr an. Sein Gesicht ist zwar nicht besonders gut zu erkennen, aber da sich meine Augen schon ein wenig an die Dunkelheit gewöhnt haben, bemerke ich, wie sich sein Ausdruck verändert.

Ich trage einen langen, schwarzen Rock, ein ebenfalls schwarzes kurzärmliges Top mit hochgeschlossenem Kragen und Sandalen. Der Stoff ist sehr fein und so gelangt etwas von der kühlen frechen Abendluft an meinen Körper. Meine Brustwarzen werden hart und mein Atem beschleunigt sich. Es ist so still, dass ich fürchte, die Männer könnten das hören und sehen, wie sich meine Brüste gegen das enge Top auflehnen, in dem sie gefangen sind.

Mit einem Mal nähert sich mir einer der beiden und fängt an, mein Haar zu streicheln und mein Gesicht zu liebkosen. Dann steckt er mir zwei Finger in den Mund.

»Saug dran!«, flüstert er mir zu.

Ich gehorche. Der andere stellt sich hinter mich und wiegt meinen Hintern mit seinen erdigen Händen; alles ist feucht vom Regenschauer der vergangenen Nacht. Er hebt meinen Rock und zieht mir den Slip aus, hält ihn sich unter die Nase und riecht daran.

»Das ist das Leben, Schätzchen!«, raunt er erregt.

Er bückt sich, um ein wenig von der Erde in die Hand

zu nehmen, die sie eben ausgehoben haben. Kraftvoll massiert er mir damit den Hintern. Nach wie vor sauge und lutsche ich hingebungsvoll an den Fingern seines Kollegen. Die Hände riechen merkwürdig, die raue Haut verrät den Arbeiter.

Der andere lässt die Hosen runter, nimmt seinen Penis in die rechte Hand und fängt an zu masturbieren. Währenddessen leuchtet er mit der Laterne meinen Hintern aus.

»Dein Arsch reizt zur Sünde, Süße!«

Ich kann sein Gesicht nicht sehen, aber die Wucht, mit der er sich walkt, erregt mich immer mehr. Jetzt fesseln sie meine Hände mit einer Schnur, um mich so auf den Boden zu werfen, direkt neben die frisch ausgehobene Grube. Mein Kopf hängt ins Leere, so dass ich den Grund des Grabes sehe. Eine Hitzewelle durchflutet meinen Körper – einer der beiden hat sich in mich ergossen. Der andere hält mir, fast wie bei einem Verhör, die Lampe ins Gesicht.

»Das gefällt dir doch, oder?!«

Jetzt ist der mit der Laterne dran: Er packt mich hart am Kopf und steckt mir seine Rute in den Mund. Die Hitze meines Speichels lässt ihn direkt kommen, sämig auf Gaumen und Zahnfleisch. Ich verliere das Bewusstsein.

Ich weiß nicht, wie viel Zeit danach vergeht, Minuten, vielleicht Stunden. Ich stehe auf, der ganze Körper tut weh. Alles kommt mir wie ein Traum vor. Ich bin völlig allein und verdreckt. Sonst keine Spuren, selbst die Schnur, mit der sie mich gefesselt haben, ist verschwunden. Ich beschließe, nach Hause zu gehen.

## 31. März 1997

Ich habe den ganzen Tag damit zugebracht, darüber nachzudenken, was gestern vorgefallen ist. Omi strickt, nur manchmal wirft sie mir neugierige Blicke zu, weil ich schweigsam über meinem Tagebuch sitze. Auf meinem Sessel liegt eine Decke, damit er sich nicht abnutzt. Bigudí, das Kätzchen, liebt es nämlich, sich genau dort breit zu machen und sich das Fell zu putzen. Es hockt vor mir auf dem Boden und straft mich mit Blicken, weil ich auf seinem Lieblingsplatz sitze. Also nehme ich es auf den Arm, gebe ihm ein Küsschen auf den Kopf und streichle ihm das Fell, in der Hoffnung, es damit zu besänftigen. Das Tagebuch lege ich zur Seite, damit die Katze mehr Platz hat, aber Bigudí bleibt stur und schaut mich an.

»Es wird wieder Regen geben heute«, sage ich zu Omi, während ich der Katze zusehe, wie sie sich hinter den Ohren putzt.

»Das ist gut für den Garten«, antwortet Omi mit einem kleinen Lächeln, das gar nicht mehr von ihren Lippen verschwindet.

Omi lächelt immer. Sie ist eine liebe Großmutter, eins achtzig groß, und sie hat im Zweiten Weltkrieg mit der Résistance zusammengearbeitet. Dabei hat sie Wälder durchquert, um Botschaften zu überbringen, die sie in ihrem Kinderwagen versteckt hatte. Dafür bewundere ich sie.

Ich sehe sie genau an, wie sie eine Reihe nach der anderen strickt. Ich kenne sie nicht anders als so, wie sie jetzt gerade aussieht. Als hätte ich schon mein ganzes Leben lang an Gedächtnisschwund gelitten oder jetzt gerade einen Filmriss gehabt.

»Hattest du eigentlich irgendeinen Geliebten, bevor du Großvater getroffen hast?«

Meine Frage scheint sie nicht sonderlich zu überraschen. Sie antwortet gelassen, ohne dabei das Stricken zu unterbrechen:

»Dein Großvater war der einzige Mann in meinem Leben. Ich habe ihn geheiratet, weil mir nichts anderes übrig blieb. Aber ich habe gelernt, ihn zu lieben. Ich habe mal einen Film gesehen, da hieß es: Eine Frau ohne Ausbildung hat genau zwei Möglichkeiten im Leben – entweder sie heiratet oder sie geht auf den Strich, was im Grunde dasselbe ist, meinst du nicht? Ich hab's nie mit einem anderen getan, wenn du das meinst, weder vorher noch später.«

»Und wenn du noch einmal von vorne anfangen könntest, was würdest du dann tun?«

»Es natürlich mit allen treiben, Kindchen«, antwortet sie lachend.

Jetzt weiß ich endlich, wo die Wurzeln meines freizügigen Wesens liegen. Ich stehe auf und gebe ihr zwei Küsse, aus Dankbarkeit für ihre Offenheit und das Vertrauen, das sie mir gerade geschenkt hat.

»Ach, und ich ermächtige dich hiermit, mir regelmäßig von allen Einzelheiten deiner Abenteuer zu berichten, mein Mädchen.«

»Abgemacht!«

## 1. April 1997

*Esperanza, Esperanza, sólo sabe bailar chachachá*
*Esperanza, Esperanza, sólo sabe bailar chachachá*
Das Radio des Taxis, das ich am Flughafen in Barcelona

genommen habe, dröhnt schrecklich. Ich muss schreien wie eine Verrückte, damit der Fahrer überhaupt die Adresse versteht. Das Radio leiser zu drehen ist ihm gar nicht erst in den Sinn gekommen. Im Auto baumeln allerlei Heilige und hinten auf der Ablage wackelt ein Hündchen mit Kreuz um den Hals wahrscheinlich schon seit den Sechzigern unermüdlich mit dem Kopf, als wollte es den hinter uns fahrenden Autos einen Guten Tag wünschen.

»Sie kommen wohl aus Frankreich? Das habe ich sofort gemerkt, Fräulein. Auf Urlaub hier?«

Tut mir Leid, bester Mann, aber ich habe nicht die geringste Lust auf Smalltalk, also antworte ich nur mit einem unterkühlten Kopfnicken. Er begreift anscheinend nicht und plappert weiter.

»Ich spreche nur *un petit peu* Französisch. Aber dafür *I spinking inglis.*«

»*Speaking english*«, korrigiere ich ihn.

»Wie? Sag ich doch, *spinking inglis*«, wiederholt er stolz. »Als junger Mann war ich in England und habe dort als Koch gearbeitet, na und da hab ich die Sprache ein bisschen gelernt. Aber das ist lange her und das meiste hab ich inzwischen vergessen. Was ich nicht vergessen habe, ist, für meine Frau jeden Sonntag eine echte Fideuá zu zaubern. Wissen Sie, es ist nicht einfach, eine anständige Fideuá zu machen.«

Nachdem er mir alles über die kulinarischen Vorlieben seiner Frau erzählt hat, den Beruf seiner Söhne – »Das sind vielleicht tüchtige Jungs, das glauben Sie nicht!« – und wie gut seine Schwiegertöchter bei den Leuten in der Gegend angekommen sind, verabschiede ich mich mit einem viel zu hohen Trinkgeld.

Es ist zwar schon spät, aber mit etwas Glück erwische

ich meinen Bankdirektor noch. Ich habe Lust, ihn zu sehen, um die verpasste Chance unserer letzten Begegnung nachzuholen. Er hat die Mailbox an, und ohne zu zögern, hinterlasse ich ihm eine Nachricht.

»Ruf mich an unter der 644 44 44 42. Egal, wie spät es ist.«

Egal, wie spät es ist? Er wird denken, mir ist etwas zugestoßen oder dass ich spitz bin wie Nachbars Lumpi. Egal. So kriege ich wenigstens raus, ob er sich wirklich für mich interessiert.

Es wird eins – nichts passiert. Zwei – immer noch nichts. Um drei kann ich nicht mehr und gehe schlafen. Um halb fünf wälze ich mich immer noch im Bett und kriege kein Auge zu. Viertel vor fünf, ich gehe aufs Klo. Fünf – mein Gott, keine Chance auf Schlaf. Viertel nach fünf esse ich einen Schokoladenpudding – soll ich noch einen? Absolut tote Hose. Heute Nacht wird's wohl nichts mehr mit Schlafen, also stehe ich völlig zerknittert auf, dermaßen scharf, dass ich wohl selbst werde Hand anlegen müssen.


## 2. April 1997

Mein Tag ist ziemlich schlecht gelaufen. Nach der durchwachten Nacht war ich hundemüde und hatte den ganzen Morgen miese Laune, außerdem musste ich die Reise nach Peru vorbereiten, mit allem, was dazugehört. Keiner hat was gesagt, sie haben sich nicht getraut, aber ich war bleich wie der Tod, und Marta, die Sekretärin, hat mich gefragt, ob ich vielleicht Unterzucker hätte und Lust auf eine Cola.

»Ich hasse Cola!«, sage ich, ohne den Kopf vom Computer abzuwenden.

Ich setze gerade ein Fax auf, um den Termin mit einem peruanischen Partner zu verabreden. »In Erwartung unserer Coca-Cola verbleibe ich mit freundlichen Grüßen.« Beim Durchlesen merke ich, dass ich das wohl korrigieren muss.

»Marta, du darfst mich nicht dauernd unterbrechen, sonst schreibe ich nur dummes Zeug!«, fahre ich die Arme an. Sie seufzt und schleicht wie ein Mäuschen aus meinem Büro.

Das Fax will partout nicht durchgehen. Ich checke die Nummer, um sicher zu sein, dass ich mich nicht vertan habe, und schicke es noch mal los. Jetzt klappt's. Ich hoffe nur, dass die anderen schnell antworten. Ein paar Termine sind zwar schon ausgemacht, aber ich will alles unter Dach und Fach haben, bevor ich abreise.

Am Nachmittag ruft mich Andrés, mein Chef, in sein Büro, um die Einzelheiten mit mir durchzugehen.

»Na, Kleines, wie fühlst du dich, so kurz vor der Reise?«

Warum nennt er mich immer »Kleines«? Andrés ist zwar um die 60, ich 30 Jahre jünger, aber wir arbeiten zusammen, sonst nichts. Ihm gegenüber komme ich mir manchmal vor wie ein kleines Mädchen. Er hat ziemlich langes Haar mit grauen Strähnen und ich wette, dass er bis vor einigen Jahren ein ganz schöner Womanizer war, bei dem man nicht vorsichtig genug sein konnte. Inzwischen hat sich die Schnecke aber wohl in ihr Häuschen zurückgezogen. Also schlüpft er in die Vaterrolle, was bleibt ihm übrig?

»Was ist denn heute los mit dir?«, fragt er mich. Dabei nimmt er die Brille ab und kneift seine kleinen Augen zusammen.

»Mit mir ist gar nichts los, Andrés. Ich hatte eben eine schlechte Nacht, das ist alles. Warum habt ihr euch heute alle gegen mich verschworen?«

»Lass gut sein. Aber denk daran, Kleines, es ist wichtig, dass du da drüben einen ganz großen Auftritt hinlegst.«

»Ja, ja, mach dir keine Sorgen. Ich verkaufe meine Seele an den Teufel, wenn es nötig ist. Du kennst mich doch.« Damit versuche ich ihn zu beruhigen, obwohl ich selbst nicht daran glaube.

»Wenn du Probleme haben solltest, dann schicke ich dir jemanden zur Verstärkung.«

Ich hetze aus seinem Büro, denn der Nachmittag ist fast vorbei und ich habe noch eine Menge zu erledigen. Beim Rausgehen stolpere ich über einen Aktenstapel und knalle fast gegen Martas Schreibtisch. In dem Augenblick klingelt das Handy, das noch in meinem Büro liegt.

Marta schaut mich gar nicht mehr an, weil sie keine Lust auf meine schlechte Laune hat. Ich stürze atemlos in mein Zimmer – zu spät. Immerhin eine Nachricht auf der Mailbox. Ich will sie sofort abrufen, das klappt aber nicht gleich. Ab und zu gehen einfach die Nerven mit mir durch. Ganz ruhig, sage ich zu mir selbst, sonst funktioniert gar nichts mehr.

»Hier ist Cristián. Du hast mir gestern Nacht eine Nachricht auf meinem Handy hinterlassen. Ja, und da wollte ich mich einfach mal melden.«

Der Bankdirektor! In Windeseile mache ich die Tür zu meinem Büro zu und wähle seine Nummer.

»Hallo Cristián. Ich bin's.«

»Das ging aber schnell!«, sagt er überrascht.

Wenn du wüsstest, wie scharf ich auf dich bin, denke ich.

»Ich bin gestern aus Frankreich zurückgekommen und wollte mal hören, wie es dir so geht.«

»Ganz gut. Viel Arbeit, aber glücklicherweise gehöre ich zu den Leuten, die schon am Nachmittag Feierabend machen können.«

»Du Glückspilz! Und was machst du dann so? Du hast wohl 'ne Menge Freizeit?« Ich versuche rauszufinden, ob in seinem Terminkalender noch ein bisschen Platz für mich ist.

»Ach, ich treibe Sport, gehe einkaufen. Manchmal treffe ich mich auch mit einer bezaubernden Freundin, um in einer Bar etwas zu trinken. Was machst du eigentlich morgen am späten Nachmittag?«

Sehr gut, denke ich. Er will mich sehen.

»Wenn du möchtest, können wir was ausmachen. Ich weiß noch nicht genau, wann ich hier rauskomme; ich ruf dich einfach an, wenn ich fertig bin, okay?«, sage ich.

»Einverstanden. Bis morgen dann.«

Als ich aus dem Büro komme, regnet es in Strömen. Natürlich habe ich keinen Regenschirm dabei, weil das Wetter den ganzen Tag über gehalten hat. Aber gerade in dem Moment, in dem ich rausgehe, muss der Himmel seine Schleusen öffnen. Immer dasselbe. Die Leute auf der Straße rennen wie die Verrückten die Bürgersteige entlang und springen dabei über Pfützen aus Wasser und Schlamm. Ich werde ganz normal laufen. Es hat keinen Sinn zu rennen, ohne Schirm bei dem Regen. Nass werde ich so oder so. Außerdem mag ich es, wenn sich der Sommerregen auf mein Haar legt, und dann dieser Geruch nach feuchtem Asphalt. Der Regen erinnert mich an die Wochenenden, damals, bei meinen Großeltern auf dem Land, als ich noch ganz klein war. Und auch an die Sommerferien mit meiner Freundin Emma.

Ich bin vollkommen durchnässt, als ich in meiner Wohnung ankomme. Jetzt ein heißes Bad mit viel Schaum!

Im Flur ziehe ich sofort alle Klamotten aus – selbst der BH tropft –, dann gehe ich nackt ins Wohnzimmer und lege *The visit* von Loreena McKennitt auf. Ich schenke mir ein Glas Rotwein ein und zünde im Bad ein paar Duftkerzen an. Loreena singt ein Shakespeare-Sonett, begleitet von sanften Harfenklängen. Ich tauche in die Wanne und nach einer Stunde ist meine Haut ganz verschrumpelt. Wunderbar! So würde ich gerne sterben. Ich gebe zu, dass ich mir schon oft überlegt habe, wie das sein könnte. Ich glaube, es ähnelt einem langen Traum, so einer Art inneren Reise zu unserer Seele. Es ist der Schmerz, der den Menschen Angst macht. Aber der Tod selbst ist ja jenseits des Schmerzes, denn Schmerz ist eine Funktion des Körpers, und im Tod haben wir unsere körperliche Hülle abgelegt. Ich habe meine eigene Theorie, was mit uns passiert, wenn wir eines Tages gehen. Wir sind reine Energie, und wenn wir sterben, vermischen sich alle unsere Atome nach und nach mit der Energie des Kosmos. Kein Paradies, keine Hölle. Wir sind eine Einheit innerhalb des Kosmos, oder wir sind der gesamte Kosmos. So fühle ich mich auch, wenn ich mit jemandem schlafe. Ich spüre eine Durchmischung meiner Energiepotentiale mit denen des anderen, das lässt mich reisen und eins mit dem All werden. Die Energie meines Orgasmus ist ein kleiner Teil von mir, der ausströmt, um sich mit dem Universum zu vermischen. Erst wenn ich am Ende erschöpft daliege, kehre ich in meinen menschlichen Zustand zurück. Meine Atome reisen zu den Sternen und bleiben für immer verstreut, sie sind Gefangene eines energetischen Aufruhrs, den ich nicht zu steuern vermag und der mich immer wieder ruft. Aus diesem Grund wächst die Sehnsucht nach der Wiederholung dieses Erlebnisses, um es besser verstehen zu können. Gleichwohl gelingt es mir nie, auch nur das Geringste zu verstehen. Es ist jedes Mal ein kleiner Tod, den ich zu bändigen versuche. Das ist ja auch der Ausdruck, den wir Franzosen benutzen, um den Orgasmus poetisch zu fassen. Jeder Liebesakt ist eine Art, mich diesem Zustand der Ekstase zu nähern. Aber ich kann ihn nicht greifen, und so bin ich zur Wiederholung gezwungen, damit er sich irgendwann zu erkennen gibt. Anders gesagt, es ist ein Berg mit einer gigantischen Schlucht, in die ich nicht stürze – ein Fuß ist in der Erde verwurzelt, der andere baumelt im Nichts. Und mein Körper balanciert zwischen dem Menschsein und der göttlichen Vollendung wie etwas, das von einer fremden Macht gesteuert wird.

Als ich gegen elf Uhr abends aus der Wanne steige, habe ich eine SMS von Cristián.

»Regen, Sekt, deine Haut – – – warum bin ich bloß so erregt?«

Cristián versteht mich mit aufreizenden Nachrichten zu provozieren.

»Wenn wir uns sehen, möchte ich unbedingt alles über die drei Gedankenstriche erfahren«, simse ich ihm als Antwort.

»Gute Nacht – – –«, schreibt er zurück und setzt sie wieder, damit sie in meiner Phantasie ihr Unwesen treiben.

Ein kluger Bursche, kein Zweifel.

Ich lege mich hin, kann aber nicht einschlafen. Seine Nachrichten haben meine Hormone kräftig durcheinander geschüttelt – keine Ahnung, ob ich Geduld bis morgen habe – – –

## 3. April 1997

Ich habe mich für den späten Nachmittag mit Cristián in einer Bar verabredet, weiß aber schon jetzt, dass nichts passieren wird, weil ich meine Tage habe. Verdammt. Meine Regel ist heute Morgen ohne jede Vorwarnung gekommen; viel zu früh, als wollte sie mir zu verstehen geben, dass meinem Körper ein wenig Erholung ganz gut täte. Eigentlich hätte ich das Treffen heute Morgen absagen sollen, aber ich hab's nicht übers Herz gebracht. Ich will ihn einfach sehen.

Nach einem interessanten Gespräch über dies und das bei französischem Rotwein und Tapas lädt er mich in eine hippe Disko ein. Wenn ich jemanden tanzen sehe, dann kann ich sofort etwas über seine sinnlichen Qualitäten sagen. In Cristiáns Fall bestehen da überhaupt keine Zweifel. Er tanzt ausgezeichnet. Regen, Sekt, seine Haut – – –

Ich verschwinde. Verschwinde in einer Parallelwelt, wo mein Körper auf ewig mit einem samtenen Mantel verschmilzt, wo die Lust jede Grenze des Erträglichen überschreitet, wo sie sich in Brillanten verwandelt, die ihr Heil in den verborgensten Regionen meiner Augen suchen, wo die sanfte Berührung seiner Hände dem Flügelschlag des Schmetterlings gleicht, wo die Zeiger der Uhr rückwärts laufen und ich mich in ihnen verfange.

Alles beginnt mit einem wilden Tanz. Wir lachen und albern mit einigen Freunden herum, die wir in der Disko treffen. Die Drinks mit Rum und Cola oder Limette dröhnen noch heftiger als die Boxen. Ich balanciere wie eine Seiltänzerin auf einem feinen Seidenfaden, gefangen zwischen seinem harten Geschlecht, das sich durch den Slip und die italienischen Hosen hart gegen mich drückt, und dem Blick eines Unbekannten, der meine allzu provozierenden Bewegungen betrachtet. Ich falle. Ich verliere die Kontrolle. Ich will das Leben schmecken.

»Zähme mich!«, flüstern ihm meine Augen zu.

Es mag ja paradox sein, aber ich suche einen außergewöhnlichen Menschen, einen Mann, der seine Gefühle beim Sex ausdrücken kann. Als wir bei ihm zu Hause sind, komme ich mir abhanden und finde mich, auf dem Tisch neben mir eine Tasse Früchtetee, mit weit gespreizten Beinen vor einem Geschütz wieder, das fast zu dick für meine Eingeweide scheint. Ich brauche drei lange Stunden, um diesen fleischgewordenen Vibrator mit meiner geübten Zunge zu vermessen. Eingewickelt in die Laken sehe ich aus wie ein geheimnisvolles Gespenst aus irgendeinem Comic. Er gehorcht, sagt mir, dass ich ihn verrückt mache vor Lust, und dann lutsche ich ihn, bis sich sein Saft über jede einzelne der Plomben ergießt, die ich sammle, seit ich ein kleines Mädchen war.

Zwei Besucher gibt es an diesem Abend in meiner Scham. Einen kleinen, den ich mir auf dem Bidet an einem Schnürchen still und heimlich herausziehe, und einen kräftig pulsierenden, den er mir mit Expertenhand einverleibt. Ich lasse mich handhaben wie eine Gliederpuppe, die sich, überaus erregt, dem Willen einer höheren Macht ergibt.

Das Kratzen seines Barts stört mich nicht, als er in einem herrschaftlichen Akt zum Gravitationszentrum der weiblichen Lust hinabrutscht, außer Acht lassend, dass man das Innerste und Höchste gewinnen muss und nie einfach nur so erbeutet. Aber er ist gebenedeit unter den Liebhabern, das macht ihn gefährlich. Das Zittern meiner Lenden erteilt seinem Dienst die Absolution und nur meine Augen können erfassen, was hier vor sich geht.

Auch ihn stört meine nachlässige Rasur nicht sonderlich, sie zeigt, dass nichts geplant war und dass alles so fließt, wie es fließen soll.

Ein unvergleichlicher Duft durchströmt das Zimmer. »Das ist Rosenessenz«, sagt er, als lese er meine Gedanken.

Und alles verschwimmt: Rum am Abend, Tee in der Nacht, Rosenessenz im Morgengrauen, die schwarze Armani-Flasche im Bad, das kleine Fläschchen *bagnoschiuma* aus irgendeinem Hotel *Melià* in Italien, mit dem ich mich bei einer flüchtigen Dusche einseife, will ich doch keinen Augenblick zu lange seine Gegenwart missen: All diese Sinneseindrücke schießen mir durch die Adern, mit rasender Geschwindigkeit wirbelt das Blut durch meinen Körper, zelebriert schalkhaft die Herrlichkeit des Augenblicks.

Er kann nicht anders, als meine Lippen zu martern, was mir eine kleine Wunde im Innern des Mundes beschert. Er saugt meine Lippen, fast wie ein Hund, der ein Fest seiner Liebe feiert, weil sein Herrchen wieder da ist, sein Herrchen, das niemals wirklich weg war. Er beißt mir in den Hals wie ein brünstiger Kater, der nur so den Akt vollziehen kann. Ich bekomme eine Gänsehaut. Die Härchen stellen sich auf und fallen in sich zusammen, um im nächsten Augenblick erneut hochzuschnellen.

Am Morgen liege ich, verloren im Nirwana körperlicher Freuden, auf seiner schwarz behaarten Brust, die mit der Blässe meiner Haut kontrastiert.

Er hat mich zu Hause abgesetzt. Wie ein Zombie bin ich nach oben gegangen, ohne es zu wollen, in eine unfreiwillige Duras verwandelt, lebenslänglich von einem Liebhaber besessen, der ihr mit fünfzehn den Kopf verdreht hat, dazu verurteilt, alles niederzuschreiben, alles, was sie als Halbwüchsige in diesem Augenblick auf immer geprägt hat.

# Ich gehe auf Reisen

*4. April 1997*

Liebe Omi,

ich schreibe dir diesen Brief, weil ich gestern Nacht die Sterne gesehen habe. Sie waren nah, ganz, ganz nah. Um ein Haar hätte ich einen mit der Hand berührt, doch es war eine Sternschnuppe, und sie flog davon. Was ich dir also erzählen möchte, Omi, ist, dass ich gestern einen der besten Ficks meines Lebens hatte. Ich dachte mir, es würde dich vielleicht freuen, das zu hören. Ich bin mit einem Mann ins Bett gegangen, den ich erst zweimal gesehen habe, nachdem wir uns zufällig in der Bank begegnet waren. Alles war wie im Traum. Beim ersten Mal ist nichts passiert. Weil es keiner von uns beiden wollte. Aber gestern habe ich mit ihm geschlafen. Erst waren wir was trinken, dann tanzen. Und danach hat er mich mit zu sich nach Hause genommen. Er lebt in einer Wahnsinnswohnung, in so einem Penthouse mit einer riesigen Terrasse rundherum, eben so, wie's mir gefällt. Das Einzige, was fehlte, war so ein Wonneproppen von Katze wie Bigudí, der von einem Zimmer zum anderen schleicht. Ich hatte ihm vorher gesagt, dass ich unpässlich sei, dummerweise hatte ich gerade an diesem Abend meine Tage bekommen. War also alles nicht sehr hygienisch ... Peinlich! Aber er hat gesagt, dass die Erregung sich manchmal über die Verhältnisse hinwegsetzt und dass man sich auch mal mitreißen lassen muss. Da hab ich mich eben mitreißen lassen. Wart ihr früher auch solche Schweinchen? Jedenfalls hat er mich ganz schön aufgewühlt. Und ich kann an nichts anderes mehr denken als an ihn. Man kann mich nun wirklich kein Kind von Traurigkeit nennen, und ausgerechnet ich soll mich in einen Typen verlieben, nur weil er göttlich fickt?! Das gefällt mir ganz und gar nicht, Omi, aber was soll ich machen? Soll ich ihn noch mal treffen, wenn er anruft, was meinst du? Hast du einen Tipp für mich? Ich brauche deinen Rat.

Ich pack dir noch einen dicken Kuss in den Brief. Gib Acht auf dich!

Deine Kleine

PS: Nächste Woche fliege ich nach Peru. Ich schick dir ein Fax, wenn ich da bin, damit du weißt, wohin du mir schreiben kannst, wenn du magst. Und natürlich kriegst du auch eine Postkarte vom Machu Picchu, ich weiß doch, wie du dich darüber freust.

## 6. April 1997

Es ist schon vier Uhr nachmittags und Cristián hat mich weder angerufen noch eine SMS geschickt. Mist! Ich habe den ganzen Tag an nichts anderes denken können als an ihn. Ich werde mich doch nicht etwa verlieben! Warum lässt er mich jetzt einfach links liegen? Ob ihm die Nacht nicht gefallen hat? Aber warum hätte er mir dann sagen sollen, dass es göttlich war? Alles nur hohles Geschwätz?

Ich dreh noch durch! Was er an einem so sonnigen Tag wie heute wohl macht? Ob er sich mit den Leuten aus der Disko am Strand darüber belustigt, wie ich nach dem Orgasmus die Zehen spreize? Schon wenn ich nur daran denke, rast mein Selbstbewusstsein in den Keller. Er hätte mich ruhig noch mal anrufen können, um mir zu sagen, dass ihm die Nacht gefallen hat. Uns Frauen gefällt es halt, wenn man uns das immer mal wieder sagt. Und ich bin eben eine Frau! Cristián hat offenbar keine Ahnung von Psychologie, das enttäuscht mich. Er soll ja nicht gleich der Vater meiner Kinder werden. Es geht lediglich um die klitzekleine Freundlichkeit, sich angemessen zu äußern.

Ist ja auch egal. Wenn er nicht anruft, dann ist er's ohnehin nicht wert.

Auf jeden Fall hole ich jetzt erst mal ein für solche Fälle sehr hilfreiches Buch aus dem Regal: *Mach dich nicht abhängig! Schon gar nicht von Menschen* von Howard M. Alpern. Im Inhaltsverzeichnis steht: »Manche Menschen sind an ungesunden Beziehungen schon gestorben. Möchten Sie dazugehören?«

Was mache ich eigentlich? Ich habe ihn nur zweimal gesehen. Vielleicht wollte er ja nichts weiter, als ganz unverbindlich mit irgendjemandem ins Bett zu gehen, und da bin ich ihm eben über den Weg gelaufen. Warum zerbreche ich mir wegen einem solchen Mann derart den Kopf?

Eins ist klar, auch wenn ich es nur ungern zugebe: Ich möchte wieder mit ihm schlafen. In jedem Fall werde ich jetzt dieses Buch lesen und mir die Merksprüche auf der letzten Seite sehr genau einprägen. Und auf gar keinen Fall bin ich gerade dabei, mich zu verlieben. Ich bin nicht verliebt, verstanden?

Nachts um eins wache ich völlig verknotet auf, das Buch auf der Nase – so bin ich eingeschlafen, ich spüre jeden einzelnen Knochen. Sogar die Schuhe hab ich noch an. Ganz benommen schlurfe ich ins Bad, um mir die Zähne zu putzen. Das Buch hat einen richtigen Abdruck auf meiner Wange hinterlassen. Ich gehe mit einer katastrophalen Laune ins Bett und beschließe, Cristiáns Nummer direkt am nächsten Morgen aus meinem Handy zu löschen. Was soll's – eine Sternschnuppe eben.

## 10. April 1997

»Du musst sofort los! Hast du gehört!«, schreit mich Andrés an, die Brille in der Hand.

Jedes Mal, wenn er seine Scheiß-Chefnummer abzieht, kneift er die Augen zu, damit er die Leute nicht anschauen muss. Er brüllt rum, will aber mit den verdutzten Gesichtern nichts zu tun haben.

Heute sitzt er in seinem Büro an seinem Schreibtisch und kritzelt ein Heer von Männchen auf seine Papiere, außerdem Spiralen, Würfel und Margeriten. Am Ende ist jedes Eckchen schwarz, weil er mit dem Kuli immer wieder alles übermalt. Ein Fest für jeden Analytiker, denke ich.

»Ich habe doch noch nicht mal eine Antwort auf meine Anfrage, geschweige denn einen Termin«, versuche ich zu kontern.

»Das ist mir scheißegal. Mich interessiert nicht, ob du deinen Koffer schon gepackt hast, mir ist egal, ob die Termine stehen oder ob du deine Tage hast. Wir haben diese verdammte Reise jetzt schon x-mal verschoben. Als du Ja zu dem Job gesagt hast, wusstest du, dass man hier flexibel sein muss. Verdammter Mist, warum hab ich nur 'ne Frau genommen? Warum?« Mit den letzten Worten keift er Marta an, die gerade ins Büro kommt, um einige Papiere unterschreiben zu lassen.

Marta zittert und traut sich nicht einmal, an seinen Tisch

heranzutreten. Andrés ist stinkwütend, um die Nasenflügel herum läuft er puterrot an, er sieht aus wie ein Drache, der uns beide gleich in ein Häuflein Asche verwandeln wird. Ich will mich natürlich so schnell wie möglich aus dem Staub machen und bewege mich unmerklich Richtung Tür, aber ich habe nicht mit Andrés' Plan gerechnet: Er hat vor, mir den Anschiss meines Lebens zu verpassen.

»Mit dir bin ich lange noch nicht fertig. Wenn du drüben ankommst, dann bleib auf jeden Fall an den Leuten von Prinsa dran. Die sind so was von lahm, und wenn du da nicht jeden Tag auf der Matte stehst, dann passiert da gar nichts, verstehst du, Kleines?«

»Klar, Andrés«, murmele ich und schaue zu, wie er mit zitternder Hand den Kuli aufs Blatt hämmert, immer und immer wieder, so dass schon erste Löcher auf der Schreibunterlage zu sehen sind.

»Und jetzt schwing die Hufe! Pack deinen Koffer und hau ab zum Flughafen. Der Flieger geht um 17 Uhr. Marta hat die Tickets. Schick mir ein Fax, wenn du angekommen bist. Viel Glück, Kleines!«

Ich nehme ein Taxi, das mich vor meinem Haus absetzt. Vor der Tür steht ein Haufen Leute, und um überhaupt durchzukommen, muss ich immer wieder darum bitten, Platz zu machen.

»Was ist denn hier los?«, frage ich eine gepiercte Blondine mit knallrotem Lippenstift, die auch zu der Gruppe zu gehören scheint.

»Wir warten darauf, dass Felipe endlich aufmacht, aber er ist noch nicht da, deswegen stehen wir hier auf der Straße.«

Felipe ist einer meiner Nachbarn. Ich habe keine Ahnung, was genau er eigentlich macht, jedenfalls hat er hier seine Firma. Wir sind uns ein, zwei Mal begegnet und haben uns flüchtig Hallo gesagt. Auf der Treppe nehme ich zwei Stufen auf einmal, schließe schnell die Tür auf und packe meinen Koffer. Wie ich das hasse! Ich weiß schon seit einem Monat, dass ich verreise, habe aber trotzdem keine Ahnung, was ich mitnehmen soll. Ich durchwühle meinen Schrank und überlege, wie viele Tangas und BHs ich mitnehme. Gleichzeitig rufe ich ein Taxi, das mich vor dem Haus abholen soll. Meine Wohnung verwandelt sich inzwischen in einen schlecht organisierten Secondhandshop für edle Marken-Klamotten. Ich hasse es, vor einer Reise alles auf den letzten Drücker erledigen zu müssen. Natürlich geht der Koffer nicht zu, ich setze mich obendrauf. Und die Nummernkombination? Wie war noch mal die Nummer für das Kofferschloss? Sie fällt mir einfach nicht ein! Ich stehe am Rande eines Nervenzusammenbruchs, das Taxi klingelt schon, also, alles wieder raus aus dem Koffer und einen anderen genommen – alles nur, weil ich mich nicht mehr an die verflixte Nummer erinnern kann. Ich hasse mich dafür. In solchen Sachen bin ich wirklich eine Katastrophe und natürlich muss mir so was immer genau dann passieren, wenn ich es eilig habe.

Ich bin völlig am Ende und stelle mich im Bad erst mal vor den Spiegel. Mit dem Gesicht eines Buddhas, der einen ziemlich schlechten Tag erwischt hat, mache ich ein paar Atemübungen, die laut Expertenmeinung direkt anschlagen müssten. Normalerweise funktioniert das auch. Während ich noch ein paar Kondome suche, fällt mir das Fax meiner Freundin Sonia in die Hände – ich hab's noch nicht mal gelesen, okay, mache ich dann im Flugzeug. Nach unten nehme ich den Aufzug. Treppe hoch mag ja gut sein für Bauch-Beine-Po, aber Runterlaufen bringt gar nichts.

Die Leute von vorhin stehen immer noch vor der Tür. Während der Fahrer mein Gepäck einlädt, muss ich einfach die Blondine noch einmal fragen: »Sag mal, habt ihr ein Vorstellungsgespräch und er hat euch alle gleichzeitig einbestellt?« Dieser Felipe macht mich jetzt doch neugierig.

»Nein, nein. Wir kommen zu einer Probe. Aber er ist der Einzige, der einen Schlüssel hat«, antwortet sie, als wäre das das Selbstverständlichste von der Welt.

Auf einmal fängt diese Sache mit Felipe an, mich zu interessieren, und ich frage weiter, schon halb im Taxi:

»Und was ist euer Job?«

Das Gesicht der Blondine fängt an, ganz erfüllt zu leuchten. Als ich ins Taxi steige, die Tür zumache und das Fenster runterkurbele, kommt ein schlaksiger Typ dazu.

»Wir sind Schauspieler – echte Profis!«, erklärt die Blonde und hebt dabei stolz ihr neckisches Kinn.

Und als wollte sie meine Neugier befriedigen, die schon allzu offensichtlich zu sein scheint – oder auch um sie weiter anzustacheln –, fügt sie hinzu:

»Felipe verkauft das Leben, also Stücke davon.«

Der Taxifahrer steht im Halteverbot und gibt mir via Rückspiegel zu verstehen, dass er endlich losfahren möchte. Los geht's.

Beim Einchecken will ich gerade mein Handy ausschalten, da kommt von Cristián eine SMS. »Hast du Lust, heute Abend mit mir essen zu gehen?« Oh Gott! Ich verlasse spanisches Hoheitsgebiet also mit zwei Unbekannten. Erstens: Was sind das für seltsame Lebensstücke, die Felipe verkauft? Zweitens: Was mache ich mit Cristián? Ich bin dermaßen neugierig und ungeduldig, dass ich nicht weiß, ob die Antwort auf diese Fragen bis zu meiner Rückkehr warten kann.

Wir fliegen schon ein paar Stunden und neben mir schnarcht ein schwitzender Dickwanst mit Halbglatze vor sich hin. Ich sehe mir noch mal an, was ich im Duty-free-Shop so alles gekauft habe. Der Fettsack mit seinem Geschnarche wird immer unerträglicher, aber ich beschließe trotzdem, meinen Ekel zu überwinden und ihn anzusehen. Mit Entsetzen stelle ich fest, dass sein Kopf in Richtung meiner Schulter sinkt. Wehe, wenn er auf die Idee kommt, sich bei mir anzulehnen!

Ich muss mich irgendwie ablenken, zumal ich mit jedem Flug noch mehr Flugangst bekomme, als ich ohnehin schon habe. Da fällt mir Sonias Fax ein, das ich immer noch nicht gelesen habe:

Liebe Val,
es ist vulgär und schrecklich, aber zumindest wird es dich ein wenig aufmuntern ...
Sonia

Sie wird sich nie ändern. Sonia ist seit etwa drei Jahren meine Freundin und sie hat die wirkliche Gabe, im richtigen Moment die richtige Botschaft anzubringen. Sie arbeitet als Produktmanagerin in einem Pharmazie-Unternehmen und sie ist besessen davon, befördert zu werden. Als ich sie zum ersten Mal sah, hat sie mich sofort an die Heldin eines japanischen Zeichentrickfilms erinnert, der regelmäßig im französischen Fernsehen lief: Candy! Candy trug immer Miniröcke und Stiefel bis zu den Knien. Sonia ist ganz genauso. Sie hat porzellanweiße Haut, riesige, von unglaublich schwarzen Wimpern umrandete Augen und eine sommersprossige Stupsnase. Ihr Gesicht ist absolut perfekt, ohne ein einziges Fältchen. Meistens hat sie Ichbin-ein-kleines-Mädchen-aus-gutem-Haus-Röcke an, dazu flache Schuhe. Ihr ohnehin schon schlanker Körper sieht dann aus wie ein Zahnstocher. Aber in Sonias Innerem lodert ein Vulkan. Seit einer Ewigkeit sucht sie übrigens nach der großen Liebe. Da die nicht kommt, leidet sie oft unter Depressionen, die sich ganz schön hinziehen können. Wenn sie dann irgendwann die Nase voll hat von ihrer schlechten Laune, macht sie sich über die Leute lustig, nur um im nächsten Augenblick wieder einen Rückfall zu erleiden.

Ich zähle die Seiten, die sie mir geschickt hat, es sind fünf. Woher nimmt sie nur die Zeit, während der Arbeit solche Aufsätze zu schreiben? Der Brief ist voll von Männerwitzen, so eine Art Hitliste der Don'ts von Typen im Bett. Es ist eine ganze Menge Schrott dabei und ich rufe mir die Schnelllesetechnik ins Gedächtnis, die ich mal an der Uni gelernt habe, um die witzigsten Stellen rauszufiltern.

Nach einer Weile habe ich keine Lust mehr. Wenn sie witzig sein will, ist Sonia manchmal ein bisschen zwanghaft. Wenigstens habe ich für einen Moment den Dicken neben mir vergessen können. Jetzt ist er auch noch aufgewacht und guckt mir über die Schulter, was ich lese. Unsere Blicke begegnen sich und auf seine violetten Lippen krampft sich so eine Art Lächeln, als wären wir alte Kameraden in Sachen *Was Männer im Bett alles falsch machen können*. Meine Lust, dieses Lächeln auch nur im Ansatz zu erwidern, liegt unterhalb des Messbaren.

Ich richte meine ganze Aufmerksamkeit auf den Bildschirm, wo auf einer Weltkarte unsere Position zu sehen ist. Wir sind bereits über Amerika, das hilft mir, das Hin und Her der letzten Tage etwas hinter mir zu lassen, den

Stress mit Andrés und die Obsession für Cristián. Ein neues Abenteuer wartet auf mich.

Der Flughafen von Lima sieht aus wie ein Wochenmarkt. Das Chaos verwirrt mich ein wenig. Ich schleppe mich und mein Gepäck durch die Passkontrolle, wechsele peruanische Soles und gehe zum Ausgang. Als sich die Türen zur Außenwelt öffnen, überfällt mich eine feuchte, unangenehme Hitze, die durchschwitzte Nächte und Magenbeschwerden verheißt. Ich kriege kaum Luft und ein widerlicher Gestank nach verfaultem Obst verpestet die Gegend. Ich suche händeringend nach einem Taxi mit Aircondition und entscheide mich für den Wagen eines winzigen Männleins in einem groben Leinenhemd und grüner Militärhose. Er wischt sich die Schweißperlen von der Stirn, um das Taschentuch anschließend wie das Gold der Inka anzustieren. Als er mich sieht, gibt er mir ein Zeichen, dass er frei ist. Ohne zu zögern gehe ich auf ihn zu.

»Ich muss ins Hotel Pardo nach Miraflores. Haben Sie Klimaanlage?«

»Klar, Señorita. Steigen Sie ein, ich fahre Sie hin«, antwortet er und reißt mir dabei den Koffer förmlich aus der Hand.

Die Klimaanlage des Wagens besteht aus einem kleinen Ventilator, der an der Nackenstütze des Fahrersitzes angebracht ist und die stickige Luft nach hinten wirbelt. Dabei brummt er wie ein ganzer Hornissenschwarm. Ich verkneife mir jeden Kommentar. Besser als gar nichts.

Lima ist ein einziges Loch, viele der Häuser stehen kurz vor dem Einsturz und haben statt vernünftiger Dächer nur Plastiktüten zum Schutz vor Sonne und Regen. So hatte ich mir das wirklich nicht vorgestellt. Ich halte nach wenigstens einem schönen Haus Ausschau, einem einzigen vernünftigen Gebäude, nach Kindern in Uniformen und Kniestrümpfen, die aus der Schule kommen – Fehlanzeige. Stattdessen kleine, verdreckte Rotznasen. Der Taxifahrer zeigt Richtung Meer, zu den Stränden. Als wir an der Ampel halten müssen, sagt er:

»Gehen Sie da bloß nicht schwimmen, Señorita. In Lima sind alle Strände verseucht. Wenn Sie schwimmen gehen wollen, dann müssen Sie raus aus der Stadt.«

Ich starre entsetzt auf die riesigen Müllberge am Strand und sehe mit Schrecken, dass dort Leute mit hochgekrempelten Hosen den Dreck durchwühlen, den andere weggeworfen haben. Mir wird schlecht, und ich muss die Augen zumachen, um nicht ins Taxi zu kotzen. Instinktiv hole ich meinen Internationalen Impfpass aus der Handtasche und überprüfe die Einträge, vor allem die Datumsangaben. Die Fahrt kommt mir vor wie eine Ewigkeit, und ich schaue schon gar nicht mehr aus dem Fenster, um das ganze Elend nicht sehen zu müssen. Endlich sind wir beim Hotel. Die Fassade deutet auf luxuriöse Zimmer hin, und kaum habe ich das Taxi bezahlt, taucht auch schon ein eifriger Page in einem rotschwarzen Anzug mit blitzsauberen Schuhen auf.

»Willkommen im Hotel Pardo, Señorita«, begrüßt er mich sehr zuvorkommend.

An der Rezeption warten sie schon auf mich und geben mir den Schlüssel für die Suite zum Innenhof, so, wie ich es bestellt hatte. Hoffentlich finde ich nun etwas Ruhe. Das Zimmer ist in Beige gehalten. In der Ecke steht ein braunes Sofa, das riesige Bett ist frisch gemacht, und ich lege mich für einen Moment hin. Die lange Flugreise und die elende Taxifahrt haben an meinen Kräften gezehrt. Doch kaum liege ich da, kommt mir auch schon mein erster, »dringender« Auftrag in den Sinn: Anruf bei Prinsa.

Man sagt mir, mein Gesprächspartner sei nicht da, also hinterlasse ich eine Nachricht. Ich stehe auf und gehe noch mal runter zur Rezeption. Eva, eine junge, dunkelhaarige Schönheit, die unablässig lächelt, hatte mich schon bei meiner Ankunft betreut und bietet mir nun an, einen Stadtführer zu organisieren, damit ich die Gegend ein bisschen kennen lerne.

»Es gibt eine ganze Menge und alle machen Ihnen einen guten Preis.«

Noch bevor ich irgendetwas sagen kann, zaubert sie eine Liste hervor und hält sie mir unter die Nase. Ich habe nicht die geringste Lust, einen Stadtführer zu engagieren, aber einer der Namen erregt meine Aufmerksamkeit, weil er denselben Nachnamen hat wie dieser spanische Schriftsteller:

Rafael Mendoza
Reiseführer
Pressefotograf und Kameramann
Tel.: 58 58 63
mobil: 359 35 79 34

»Kennen Sie Rafael Mendoza?«, frage ich Eva.

»Rafael ist ein absoluter Profi und außerdem ein hervorragender Fotograf. Hätten Sie denn gern ein paar Fotos von Peru?«

Ihr Gesicht beginnt zu leuchten, als sie seinen Namen sagt, und ohne mich zu fragen, wählt sie auch schon seine Nummer.

Er scheint nicht da zu sein, denn sie hinterlässt eine Nachricht auf seinem Anrufbeantworter.

»Hi, Rafa, ich bin's, Eva vom Hotel Pardo, ruf mich mal ganz schnell zurück. Ich habe einen Job für dich.«

Eva versichert mir, dass ich Rafael spätestens morgen

kennen lernen werde. Ich fahre mit dem Aufzug nach oben und verspüre plötzlich, ohne dass ich wüsste warum, eine gigantische Lust auf Sex. Vielleicht ist es die Anspannung nach der langen Reise. Ich stehe vor meiner Zimmertür und suche in der Tasche nach dem Schlüssel, als ich eine Stimme höre.

»Einen wunderschönen guten Abend, Señorita. Was für ein Zufall, wir scheinen im selben Hotel abgestiegen zu sein!«

Das Gesicht sagt mir gar nichts, aber die Lippen! Dieses schmierige Grinsen gehört zu dem aufgequollenen Maul, aus dem es im Flugzeug noch vor ein paar Stunden fast auf meine Beine gesabbert hätte. Der Fettsack mit der Halbglatze hat den Schlüssel schon ins Schloss seiner Tür gesteckt. Ich bleibe für einen Moment stehen und sehe ihm zu, er nutzt die Gelegenheit natürlich sofort aus:

»Möchten Sie einen Moment hereinkommen und etwas mit mir trinken?«

Ich höre überrascht, wie ich Ja sage, sehr freundlich von Ihnen, seltsam, dass wir im selben Hotel wohnen, bis sich die Tür hinter mir schließt. Er bietet mir einen Platz auf dem Sofa an, das genauso aussieht wie meins. Die Zimmer unterscheiden sich nur durch die Farbe der Wände. Bei ihm ist alles knallgelb, selbst die Vorhänge.

»Was darf ich Ihnen zu trinken anbieten? Sekt, Rotwein?«

»Whisky«, antworte ich ohne nachzudenken.

»Pur oder on the rocks?«

»On the rocks bitte.«

Der Dicke ruft beim Zimmerservice an und bestellt Eis, während er sich selbst ein Glas Sekt einschenkt. Dann beginnt das Verhör zu den Gründen meiner Peru-Reise.

»Ich arbeite für eine Werbeagentur«, erkläre ich ihm bemüht freundlich.

Im Grunde scheint er ein anständiger Mensch zu sein; was mich auf den ersten Blick abgestoßen hatte, war wirklich nur sein Wanst. Ich fühle mich zwei Sekunden lang schuldig.

»Und Sie?«

»Ich arbeite für eine Telefongesellschaft. Ich bin Informatiker und soll hier die Systemsoftware unserer peruanischen Tochtergesellschaft auf Vordermann bringen. Wir haben hier in Peru zwei Milliarden investiert, können Sie sich das vorstellen?« Er kommt mir vor wie ein Oberlehrer, der rausfinden will, ob sich sein Schüler gut auf die Prüfung vorbereitet hat.

»Ja, Sie haben Recht. Seit die Regierung das mit dem Leuchtenden Pfad in den Griff bekommen hat, profitiert Peru immer mehr von ausländischen Investoren. Wenn ich richtig informiert bin, machen allein die Investitionen Ihrer Telefongesellschaft 50% des Gesamtvolumens aus.«

Sein offener Mund erteilt mir augenscheinlich eine Eins plus mit Sternchen. Es klopft an der Tür. Der Dicke nimmt die Schale mit dem Eis entgegen und schließt die Tür mit einem leichten Stoß seines linken Fußes. Trotz seines Übergewichtes scheint er recht beweglich zu sein.

Er reicht mir ein Glas Whisky und blickt mir dabei tief in die Augen.

»Wie lange werden Sie hier bleiben?« Er will alles wissen.

»Voraussichtlich 14 Tage. Es hängt davon ab, wie lange ich brauche, um alle unsere Kunden zu besuchen. Manchmal werden Termine abgesagt oder verschoben und das bringt dann alles durcheinander.«

Ich lasse mir noch einen Whisky geben. Der Dicke –

seine mit großer Geste überreichte Visitenkarte hat mir verraten, dass er Roberto heißt – schenkt nach. Ich trinke schnell, aber in kleinen Zügen.

Das zweite Glas zeigt langsam Wirkung, ein Kribbeln steigt mir die Beine hoch und macht sich's in der Höhe des Schambeins gemütlich. Die Hitze kriecht mir über den Rücken bis hinauf zum Nacken. Während er weiter auf mich einquatscht, ziehe ich mein Top und den BH aus. Da hält er, sichtlich überrascht, inne und stürzt sich ohne Vorwarnung gierig auf meine Brustwarzen. Er presst sie zusammen, als wollte er verhindern, dass die Luft aus einem Ballon entweicht. Ich komme mir vor wie ein Gummiknochen für Welpen. Meine Brustwarze dreht er zwischen Daumen und Zeigefinger, fast so, als suchte er den richtigen Radiosender. Natürlich muss er dabei sabbern. Ich hasse das, lasse ihn aber gewähren. Unter uns gesagt: Natürlich hatte ich es genau darauf abgesehen, als ich seiner Einladung aufs Zimmer gefolgt bin.

Seine hektische Fummelei in meiner Schamgegend endet damit, dass er sich mit seinen Wurstfingern im Gummizug meines Slips verheddert. Ich gehe ihm zur Hand und ziehe ihn mir selbst aus. Er missversteht das als freundliche Einladung, unverzüglich alle fünf Finger seiner Hand in meine Vulva zu quetschen, als würde er die Beute seines letzten Bankraubes im Kamin verstecken. Er ist wirklich sehr tollpatschig und sein Gesicht ist inzwischen von eiskaltem Schweiß bedeckt. Die Wahrscheinlichkeit für eine unvergessliche Nummer schwindet zusehends. Endlich fängt er an, sich auch auszuziehen. Aber wie es sich für einen Stümper gehört, behält er die Socken an. Der bloße Anblick dessen, was sich da offenbart, reizt mich zu schallendem Gelächter, aber ich halte mich zurück. Ich mache mich auf die Suche nach seinem Pimmelchen, doch diese winzige Laune der Natur bleibt unter seinen Speckringen verborgen. Ich müsste das ganze Fett zur Seite wuchten, um auch nur ansatzweise Verkehr haben zu können. Wenn nicht, würde sich die ganze Angelegenheit sowieso erledigt haben. Ohne zu zögern, steckt er seinen kleinen Freund in mich rein, nachdem er ihn aus dem weißen Feinripp geschält hat, und setzt das Kölbchen in Bewegung. Ich nehme mir fest vor, ihm eine Chance zu geben. Sein Gesicht ist im Kissen vergraben und die Hände hat er unter meinem Hintern. Ich zucke ein bisschen vor mich hin, habe aber gleichzeitig Angst, dass er mich unter sich zerquetscht.

Also ergreife ich die Initiative. Ich rutsche unter ihm weg und er wirft mir zum Dank einen Blick zu, der mich an einen Berufskiller denken lässt. Er denkt nicht im Traum daran zu fragen, ob mit mir alles okay sei.

»Was machst du denn da? Ich war kurz davor zu kommen!«, wirft er mir vor.

»Leg dich auf den Rücken«, befehle ich ihm.

Mein Ton scheint ihm nicht zu gefallen, aber er gehorcht und legt sich mit gespreizten Beinen auf den Rücken, die Beine etwas angewinkelt, wie ein Hund, der schwanzwedelnd darauf wartet, gekrault zu werden.

›Es gefällt dir also, kommandiert zu werden, mein Dickerchen‹, denke ich mit einem leichten Lächeln. ›Machst auf Macho, aber in Wirklichkeit macht es dich an, wenn dir eine sagt, wo der Hammer hängt. Du hättest mich nur darum bitten müssen.‹

Ich stelle mich aufs Bett, drehe mich um, so dass er meinen Hintern sieht, und setze mich auf sein kleines Ausrufezeichen. Er fängt an zu stöhnen und feuert mich an, wie ein Fußballtrainer am Spielfeldrand.

»Jaaaa! Mach weiter! Das ist gut!«, bellt mein Dickerchen.

»Gleich wirst du merken, dass du's mit einer Französin zu tun hast«, sage ich und drehe dabei meinen Kopf zu ihm, damit er mein Gesicht sehen kann.

»Jaaaa! Ja, ja!« Seine Miene zeigt mir, dass er sich schon entladen hat.

Kurz darauf komme ich auch.

Ich springe unverzüglich aus dem Bett und gehe ins Bad, um zu sehen, in welchem Zustand meine Frisur und mein Make-up sind. Als ich zurück ins Zimmer komme, um mich anzuziehen, liegt das Dickerchen kraftlos auf den Laken. Na, so wild war's nun auch nicht, denke ich. Ich ziehe mir alles an und krame dann eine Zigarette aus meiner Tasche. Dabei betrachte ich ihn und überlege, wie dieser Mann mir jemals auch nur einen Funken Lust hat einhauchen können.

»Wahnsinn!«, röchelt Roberto.

Die paar Haare, die er rechts und links noch am Kopf hat, sind komplett verschwitzt.

»Ich hoffe, wir können das wiederholen.«

Ich lächle zur Antwort und verlasse sein Zimmer. Der Körper hat natürlich seine eigene Sprache. Und das ist meine Art, mit den Leuten zu kommunizieren. Außerdem habe ich heute eine gute Tat vollbracht. Señor Roberto hat mindestens 500 Gramm abgenommen und ich bin wieder ein paar Millimeter näher an meine 1,2 Kilometer herangekommen.

# Schweißtreibende Tropen

*12. April 1997*

Ich öffne meine Zimmertür, und da steht er in seinem schwarz-weiß karierten Hemd, einer Imitation der Marke Façonnable. Ich wäre am liebsten sofort ein kleiner Damestein, der das ganze Geviert seines Oberkörpers und natürlich seines Rückens in allen nur möglichen Diagonalen abläuft. Mir kommen Spielregeln in den Sinn, von denen eine mehr als die andere dazu einlädt, übertreten zu werden.

Rafael ist schön wie ein junger Gott. Seine langen, schwarzen Haare, die er zu einem Zopf zurückgebunden hat, sind fein und glänzend. Beim Sprechen schiebt er immer wieder ein paar besonders rebellische Strähnen hinters Ohr. Sein Teint ist tief olivbraun und eine Frau um die vierzig, deren Lebensinhalt nur noch darin besteht, von einem Strand zum nächsten zu jetten, um diese Farbe auf ihre Haut zu zaubern, würde alles dafür geben.

Für Rafa scheint das alles keine Rolle zu spielen. Für mich auch nicht. Ich muss allerdings schon sagen, dass mich seine indianischen Wurzeln sofort angesprochen haben. Seine Zähne scheinen aus purem Elfenbein und ich fühle mich wie auf einer Safari im Dschungel Afrikas, Auge in Auge mit einem mächtigen Elefanten.

Wir verhandeln den Preis für ein paar Stunden Fremdenführung, außerdem will ich, dass er mir ein paar hübsche Fotos von seinem Land schießt. Am Ende lade ich ihn zu einem ganzen Wochenende ein, an dem seine körperliche Unversehrtheit schweren Schaden zu nehmen droht. Er scheint das zu ahnen, aber offensichtlich ist er bereit, das Risiko einzugehen. Ich brauche keinen Fremdenführer, aber nun habe ich einen unter Vertrag.

*14. April 1997*

Die Intensität unserer Begegnung übertrifft alle Erwartungen. Er beschenkt mich in einer Art, deren Bedeutung ihm selbst nicht klar sein dürfte. Er motiviert und inspiriert mich.

Während unseres ersten Treffens habe ich mich die ganze Zeit gefragt, ob seine Haut wohl salzig schmeckt. Nun habe ich herausgefunden, dass sie den Geschmack von Vanille hatte, einer Vanille, wie man sie zum Aromatisieren süßer Speisen verwendet.

Als wir uns an diesem Morgen lieben, stöhnt er auf Spanisch, nicht in seiner Muttersprache Quechua. Ein kleiner Hinweis auf seine Schüchternheit. Er braucht diese Distanz und erzeugt sie, indem er im Moment der höchsten Lust eine fremde Sprache spricht. Er möchte seine animalischen Instinkte vor sich selbst verbergen. Der Klang seiner Worte bricht sich an den Wänden des Zimmers, sie kehren zurück und greifen meinen Körper, wenn sich eines von ihnen in mein Ohr verirrt und dort sanft das Trommelfell umschmeichelt. Ich werde schwach und schwächer. Es ist mir unmöglich, Nein zu ihm zu sagen. Nach dem Akt bin ich immer ganz übersät von Sätzen, mein Mund zart gefüllt mit imaginären Coca-Blättern, die wir zu zweit kauen, und mein Haar glänzt, wie es niemals zuvor geglänzt hat. Wie seins. Wenn wir miteinander schlafen, trägt er es offen, wie ein sanftes Tuch, das meinen Körper glatt reibt.

Ich mag seine sinnlichen Lippen, und wenn ich an seinem großen Zeh knabbere, dann genieße ich aus dem Augenwinkel, wie er sich windet, halb lüstern, halb lachend. Seine Muskeln spannen sich auf dem noch unbefleckten Laken. Ich nuckele an seinen Fersen wie ein junges Hündchen, das seine Zähne in einen Schuh gräbt. Das Bett knarrt und scharrt gegen die Wand, so dass die Nachbarn bestimmt schon wissen, was für ein beneidenswertes Spiel hier gespielt wird. Aber es ist nicht das laute Geräusch der wilden Inbesitznahme, mit der ein Steinzeit-Mensch sein Weib bespringt, sondern etwas Zarteres, etwas, das Gänsehaut macht. Ab und zu denke ich dabei an Roberto, mein Dickerchen.

Rafa reibt meinen Körper oft mit dieser bitteren Orangenmarmelade ein, die wir vom Frühstück mit hochnehmen und in die Minibar legen. Ich habe sie eigentlich nie gemocht, aber so ... Zuerst leckt er mich mit seiner kleinen, spitzen Zunge sanft ab und dann steckt er sie mir in den Mund. Die Hitze seiner Zunge kontrastiert dabei mit der erfrischenden Kühle der Marmelade. Seine Haut ist glatt wie italienischer Marmor und es ist das erste Mal, dass ich einen völlig unbehaarten Körper in meiner Gewalt habe. Ich bin stolz auf dieses Prachtexemplar in meinem Bett.

Nach den zahllosen Liebkosungen und wunderschönen Momenten, die er mir bereitet hat, streift er sich das Kondom ab und legt es neben das Bett. Es ist so voll, dass es fast platzt. Ich verzeihe ihm die kleine Nachlässigkeit vieler Männer, das Kondom offen herumliegen zu lassen. Im Gegenteil, ich danke ihm mit einem befriedigten Blick, dass er mir die Opfergabe seines kristallenen Samens darbringt. Ich hebe das Kondom auf und führe es zu meiner Nase, auf der Suche nach dem Duft des mit Eiweiß vermischten Meerwassers. Doch alles, was ich wahrnehme, ist SK70, laut Packungsbeilage ein Gleitmittel, das die Empfindsamkeit steigert.

Als ich aus der Dusche steige, trockne ich mich mit einem nagelneuen, strahlend blauen Handtuch ab, das lauter kleine Baumwollflusen an meinem Körper hinterlässt. Ich stelle mich vor den Spiegel und sehe mit Schrecken, dass sich ein paar von ihnen an meinen intimsten Stellen verkrochen haben. Rafa lacht und macht sich mit der Souveränität eines Schönheitschirurgen sofort ans Werk. Er pflückt eins ums andere dieser heimtückischen Fusselchen, als zöge er mir vergiftete Splitter aus der Haut. Ich fühle mich wie ein Bleichgesicht in Fort Apache, Auge in Auge mit dem berühmten Häuptling Sitting Bull.

»Du bist ein Wunder, Chefin«, sagt er sanft.

Und du bist mein persönliches Totem, denke ich.

## *18. April 1997*

Es ist Nacht und Rafa fährt uns in eins der gefährlichsten Viertel von Lima. Als ich ihm erklärt habe, dass ich dort hinwolle, hat er mich angesehen und gesagt:

»In Ordnung, Chefin, aber nur unter der Bedingung, dass du dir einen Zopf machst und das Haar bedeckst. Es ist besser, sich dort nicht gleich als Ausländerin zu erkennen zu geben. Außerdem nehme ich eine Waffe mit, für alle Fälle, und wir verriegeln die Türen von innen. Wehe, du steigst aus. Verstanden?«

»Verstanden«, antworte ich mit ernstem Gesichtsausdruck.

Ich trage mein Haar nicht gerne zurückgebunden und Zopffrisuren kann ich auch nicht leiden. Das liegt an meinen Ohren. Schon in der Schule haben sie mich immer Dumbo gerufen, weil sie unter meinen schönen langen Haaren hervorstanden. Kinder können richtig grausam sein. Zum Glück hatte meine Mutter ein Einsehen und ließ mich operieren, als ich zehn war. Ich verbrachte danach den ganzen Sommer an der Côte d'Azur – mit einem Verband um den Kopf! Die Leute fragten meine Mutter andauernd, ob ich ein Schädelhirntrauma oder zumindest Krebs hätte. Mama hat mir den lieben langen Tag die Daumen gedrückt, als wollte sie schon allein die Möglichkeit dieser Krankheit exorzieren. Ich glaube, der Chirurg war nicht besonders gut, denn meine Ohren sehen heute noch wie Kohlblätter aus, ich habe heute noch Komplexe.

Die Straße, auf der wir fahren – wenn man sie denn als solche bezeichnen kann –, ist so eine Art Piste, ein Sandweg mit Spuren intensiven Verkehrs. Unser Auto schwankt wie ein Schiff in schwerer See, aber seltsamerweise habe ich gar keine Angst. Im Gegenteil, ich fange an, diese regelmäßigen Adrenalinschübe zu genießen. Außerdem erregt mich der Gedanke, dass neben mir ein bewaffneter Mann sitzt.

In der Ferne sehen wir ein paar Lichter, die von Häusern oben auf dem Hügel zu stammen scheinen.

»Halt den Wagen an!«, sage ich zu Rafa.

»Was?« Er schaltet runter und sieht mich an.

»Du sollst sofort anhalten!« Ich schreie fast. Im Dunkeln kann ich seinen verdutzten Gesichtsausdruck zwar nicht sehen, aber erahnen.

»Wenn ich jetzt stehen bleibe, kriegen wir den Wagen bei dem Boden nicht wieder flott, Chefin«, erklärt Rafa mit Nachdruck.

»Dann schieben wir eben.«

Mein Vorschlag scheint ihn nicht sonderlich zu überzeugen und er denkt nicht daran zu halten. Da greife ich nach der Handbremse und ziehe sie mit einer kräftigen Bewegung an, ohne an die Konsequenzen einer solch waghalsigen Aktion zu denken.

»Bist du verrückt, Chefin, weißt du, was da passieren kann!«, schreit er mich an.

Er stößt mich mit dem Arm zur Seite und verhindert so, dass ich die Handbremse bis zum Anschlag ziehen kann. Plötzlich bleibt das Auto stehen.

»Was ist los mit dir?«, fragt er, fast zornig über meine Dreistigkeit.

»Ich möchte, dass du mich jetzt sofort liebst.«

»Was?« Jetzt lacht er fast.

Ich sehe, er versteht, kann es aber offensichtlich nicht fassen.

»Lieb mich jetzt sofort, gleich hier, mitten auf der Straße«, sage ich und versuche, die Tür aufzumachen.

Das ist nicht so einfach, weil der Wagen schräg an einem Abhang steht. Nach ein paar Versuchen schaffe ich es aber dann doch. Ich hüpfe leichtfüßig vom Sitz und stelle mich ins Licht der Scheinwerfer, damit Rafa mich besser sehen kann. Vielleicht kitzelt das seine Libido. Die Landschaft ist wenig Vertrauen erweckend und es herrscht Totenstille. Nicht das klitzekleinste Geräusch. Noch nicht mal Vogelgezwitscher. Nach einer Weile steigt Rafa aus und stellt sich hinter mich. Mit einer Hand drückt er mich auf die Motorhaube und hebt meine Bluse hoch. Ich spüre, wie seine Fingerspitzen kleine Achten auf meinen Rücken zeichnen. Das Symbol für die Unendlichkeit. Die Sprache der Bienen. Ab und zu befeuchtet er seine Finger mit der Zunge und zeichnet weiter an seinen Aquarellen, bis er die Stelle erreicht, wo der Rücken in den Hintern übergeht. Er öffnet mir, jetzt ungeduldig, die Hose und zieht sie herunter. Mit beiden Händen hebt er meine Hinterbacken, damit mein hungriges Geschlecht auf der Höhe seines Phallus ist, der sich in der Dunkelheit aufrichtet und in seiner allmächtigen Herrlichkeit hart gegen den Himmel reckt ... In diesem Augenblick kommen mir die Bilder eines Horrorfilms in den Sinn, den ich mal mit einigen Freunden von der Uni gesehen habe: *Der Mythos von Kzulu*. Schrecklich! Es war die Geschichte eines Monsters, das mit seinem riesigen Ding jede Jungfrau nagelte, die ihm über den Weg lief. Natürlich sind alle, die von diesem Monsterschwanz gepfählt wurden, anschließend gestorben. Wir sahen für gewöhnlich Horrorfilme vor den Zwischenprüfungen, um ein bisschen Stress abzubauen. Im Grunde bin ich heute sehr furchtsam, deshalb will ich Rafa provozieren.

Er steigert sich in seinen Rhythmus und zwischen zwei Seufzern merke ich, dass er kurz davor ist. Ich halte ihn nicht zurück. Was mir gefällt, ist, dass er mir nicht widerstehen kann. Er gibt sich hin. Und auch ich mache mich nun auf, den Gipfel zu erklimmen. Ich erinnere mich an Cristián, wie er zur Sternschnuppe verglühte, an die anderen Männer, die meinen Weg gekreuzt haben, ich erinnere mich selbst an die, die noch kommen werden. Noch nie im Leben hatte ich einen so klaren Kopf. Mein Schrei schwingt sich hinauf bis zu den Hütten am Hang.

»Fotografier mich, so, halb nackt.«

Rafa lässt sich nicht zweimal bitten, er steckt sein

schärfstes Blitzgerät auf und feuert sein Drittes Auge auf meine Silhouette ab.

»Bitte recht freundlich«, verlangt er, während er ein bisschen näher an mich herantritt.

Ich biete unterschiedliche Stellungen an, stolz darauf, für diese Nacht sein Modell zu sein.

»Lass uns fahren!«, befehle ich ihm, als ich keine Lust mehr habe.

Wir steigen ins Auto, und nachdem er ein wenig mit dem Gaspedal gespielt hat, setzt sich der Wagen in Bewegung. Von dem Dorf aus, oben auf dem Hügel, haben wir eine wunderbare Aussicht auf Lima. Ein Haufen Kinder umringt das Auto und rennt hinter uns her. Wir halten für einen Moment an.

»Mach ein paar Fotos von der Stadt«, bitte ich Rafa. »Und von den Kindern, geht das?«

»Ja, Chefin. Du bleibst aber ganz ruhig sitzen. Ich möchte keine Probleme mit den Leuten hier haben. Schau mal, wie die uns anstarren!«

Aus den umliegenden Bars und Bretterbuden kommen immer mehr Menschen auf uns zu, neugierig darauf, wer sich in dieses Gebiet hier vorwagt, das eigentlich den Armen vorbehalten ist, denen, die überhaupt nichts haben.

Da entdecke ich einige Satellitenschüsseln auf den Hütten.

»Wie ist denn so was möglich? Nicht einmal ich in Spanien habe eine Schüssel auf dem Dach!«, frage ich ganz verwirrt.

»Die Regierung hat ihnen sogar Strom und Wasser bis hierher gelegt. Kommt einem unglaublich vor, ist aber so. Selbst Buslinien gibt es hier – Privatbusse. Für einen halben Sol können sie in die Stadt und wieder rauffahren.

Viele verkaufen tagsüber Obst in der Stadt und kommen dann am Abend zurück nach Hause«, erklärt er, während das Objektiv seiner Kamera auf die Kinder gerichtet ist.

Die machen sich einen Spaß daraus, allerlei Grimassen zu schneiden und uns die Zunge rauszustrecken.

»Mach ein Foto, Rafa.«

»Ich bin doch gerade dabei.«

In diesem Moment merke ich, dass meine Hose noch offen ist. Ich versuche sie zuzumachen, aber ein paar gewaltige Stöße gegen das Auto machen es unmöglich. Als ich den Kopf hebe, sehe ich die Leute, wie sie mit grimmiger Miene versuchen, das Auto umzuwerfen.

»Halt dich gut fest, Chefin, wir müssen verduften«, schreit Rafa.

Er wirft mir die Kamera in den Schoß und schaltet nervös in den ersten Gang.

Wir lassen den Mob hinter uns und sehen bald nur noch den Staub der Erde, der sich hinter uns hebt.

»Konntest du Fotos machen?« Ich breche das Schweigen erst, als wir beim Hotel ankommen.

»Ja, Chefin. Aber hast du jetzt gesehen, was für eine schwachsinnige Idee es war, dort hinzufahren? Das hätte ins Auge gehen können.«

»Ja, Rafa, das stimmt.«

# Scherereien

*19. April 1997*

Trotz des Schrecks von gestern bin ich heute quicklebendig, habe gute Laune ... und Magenkrämpfe. Ein Anruf der Firma, die ich besuchen muss, hat meinen Tagesablauf völlig über den Haufen geworfen. Der Marketingdirektor erwartet mich in Trujillo, ungefähr 500 Kilometer von Lima entfernt. Um dorthin zu kommen, muss ich ein Flugzeug nehmen.

»Der Herr Direktor empfängt Sie um 14 Uhr«, teilt mir seine Sekretärin mit.

Mir bleibt nicht mehr viel Zeit, zum Flughafen zu kommen und in den Flieger zu steigen, um den Termin pünktlich wahrzunehmen.

Ich möchte Rafa mitnehmen, aber er hat schreckliche Laune, als er aufsteht. Ich knuffe ihn ein paar Mal in die Seite, damit er wach wird und unter die Dusche springt, wo er eine halbe Ewigkeit bleibt. Dann hetzen wir im Taxi zum Flughafen. Hier ticken die Uhren anders und der Taxifahrer hält mich wahrscheinlich für eine Irre, weil ich ihn so antreibe.

»Es ist mir egal, ob vor uns Autos fahren. Nehmen Sie von mir aus den Bürgersteig, und keine Sorge wegen der Polizei, das ist schon in Ordnung. Also los, geben Sie Gas!«

Am Flughafen angekommen, müssen wir Schlange stehen. Ich fürchte, dass wir es nicht rechtzeitig schaffen. Zu guter Letzt klappt dann aber doch alles und ich beruhige mich wieder.

Nach dem Start serviert uns eine reizende Stewardess das Essen, das aber weder Rafa noch ich herunterbekommen.

»Hast du was dagegen, hier im Flugzeug ein paar Fotos zu machen?«, frage ich Rafa.

»Sind Sie Fotograf?« Die Stewardess, die gerade mit ihrem Wägelchen vorbeifährt, um unsere unberührten Tabletts abzuräumen, lächelt Rafa schüchtern an.

»Ja«, antwortet er.

»Du gefällst ihr«, flüstere ich Rafa ins Ohr.

»Woher willst du das wissen?« Das scheint ihm unangenehm zu sein, dabei ist es normal, dass Rafa den Frauen gefällt. Er ist ein sehr attraktiver Mann, aber eben auch etwas schüchtern.

»Weibliche Intuition.«

»Macht dir das denn gar nichts aus?«

Warum sollte mir das etwas ausmachen? Ich bin eigentlich nicht sehr eifersüchtig. Im Gegenteil. Es schmeichelt mir sogar, wenn der Mann, mit dem ich unterwegs bin, auf andere Frauen anziehend wirkt. Wie könnte ich außerdem von einem Mann verlangen, mir treu zu sein, wenn ich selbst mit jedem ins Bett gehe, der mir gefällt? Am liebsten würde ich ihm jetzt erzählen, was am Tag meiner Ankunft in Lima mit Roberto passiert ist. Aber ich werde es nicht tun, aus Rücksicht. Ich weiß ja auch gar nicht, wie er das aufnehmen würde. Ja, ich habe ein bisschen Angst vor seiner Reaktion, immerhin ist meine Lebensphilosophie nicht jedermanns Sache.

»Überhaupt nicht! Ich bin nicht eifersüchtig, das weißt du doch.« Das ist alles, was ich sage.

Nach etwa einer Stunde kommen wir in Trujillo an. Rafa und die Stewardess tauschen Telefonnummern, weil sie, wie sie sagt, noch einen professionellen Fotografen für die Kommunion ihres Neffen sucht.

Das Erste, was wir im Flughafen zu Gesicht bekommen, sind Schilder, die uns vor der hiesigen Cholera-Epidemie warnen. Dieser Virus folgt mir auf Schritt und Tritt, aber mein Arzt, der auf Tropenkrankheiten spezialisiert ist, meinte, die Krankheit könne uns Europäern nichts anhaben, weil wir keine Probleme mit Unterernährung haben und unsere Magensäfte die Bakterien abtöten. Auf jeden Fall sei es aber angeraten, kein Leitungswasser zu trinken und auch auf Eiswürfel zu verzichten.

Wir fahren direkt zu meinem Termin, der alles andere als gut verläuft. Um mich zu beruhigen, machen wir anschließend eine kleine Rundfahrt. Etwas weiter draußen entdecke ich, dass das Umland von Trujillo eine Wüste voller Spargelfelder ist. Das Meiste der Ernte wird nach Spanien exportiert. Wir fahren durch diese karge, gleichzeitig fruchtbare Gegend, und plötzlich steigen Wut und Traurigkeit in mir hoch. Dieses Treffen mit dem Marketingboss von Prinsa wird meine Reise nach Peru verkürzen. Ich habe ihn getroffen, wie geplant, und jetzt gibt es keinen Grund mehr, länger zu bleiben. Rafa hat davon noch keine Ahnung. Ich habe Angst, es ihm zu sagen. Immer das Gleiche: Ich schiebe die wichtigen Dinge auf. Natürlich bin ich nicht in ihn verliebt, aber ich habe ihn sehr, sehr gern.

## Die Nacht des 21. April 1997

»Ist da jemand? Ich bin hier! Bitte holt mich doch hier raus! Ich ersticke.«

Inmitten völliger Dunkelheit suche ich verzweifelt nach einem Orientierungspunkt. Mir tut alles weh, vor allem die Beine. Ich bringe keinen Ton hervor. Mein Kiefer steht weit offen, ist wie gelähmt.

»Bitte! Ich brauche Hilfe!«

Ich kann mich nicht bewegen. Jetzt fühle ich meine Gliedmaßen schon nicht mehr. Es ist wie in einem Sarg, aber ich bin nicht tot.

Vielleicht handelt es sich um eine Entführung und man hat mich irgendwohin verschleppt, wie es die von der ETA machen. Aber warum? Das ist doch alles nur ein Traum. Ich hab doch überhaupt nichts mit dem Baskenland zu tun. Verdammt noch mal! Ich bin in Peru und nicht in Spanien. Eben habe ich mich noch mit dem Marketingleiter von Prinsa getroffen. Was ist also los? Vielleicht der Leuchtende Pfad?

»Ich bin französische Staatsangehörige mit einer gültigen Aufenthaltsgenehmigung für Spanien!«

Wie war das noch mal: Guzmán ist im Gefängnis, die Anführer der Guerilla sind entmachtet, seit einiger Zeit hat es schon keine Anschläge mehr gegeben. Das kann es also nicht sein. Vielleicht sind es die Slumkinder, die mich als Geisel festhalten. Aber das ist doch unmöglich, wenn mich mein Gedächtnis nicht trügt, sind wir da heil wieder rausgekommen. Vielleicht die Strafe Gottes für all die Sünden, die ich in meinem Leben begangen habe? Dabei habe ich nie irgendjemandem Schaden zugefügt! Mich nur ab und an ein wenig an der Lust erfreut.

»Holt mich hier endlich raus! Bitte! Ich beruhige mich auch wieder. Gebt mir doch Antwort! Ich kann nicht mehr.«

Ich kriege keine Luft mehr, die Enge macht mir Angst, mir geht es hundeelend. Wahrscheinlich haben sie mir Drogen gegeben, mir ist schon ganz anders. Ich will mich an der Nase kratzen, aber ich kann nicht mal den kleinen Finger rühren. Ich versuche, die Augen zu bewegen, und komme mir vor wie ein altes, blindes Pferd.

Auf einmal ein Geräusch. Schritte, Stimmen. Ich bin so am Ende, dass ich Wirklichkeit und Phantasie nicht mehr auseinander halten kann.

»Ich bin hier!«

Ich lausche. Man scheint mir Beachtung zu schenken. Aber was ist das? Plötzlich ein schrecklicher Lärm und eine Erschütterung, die ich mir nicht erklären kann. Ein Erdbeben? Das ist es! Ich liege unter den Trümmern eines durch ein Erdbeben zum Einsturz gebrachten Gebäudes.

»Hiiilfe!«

Bestimmt wissen sie, dass es Überlebende gibt, und sie haben ein Rettungsteam mit Spürhunden zusammengestellt, denn in Peru sind Erdbeben ja an der Tagesordnung.

Ich versuche mich zu beruhigen. Aber Panik steigt in mir auf: Und wenn ich jetzt gelähmt bleibe? Ich spüre meinen Körper nicht mehr richtig.

»Vater unser im Himmel, geheiligt werde dein Name, dein Reich komme, dein Wille geschehe, wie im Himmel so auf Erden, unser tägliches Brot gib uns heute und vergib uns unsere Schuld ...«

Licht! Ich sehe es ganz deutlich. Mein Gebet ist erhört worden. Das Licht blendet mich, aber ich sehe jemanden. Jemanden?

Es ist Roberto, mein Dickerchen!

»Roberto! Hier bin ich! Hilf mir, bitte! Ich freue mich so, dich zu sehen! Was ist denn los mit dir? Wie siehst du denn aus? Wie ein Verbrecher.«

Roberto nähert sich bedrohlich, ich versuche zu verstehen ... Er packt meinen Kopf mit beiden Händen und presst ihn in seinen Schoß. Ich kann nichts tun, nicht mal aufstöhnen.

»Los, lutsch mich, du dreckige Gummipuppe!«, befiehlt mein Dickerchen und steckt mir seinen syphilitischen Schwanz in meinen aufblasbaren Mund.

## 22. April 1997

Ich schrecke auf und liege fiebrig in meinem Bett im Hotel Pardo. Ob ich wohl am so genannten Stockholm-Syndrom leide, das mich Mitleid für meinen Entführer aus dem Sexshop empfinden lässt?

Dieser Alptraum und das Fieber verfolgen mich den ganzen Morgen. Aber ich muss mich konzentrieren, denn es steht einiges an. Der Rückflug nach Spanien will organisiert werden, außerdem habe ich Omi versprochen, ihr eine Postkarte von Machu Picchu zu besorgen.

Im Reisebüro von Iberia machen sie das Unmögliche möglich, einen Platz für den Flug morgen Abend. Mir bleiben also vierundzwanzig Stunden. Im Zentrum finde ich einen alten Straßenverkäufer, der mit Büchern und Postkarten handelt. Ein sympathischer Mann, dessen Maiszigarette fröhlich vor sich hin qualmt, ohne dass er auch nur einmal daran zieht. Sie scheint ihm fast die Lippen zu verbrennen, aber das schert ihn nicht weiter. Als ich ihn nach Machu Picchu frage, kramt er unzählige Postkarten der berühmten Ruinenstadt hervor; in Farbe, schwarz-weiß, unterschiedliche Perspektiven, mit Beschreibungen in allen möglichen Sprachen. Hier finde ich bestimmt was. Es sieht so aus, als sammelte er sie seit seiner Geburt. Viele sind schon etwas vergilbt und riechen nach alten Büchern, die jahrelang in irgendeiner Bibliothek herumgestanden haben. Ich nehme eine kolorierte Karte und gebe dem armen Mann das Doppelte von dem, was er verlangt – ohnehin ein Spottpreis. Der Alte bedankt sich ausgiebig und ehrerbietig, als wäre er ein japanischer Diplomat. Zufrieden gehe ich zurück ins Hotel.

Liebe Omi,
wie versprochen, hier also deine kleine Postkarte, obwohl ich gestehen muss, dass ich gar nicht in Machu Picchu war. Ich hatte leider keine Zeit. Das Treffen mit der Firma vor Ort ist gelaufen und morgen Abend fliege ich nach Spanien zurück. Ich rufe dich an, wenn ich wieder zu Hause bin.
Einen dicken Kuss von deiner Kleinen

Ich gebe die Karte an der Rezeption ab und bitte darum, sie so schnell wie möglich abzuschicken. Eva sagt, ich brauche mir keine Sorgen zu machen, es könne allerdings sein, dass es ein Weilchen dauere.

Später rufe ich noch mal Rafa an, der für das peruanische Fernsehen am Strand die morgendliche Aerobicstunde dreht, und wir verabreden uns für mittags in einer Bar, dem Mojito. Heute Morgen hat er sich sehr früh verabschiedet und mir beim Gehen noch einen unschuldigen Kuss auf die Lippen gehaucht. Er fragte mich noch besorgt, ob es mir gut gehe, und war dann auch schon weg. Das bisschen

Zeit, das mir noch bleibt, werde ich dazu nutzen, mir zu überlegen, wie ich ihm meine morgige Abreise beibringe.

Ich messe noch mal meine Temperatur: 37,7 Grad. Das Fieber ist also etwas zurückgegangen, aber gut fühle ich mich immer noch nicht. Also lege ich mich ein Weilchen hin.

Was sage ich Rafa? Wie wird er es aufnehmen? Ob er mir Vorwürfe macht, weil ich es ihm nicht eher gesagt habe? Und verabschiedet sich dann mit Küsschen rechts, Küsschen links, ohne die Aussicht auf ein Wiedersehen? Ich grüble den ganzen Morgen und erst am Mittag stehe ich auf, um die Ringe unter meinen Augen wegzuschminken. Ich sehe schrecklich aus. Mit der Jacke unter dem Arm mache ich mich auf den Weg.

Das Mojito ist voll hipper Leute, hier trifft sich der Jetset von Lima. Wer etwas auf sich hält, kommt hierher, um einen Snack oder einen Drink zu nehmen. Der Laden hat zwei Etagen. Unten stehen limonengrüne Tische und schicke Stühle. Eine Holztreppe führt in einen Raum, in dem es wie in der Bar eines amerikanischen Westerns aussieht, wo Cancan-Tänzerinnen, lasziv und mit Federn auf dem Kopf, den Cowboys an der Theke aufreizende Blicke zuwerfen. Dieser obere Teil ist nur am Abend geöffnet. Neben dem Innenraum gibt es ein paar Terrassen. An einem langen Tisch kann man dort etwas trinken und der Musik zuhören.

Ich halte nach Rafa Ausschau und entdecke ihn vor einem mexikanischen Bier. Er saugt das Zitronenstückchen aus und meditiert über die Bissspuren, die seine Zähne im Fruchtfleisch hinterlassen.

»Du siehst nicht gut aus, Chefin!«, sagt er und steht auf, um mir einen Stuhl zu holen.

»Ich glaube, die Reise nach Trujillo ist mir nicht besonders bekommen«, erwidere ich, ohne ihm in die Augen zu sehen.

Ich winke den Kellner heran.

»Bist du sicher, dass das alles ist?«

Er scheint etwas zu ahnen, außerdem macht er einen nervösen Eindruck. Ununterbrochen zupft er kleine Eckchen des feuchten Etiketts seiner Bierflasche ab, bis am Ende gar nichts mehr dran ist.

»Bringen Sie mir bitte die Karte und noch ein Corona«, bitte ich den Ober.

Während ich mir eine Zigarette anzünde, fange ich an zu zittern. Rafa bemerkt es, sagt aber nichts.

Wir bestellen Enchiladas mit Käse, Burritos – bitte nicht zu scharf – und eine Flasche Wein der Hausmarke. Typisch peruanisch!

»Meinst du, es ist gut, wenn du Alkohol trinkst?«

Rafa ist ernst geworden.

»Ich trinke nur einen Schluck. Der Tag gestern hat mich doch ganz schön mitgenommen. Außerdem muss ich immer an die Schilder mit der Cholera-Warnung denken, die wir in Trujillo gesehen haben. Mir geht's zwar nicht blendend, aber ich habe schon wieder Appetit. Das ist doch ein gutes Zeichen, oder?«

Er wirkt nicht sehr überzeugt. Beim Essen herrscht Grabesstille zwischen uns. Ab und zu schaut Rafa verstohlen zu mir rüber, einmal erzählt er was von seiner Arbeit und den Fotos, die wir gemacht haben. Der Kellner, der unsere Bestellung nach und nach an den Tisch bringt, trägt auch nicht zur Belebung der Szene bei.

Nach dem Essen stehen wir auf und ich sage zu Rafa, dass ich gerne zum Hotel zurück möchte. Ich will alleine sein, und wenn das Fieber nicht sinkt, werde ich einen Arzt rufen. Er nickt mir zu, was bedeutet, er ist einverstanden. Als ich ins Taxi steige, steckt er mir einen kleinen gelben Umschlag in die Handtasche.

»Versprich mir, dass du dich genau an die Anweisungen hältst, die da draufstehen!«

Ich bin etwas überrascht, aber in meinem Zustand frage ich nicht weiter nach, was er damit meint. Ich nicke ihm zu und schließe die Tür. An der nächsten Ampel drehe ich mich noch mal um und sehe Rafa in der Ferne traurig dastehen. Er hebt die Hand zum Abschied. Er wirkt schwach. Ich weiß nicht wieso, aber ich ahne, dass wir uns nie wiedersehen werden. Und er ahnt es auch.

## 23. April 1997

Gestern kam der Arzt und hat eine Magen-Darm-Infektion diagnostiziert. Er gab mir den Rat, mich in Spanien einer Untersuchung zu unterziehen, um eine mögliche Salmonellenvergiftung auszuschließen. Ich habe dann den ganzen Nachmittag geschlafen und später noch versucht, Rafa anzurufen, aber sein Handy hatte keinen Empfang. Nachts stand ich ein paar Mal auf, weil ich mich entleeren musste oder völlig nass geschwitzt war oder Wahnvorstellungen hatte. Mir fiel das Treffen mit Roberto wieder ein und ich musste an den Alptraum der vergangenen Nacht denken. Die Luft im Zimmer war unerträglich und ich hatte das Gefühl, bei lebendigem Leib begraben zu sein. Im ganzen Raum stank es nach faulen Eiern, was nicht zuletzt von meinem widerwärtigen Aufstoßen herrührte.

Heute Morgen fühle ich mich trotz allem wieder besser.

Das Fieber ist genauso schnell verschwunden, wie es gekommen war. Ich habe schon wieder Lust, zu frühstücken und dann meine Koffer zu packen. Noch einmal wähle ich Rafas Nummer, ohne Erfolg. Entweder ist er sauer auf mich oder er weiß, dass ich abreise, und möchte sich eine dramatische Abschiedsszene ersparen. Ich nehme ihm das nicht mal übel. Den ganzen Tag über arbeite ich an Berichten über die Kunden, die ich während meines Aufenthaltes besucht habe – nur um nicht nachdenken zu müssen.

Ein Taxi wartet vor dem Hotel und ich verabschiede mich von Eva, die mir von Anfang an sehr sympathisch war. Ich werde sie wohl vermissen. Am liebsten würde ich heulen, ich kann meine Trauer kaum verbergen. Im Taxi kommt dann alles raus. Der Fahrer betrachtet mich besorgt im Rückspiegel, als ich mich in ein Stück Toilettenpapier schnäuze, das ich in meiner Handtasche gefunden habe. Wenn ich kein Taschentuch dabeihabe, nehme ich immer etwas Papier aus der Toilette mit, um – wie jetzt – ungelegene Tränen zu trocknen oder das überschüssige Fett von Stirn und Nasenflügeln zu tupfen.

Als ich am Iberia-Schalter nach dem Ticket und meinem Pass suche, fällt mir Rafas Umschlag in die Hände. Er ist ausgefallen gestaltet, mit einem Siegel aus rotem Wachs und den Initialen: R. M. Ich erkenne Rafas Handschrift: »Erst im Flugzeug öffnen.« Ich betaste den Umschlag, um zu erraten, was er enthält. Er ist sehr hart. Ich habe es ihm versprochen, also werde ich den Brief erst im Flugzeug aufmachen, auch wenn ich vor Neugier umkomme.

In dieser Nacht fliegen wir durch zahlreiche Turbulenzen, noch mehr als auf dem Hinflug. Und natürlich immer dann, wenn die Stewardessen gerade etwas servieren wollen. Mein Saftglas macht unaufhörlich kleine Ausflüge, von rechts nach links und wieder zurück, wie bei einer spiritistischen Sitzung.

Das Symbol zum Anschnallen leuchtet plötzlich auf und mein Herz beginnt schneller zu schlagen. Flugreisen werden für mich immer mehr zu einem Problem. Ich bräuchte eine Zigarette, um mich zu beruhigen. Aber spätestens nach zwei Zügen hätte ich das gesamte Bordpersonal und sämtliche Mitpassagiere gegen mich aufgebracht. Was gäbe ich jetzt für zwei Züge! Mir kommt Rafas Umschlag in den Sinn. Ganz behutsam hole ich ihn aus der Tasche, als wäre es ein Diamant von tausend Karat.

Als ich den Umschlag öffne, kommt ein wunderschönes Kästchen mit einem kleinen Blatt Papier darin zum Vorschein. Seine kleine, aber überwältigende Botschaft:

Liebe Chefin,
der Schatz der Liebe kommt in kleinen Truhen.
Rafa

Rafa, Rafa, warum nur eine sooo kurze Nachricht? Ich bin so hungrig nach deinen Worten! Hattest du mir wirklich nicht mehr zu sagen? Wieder und wieder lese ich die Nachricht und beginne allmählich zu begreifen, welchen Schatz dieses kleine Kästchen birgt. Die Tränen jetzt haben nichts mit jenen gemein, die ich im Taxi auf dem Weg zum Flughafen vergossen habe. Das sind Tränen, unterbrochen von tiefem Schluchzen, die sich wie ein reißender Fluss Bahn brechen. Tränen, die aus einem Herzen quellen, das vor Traurigkeit überfließt. Ich kann mich nicht erinnern, je in meinem Leben so um einen Mann geweint zu haben. Aber weine ich wirklich um ihn oder um die Momente des Glücks, die wir unwiederbringlich gekostet haben?

# Die 180-Grad-Wendung

*24. April 1997*

Am Flughafen erwartet mich niemand. Es ist noch zu früh. Ich komme mit völlig verquollener Nase an, weil ich während des Fluges sieben von zwölf Stunden geheult habe. Und auch die Augen sehen aus, als hätte mich eine Biene auf beide Lider gestochen. Ich habe versucht, mich damit zu trösten, Rafa in guten Händen zu wissen, denn zweifellos wird er etwas mit der Stewardess anfangen, die wir auf dem Flug nach Trujillo getroffen haben. Der Gedanke daran muntert mich etwas auf.

Das Erste, was ich mache, ist, mir eine Zigarette anzuzünden. Während ich am Ausgang des Terminals auf ein Taxi warte, stecke ich meine spanische SIM-Karte wieder ins Handy. Meine Mailbox muss voller Nachrichten sein, aber das hat Zeit, bis ich zu Hause bin.

Für den Nachmittag bin ich mit Andrés verabredet, um ihm den Bericht meiner Reise zu geben. Ich werde also nach Hause fahren, mich ein Stündchen hinlegen und später am Nachmittag im Büro vorbeifahren.

Auf dem Weg genieße ich die Zivilisation, die ich vor ein paar Tagen verlassen habe. Ich mache mich daran, jede Bewegung der Stadt zu beobachten. Ein Mann steht vor einem Gucci-Schaufenster und studiert sorgfältig den Preis von einem Paar hoher Stöckelschuhe. Er murmelt etwas vor sich hin und stülpt in unregelmäßigen Abständen seine Unterlippe über die Oberlippe. In einem Café weist der Manager eine Kellnerin auf das größte Stück Torte hin, aus dem die Vanillecreme nach allen Seiten herausquillt. Mit der Zungenspitze befeuchtet er den linken Mundwinkel. Ich fühle mich wohl und finde rasch wieder zu meinem alten Rhythmus zurück.

Noch nie war ich so schnell vom Flughafen bei mir zu Hause. Die Stadt ist noch nicht richtig in die Gänge gekommen, obwohl sich die Luft schon langsam auf den Smog des Tages einzustimmen scheint, und auch die Luftfeuchtigkeit nähert sich allmählich dem Limit. Die Sirene eines Krankenwagens erinnert mich daran, dass ich zurück in Spanien bin, der Rest liegt hinter mir. In jedem Land klingt diese Sirene anders und verwandelt den, der sie hört, in einen Fremden. Heute fühle ich mich gut, aber fremd.

Mein Briefkasten quillt über vor Post. Vor allem zwei Sendungen fallen mir gleich ins Auge: ein handschriftlich an mich adressierter Brief und eine Benachrichtigung, die besagt, dass ein Paket für mich bei meinem Nachbarn Felipe abgegeben worden ist. Das muss ich gleich abholen.

Ich öffne den Brief und sehe sofort die Unterschrift: Cristián. Wie kommt Cristián dazu, mir einen Brief zu schreiben? Im Moment ist mir nicht danach, den Brief zu lesen, zumal ich auch noch ein wenig sauer auf ihn bin, weil er nicht für mich da war, als ich ihn am meisten gebraucht hätte.

Ich freue mich, wieder zu Hause zu sein, und begrüße jedes einzelne meiner Möbelstücke. Es sind nicht viele, aber jedes hat ein Eigenleben und ich hänge an ihnen, besonders an einem: Es ist die Reproduktion eines Porträts von Modigliani. Jeder, der in meine Wohnung kommt, fragt mich, ob ich das sei.

»Ich?«, gab ich einmal überrascht und mit dem Ausdruck des Missfallens zurück.

»Klar!«, kam die Erwiderung. »Du siehst dieser Frau unglaublich ähnlich; die langen braunen Haare, die feinen rosigen Lippen, von denen man nie so genau weiß, ob sie lächeln, die lange, kräftige Nase, der unendlich lange Hals und natürlich die Augen, die dich bis in den letzten Winkel der Wohnung zu verfolgen scheinen.«

Das Mädchen auf dem Bild ist nicht unbedingt eine Schönheit, dafür aber sehr geheimnisvoll! »Sie sieht aus wie die Mona Lisa!«, rief Sonia, als sie sie das erste Mal sah.

Ich lasse den Koffer links liegen, fläze mich aufs Sofa und gehe die übrige Post durch: Telefon- und Stromrechnungen, Werbung für einen neuen Schönheitssalon mit einem Angebot für Fingernägel aus Porzellan ... Ich nehme den Brief von Cristián wieder in die Hand.

Hallo Val,
ich habe mehrmals versucht, dich auf dem Handy zu erreichen, aber es war immer ausgeschaltet. Da ich nicht weiß, wie ich dich sonst kriegen kann, schreibe ich dir diesen Brief. Bitte melde dich, und wenn es nur ist, um mir den Laufpass zu geben.
Ich habe auf jeden Fall Lust, dich wiederzusehen.
Cristián

Soll er ruhig leiden! Ich zerknülle den Brief und werfe ihn in den Papierkorb. Ich will nicht nach Spanien zurückkommen und mich direkt wieder wegen ihm verrückt machen. Ohne groß nachzudenken und vielleicht auch, um den Ärger mit Cristián zu vergessen, gehe ich runter zu meinem Nachbarn Felipe und klingle. Er macht sofort auf.

»Hallo! Ich wohne oben im ersten Stock. Erinnerst du dich an mich?«, frage ich ihn mit einem breiten Lächeln.

Noch ahne ich nicht, dass sich das Treffen mit Felipe als außerordentlich fruchtbar erweisen wird. Wir treffen uns zu einem Zeitpunkt, da das Schicksal eine kleine Kurskorrektur bei mir vorgesehen hat, so wie Felipe die Wege seiner Klienten in diese oder jene Richtung lenkt.

Felipe ist ein merkwürdiger Typ. Klein, leichte O-Beine, lange Fingernägel wie ein klassischer Gitarrist, dichtes, krauses Haar und ein alberner Kinnbart, den er sich stehen lässt, um sich etwas interessanter zu machen. Er trägt ausschließlich Schwarz oder Grau und immer die gleichen weißen Turnschuhe. Irgendwie wirkt er wie ein Langweiler, mit blassem Gesicht, schüchtern und unfähig, auch nur einen Satz zu sagen, ohne irgendwo ein »klar« einzubauen oder sich ständig zu verhaspeln. Er hat kleine, dunkle Augen und erinnert an einen jungen Fuchs. Kurz gesagt: Er ist potthässlich.

»Klar ist hier ein Paket für dich abgegeben worden, und weil du grad nicht da warst, hab ich die Empfangsbestätigung für dich unterschrieben. Warte, ich hol es. Du kannst gerne solange reinkommen«, lädt er mich schüchtern ein.

Er geht zu einem Tisch und holt das obskure Päckchen aus der Schublade.

»Da bin ich wirklich froh! Wenn du es nicht angenommen hättest, wäre es bestimmt an den Absender zurückgeschickt worden und ich hätte ewig warten müssen, bevor es wieder hier gewesen wäre«, danke ich ihm, während ich gleichzeitig lese, was draufsteht.

»Ist doch klar, Nachbarn müssen zusammenhalten. Außerdem konnte ich mich an dich erinnern. Wir sind uns ein paar Mal im Treppenhaus begegnet. Du bist aus Frankreich, oder?«

Ich bemerke überrascht, dass er in diesen vier Sätzen nur einmal »klar« gesagt hat.

»Ja, ich komme aus Frankreich, lebe aber schon seit ein paar Jahren hier«, antworte ich, erfreut, dass mit dem Päckchen offensichtlich mein elektrischer Bauch-Beine-Po-Optimizer mit Fett-weg-Garantie gekommen ist, den ich neulich nachts beim Teleshopping bestellt hatte, als ich wieder mal nicht schlafen konnte. Dann frage ich ihn:

»Und du? Ein reinrassiger Katalane, nehme ich an?«

»Klar! Hört man an meinem Akzent, oder?«, sagt er und blickt zu Boden. Neugierig schaue ich, ob da irgendwas ist – natürlich nicht.

»Und was machst du hier?«, fragt er und scharrt dabei mit seinem rechten Fuß, als wollte er eine Zigarette austreten.

»Ich arbeite für eine Werbeagentur«, sage ich und blicke ihm dabei direkt in die Augen, um irgendeine Reaktion zu provozieren.

Felipe lässt sich nicht aus der Fassung bringen.

»Klar, eine Werbeagentur! Das ist bestimmt interessant, oder?«

Er hat seine Hände tief in die Hosentaschen vergraben, stiert weiter auf den Boden und fühlt sich sichtlich unwohl.

»Ja, manchmal schon. Aber ich könnte mir denken, dass das, was du machst, tausendmal interessanter ist.«

Er schaut mich überrascht an.

»Als ich vor zehn Tagen weggefahren bin, stand vor deiner Tür ein Haufen Leute und ein Mädchen hat mir erzählt, dass sie alle Schauspieler wären und du so was wie Lebensstücke verkaufst. Stimmt das?«

Ich habe fest vor, ihn ein bisschen auszuquetschen, um rauszufinden, was das mit den Lebensstücken auf sich hat.

Felipe wird ernst:

»Klar, schon seltsam, was ich mache, oder? Aber es ist wirklich so, ich verkaufe Lebensstücke. Das ist absolut neu. Ich erfinde Geschichten und kreiere Figuren, die ich dann für einen bestimmten Zeitraum verkaufe. Das ist so eine Art Rollenspiel. Jeder hat doch irgendeinen Traum: Du wärst gerne mal ein Spion, ein Pop-Star, ein Modell oder vielleicht auch mal das Opfer einer Entführung.«

»Das Opfer einer Entführung?!«, frage ich verblüfft.

»Ja. Ich lasse all diese Träume Wirklichkeit werden. Ich baue die entsprechende Situation und ein paar Figuren. Dabei habe ich sehr gute Schauspieler, ein Drehbuch – alles wirkt ganz echt, wie im wirklichen Leben.«

»Das ist ja interessant!«, sage ich. »Und wie funktioniert das genau?«

»Das kann ich dir gerne erklären, aber dazu bräuchte ich ein bisschen Zeit. Warum kommst du nicht einfach morgen Nachmittag vorbei und wir unterhalten uns in aller Ruhe?«

»Okay! Ich kann aber erst ab acht, weil ich den ganzen Tag arbeiten muss. Ist das in Ordnung für dich?«, frage ich, in der Hoffnung, dass er nichts dagegen hat.

»Klar, geht in Ordnung. Wir proben sowieso den ganzen Nachmittag hier, und wenn wir früher fertig sein sollten, warte ich einfach auf dich.«

Wir verabschieden uns mit einem Lächeln und ich gehe hoch in meine Wohnung. Einerseits bin ich noch total erledigt von der Reise, andererseits hat mir das hier eben einen richtigen Kick gegeben. Felipe macht mich neugierig. Ich bin schon ganz euphorisch, wenn ich an morgen denke.

Ich lege mich etwas hin, um am späteren Nachmittag noch mal im Büro vorbeizuschauen. Ich habe das Gefühl, als könnte ich die Welt aus den Angeln heben.

Andrés wartet schon auf mich. Er thront hinter seinem Schreibtisch und brennt schon den ganzen Tag darauf, jedes noch so kleine Detail meiner Reise zu erfahren. Ich plaudere noch ein wenig mit meinen Kollegen und klopfe dann voller Vorfreude an seine Tür. Trotz allem ist mir mein Chef doch sehr ans Herz gewachsen, ich mag ihn.

»Komm rein, Kleines!«

Jedes Mal, wenn ich von einer Reise zurückkehre, begrüßt mich Andrés normalerweise mit Küsschen rechts, Küsschen links. Das ist schon ein richtiges Ritual bei uns geworden und auch die einzige Gelegenheit, bei der ich bei ihm so was wie Zärtlichkeit wahrnehme. Gefühle dieser Art versucht er sonst tunlichst zu verbergen. Ja, er ist der kälteste Mensch, den ich kenne. Dieses Mal verzichtet Andrés auf unsere Begrüßung. Ich stehe mit meiner dargebotenen Wange etwas verloren im Raum und registriere die Spannung im Raum, obwohl sich Andrés durchaus zu freuen scheint, mich zu sehen.

»Hallo Andrés«, sage ich und setze mich hin. »Da bin ich wieder. Ich habe ein paar Verträge in der Tasche, aber die Sache mit Prinsa steht noch aus. Die haben sich Bedenkzeit erbeten.«

»Du siehst müde aus, Kleines. Hattest du einen guten Flug?«, fragt er etwas besorgt und blättert nebenbei meinen Bericht durch.

»So lala. Die ewige Fliegerei und der Jetlag können einen schon schlauchen. Aber mach dir keine Sorgen, mir geht's gut. Was sagst du zu dem Bericht?«

»Der ist in Ordnung, Kleines. Und das mit Prinsa werden wir von hier aus managen.«

»Und wann soll ich wieder los?« Ich merke, dass ich mit dieser Frage einen neuralgischen Punkt berühre.

Andrés legt die Papiere zur Seite und fängt wieder an, irgendwelche geometrischen Körper auf seine Unterlage zu kritzeln, deren Seitenflächen er dann mit dem Bleistift ausmalt. Er nimmt die Brille ab und ich spüre, dass er schlechte Nachrichten für mich hat. Er sieht müde aus und hat Ringe unter den Augen.

Alle im Büro wissen schon Bescheid, aber keiner hat mir etwas gesagt. Ich komme mir plötzlich vor wie eine Frau, die von ihrem Mann Hörner aufgesetzt bekommt und es als Allerletzte erfährt. Mechanisch streiche ich mir mit der Hand das Haar glatt, aber in Wirklichkeit will ich nur nachsehen, ob man meine Hörner schon fühlen kann. Mir dröhnt plötzlich der Kopf und die Euphorie des Morgens verwandelt sich in diesem Moment in ein körperliches Unwohlsein, das zwischen Magen und Kehle hin- und herschwappt. Ich stiere dumpf auf Andrés' Lippen, aber da kommt nichts mehr.

»Na los! Sag's mir endlich!« Ich fange beinahe an zu schreien.

Andrés holt Luft, um sich auf das vorzubereiten, was ich schon befürchtet habe. So sitzen wir uns gegenüber, ich kann kaum atmen und er ist sichtlich beschämt angesichts dessen, was er mir zu eröffnen hat.

»Es tut mir wirklich Leid, Kleines, aber du bist entlassen.«

Es war mir klar, dass es in der Firma Umstrukturierungen geben würde, aber ich hätte nicht im Traum daran gedacht, dass sie mich einfach so mir nichts, dir nichts feuern würden. Ich bin auf einmal so erschöpft, dass ich Andrés noch nicht mal um eine Erklärung bitte. Wir verabreden uns für den nächsten Tag, um den Papierkram zu erledigen. Zum Abschied küsst er mich und ich verlasse wie hypnotisiert sein Büro. Ich packe meine persönlichen Sachen zusammen; Marta hilft mir dabei, wobei sie ununterbrochen vor sich hin murmelt, wie ungerecht das alles sei und dass ich die Firma verklagen müsste, weil sie mich nicht so einfach rausschmeißen könnten. Wir wissen in diesem Moment alle, dass noch mehr Köpfe rollen werden, aber meiner war der erste, das tut weh.

Wie unter Morphium komme ich nach Hause. Ich habe noch gar nicht richtig begriffen, was eigentlich passiert ist. Um Andrés' verbalen Giftpfeil zu verarbeiten, setze ich mich hin und versuche die Ereignisse in mein Tagebuch zu schreiben, um sie für mich fassbar zu machen. Aber es geht nicht. Ich bin völlig blockiert, und der Einzige, der diese Blockade jetzt lösen könnte, so scheint es mir, ist Cristián.

Ich erinnere mich daran, wie ich nach unserem ersten Mal die unstillbare Sehnsucht in mir verspürte, alles zu Papier zu bringen: das Rascheln seines Hemdes, das leise Klicken meines BH-Verschlusses, wie ich versucht war, seine Zunge zu beschreiben, die sich aufmacht, liebkosend meinen Körper zu erkunden, das zarte Spiel seiner Hände auf meinen Brüsten, seine Expeditionen in meinen Unterleib, der Duft seines Atems, der sich über mein Gesicht erhebt wie eine kühlende Brise in der Hitze der Begierde, das Wir und Jetzt unserer Orgasmen, die Verwindungen unserer Leiber, das konspirative Tock-Tock seines großen Zehs an meinem kleinen, wie wir immer wieder den Versuch unternahmen, erschöpft in den Schlaf abzutauchen, sein sicherer Griff, der mich daran hinderte, in entlegenere Regionen des Bettes zu flüchten.

Ich versuche mich daran zu erinnern, wie es war, als er das erste Mal in mich eindrang. Aber es gelingt mir nicht. Wirre Bilder tanzen durch meinen Kopf. Ich bin müde und mein Leben hat sich gerade um 180 Grad gedreht.

# Lebensstücke

*25. April 1997*

Ich habe den ganzen Vormittag nur geraucht, eine nach der anderen – die Wohnung, meine Haare, alles stinkt nach Nikotin, trotzdem ist mir nicht nach duschen zumute. Bis zu meiner Verabredung mit Felipe mache ich dieses und jenes, um die Zeit totzuschlagen. Natürlich hätte ich unser Treffen vorverlegen können, aber ich habe keine Lust, irgendwelche Erklärungen abzugeben. Heute ist er mit Erzählen dran. Ich will alles über diese Lebensstücke wissen, und wenn ich ihm von meiner Kündigung berichte, dann erzählt er vielleicht nichts. Eine Stunde vor der Zeit springe ich dann doch unter die Dusche und lasse mir das Wasser übers Gesicht laufen, wie an einem Regentag, wenn ich durch die Pfützen springe. Adiós, ihr lieben Pfützen auf dem Weg zum Büro, adiós Marta, adiós Andrés. Ich werde euch vermissen.

Ich muss mich neu organisieren: Also, zuerst treffe ich Felipe, dann rufe ich Sonia an, um fürs Wochenende einen wilden Frauenabend auszumachen, und dann werde ich versuchen, Cristián zu erreichen, um mit ihm die Nacht zu verbringen.

Als ich zu Felipe runtergehe, fühle ich mich schon etwas besser. Er freut sich, mich zu sehen, und bittet mich herein.

»Ich glaube, ich zeige dir erst mal das Studio, und anschließend erkläre ich dir alles. Komm mit.«

Es gibt drei Ebenen, die durch eine Wendeltreppe miteinander verbunden sind. Im Erdgeschoss, wo ich reingekommen bin, stehen ein Computer, ein Faxgerät und allerlei Regale mit Ordnern und Kladden. Im ersten Stock befindet sich eine Art Büro, wo er seine Kunden empfängt. Es ist hübsch eingerichtet, alles aus Rattan, und an den Wänden hängen ein paar schräge Bilder und Fotos von Leuten, die gefesselt auf Stühlen sitzen, oder auch welche von Friedhöfen, auf denen Zombies ihr Unwesen treiben ... Ich entdecke ein Filmplakat mit Michael Douglas: *The Game.*

»Michael Douglas finde ich toll!«, rufe ich spontan.

»Und der Film? Gefällt dir der auch?«, fragt Felipe lächelnd.

»Ich habe ihn leider nicht gesehen«, muss ich zu meinem Bedauern gestehen.

»Das solltest du unbedingt nachholen. Schon acht Jahre bevor der Film rauskam, habe ich die Lebensstücke entwickelt. Aber jetzt denken die Leute alle, ich hätte die Idee aus dem Film geklaut, aber so ist es nicht, im Gegenteil«, erklärt Felipe ein bisschen verdrossen. »Was man in dem Film sieht, ist genau das, was ich mache. *The Game* ist die Geschichte eines gelangweilten Multimillionärs, der alles hat, was man sich nur wünschen kann. Was kann man so jemandem noch zum Geburtstag schenken, denkt sich sein Bruder und beauftragt eine Firma damit, Michael Douglas zum Protagonisten eines Rollenspiels zu machen. Der weiß natürlich nichts davon. Im Verlauf des Films wird dieses Rollenspiel dann immer gefährlicher. Ich mache im Grunde dasselbe, ohne allerdings das Wohlergehen meiner Kunden zu gefährden, verstehst du?«

Ich nicke. Die Geschichte interessiert mich immer mehr. Wir gehen in den Keller, wo sich unter anderem ein fensterloser, riesiger Raum befindet. Ein finsterer Bunker ist das und ein Ort seltsamster Geschichten. Um den gigantischen Konferenztisch herum stehen zwanzig Stühle, außerdem eine Schaufensterpuppe in Militärkleidung und Gasmaske. Die unverputzten Wände und die freiliegenden Decken jagen mir einen Schauer über den Rücken. Man hat den Eindruck, als wollte alles gleich über einem einstürzen.

»Hier treffen wir uns, um die Szenen einzustudieren. Das ist auch der Grund, warum hier alles so großzügig dimensioniert ist. Wir brauchen Platz, Platz ...«, seine Stimme hallt nach.

»Klar«, antworte ich und muss selbst über meine Wortwahl schmunzeln.

Felipe fällt das nicht auf und er fährt mit seiner Erklärung fort. »Ich erfinde Storys aller Art, Spionagegeschichten, Horrorszenarien, Romanzen ... ganz unterschiedliche Sachen, auch was den Grad der Gefährlichkeit betrifft oder die Spannung oder die Angst. Die Kunden suchen sich ihre Geschichte aus, sie entscheiden, welchen Part sie übernehmen wollen, und dann werden sie für einen bestimmten Zeitraum zum Hauptdarsteller, vierundzwanzig Stunden, achtundvierzig Stunden, so lange sie wollen. Alle meine Schauspieler haben übrigens so eine Art Erkennungsmarke dabei. Da steht unser Name drauf und eine kurze Erklärung des Ganzen, nur für den Fall, dass irgendwas passiert und der Kunde Schwierigkeiten haben sollte, in die Realität zurückzufinden. Ein Blick auf die Marke, und dem Kunden wird wieder klar, dass das alles ja nichts weiter als ein Spiel ist. Für den Fall, dass jemand dieses Spiel abbrechen möchte, gibt es einen Code, der jederzeit verwendet werden kann. Vor Beginn des Spiels muss der Teilnehmer mit einem Psychologen sprechen, damit wir genau wissen, in was für einer geistigen Verfassung er sich befindet. Wir empfehlen außerdem, auch einen physiologischen Check machen zu lassen. Wer Probleme mit dem Herzen hat, darf nicht mitmachen. Wir wollen keinerlei Risiko eingehen. Freizeitgestaltung als Geschäft sollte sehr ernsthaft betrieben werden. Wir haben an alles gedacht.«

»Ich verstehe«, sage ich interessiert. »Erzähl mir doch noch ein bisschen mehr über die Kunden, die diesen Service buchen, die Preise, die Storys …«

»Klar, mach ich. Unsere Kunden sind in der Regel Besserverdienende und der Preis richtet sich nach dem Aufwand und der Komplexität der Geschichte. Wir sind nicht billig, aber dafür bieten wir auch innovativste Freizeitgestaltung. Was die Plots angeht, so sind sie so unterschiedlich wie meine Kunden; einige verlangen sogar, dass ich mir speziell für sie etwas ganz Neues ausdenke.«

»Ach ja?«

»Klar. Gerade habe ich zum Beispiel eine Geschichte für einen Anwalt gemacht, der von zwei Frauen entführt und 48 Stunden lang in ein Kellerloch gesperrt werden wollte. Diese Story habe ich extra für ihn konstruiert. Der Kunde war begeistert.«

»In ein Kellerloch? Ich glaub's nicht! Es gibt schon durchgeknallte Typen. Tausende von Leuten werden jeden Tag irgendwo entführt und der wünscht sich so was!«, erwidere ich ein wenig entrüstet.

»Was ich dir noch nicht erzählt habe, ist, dass er sich außerdem zwei Lesben gewünscht hat, die es jedes Mal, wenn sie ins Versteck runterkamen, miteinander treiben sollten. Dafür musste ich extra zwei Prostituierte engagieren, weil keine meiner Schauspielerinnen diesen Part übernehmen wollte.«

Sein Lächeln bekommt auf einmal fast etwas Mephistophelisches, etwas leicht Perverses, das mich wahnsinnig anzieht. Felipe sieht jetzt gar nicht mehr aus wie der zerbrechliche und schüchterne Typ, den ich gestern kennen gelernt habe.

»So, zwei Lesben ...«, ist das Einzige, was mir einfällt.

Er schaut mich an und fährt dann völlig ungerührt mit seinen Erklärungen fort.

»Einmal haben wir für eine Gruppe von vier Personen ein mittelalterliches Wochenende auf einem Schloss organisiert, mit Graf Dracula und allem Drum und Dran. Die wären vor Angst fast gestorben«, erzählt er lachend.

»Ich glaube, mir würde es wahnsinnigen Spaß machen, bei so etwas mal dabei zu sein. Das muss toll sein, aber es ist bestimmt ziemlich teuer«, sage ich.

»Du hättest wirklich Lust dazu?«

Er schaut mich wieder mit seinem kleinen, perversen Lächeln an. Das macht mich an.

»Klar, ist doch bestimmt sehr aufregend.«

»Okay! Du sollst dein persönliches Lebensstück haben, und für dich mache ich es gratis. Aber denk daran, dass der Kunde nie weiß, wann's losgeht. Bist du trotzdem einverstanden?«

»Ja«, sage ich, ohne groß nachzudenken. Dann erst schießt es mir durch den Kopf: Was zum Teufel tue ich da eigentlich? Ich kenne den Typen kaum und schon stimme ich einer Sache zu, von der ich gar nicht genau weiß, was da abgeht. Vermuten wir mal, dass das so eine 08/15-Geschichte ist, um Eindruck bei den Leuten zu schinden.

»Also nicht vergessen: Wenn du am wenigsten damit rechnest ...«, sagt er noch einmal, während er mich zur Tür begleitet.

»Okay! Schönen Abend noch, Felipe«, verabschiede ich mich knapp und eile zurück in meine Wohnung. Das Gespräch hat mich erregt und mich wundert, wie ein Typ, der eben noch blass und langweilig war, auf einmal so attraktiv sein kann.

In mir lodert es und die Flammen müssen gelöscht werden. Ich versuche Cristián anzurufen, aber er geht nicht ran. Ich hinterlasse ihm eine Nachricht und erkläre den Grund meiner zehntägigen Abwesenheit. Zwanzig Minuten später ruft er zurück und wir verabreden uns bei ihm zu Hause.

Ohne große Umschweife gehen Cristián und ich zusammen ins Bett, schweigend. Er nimmt meinen Kopf in beide Hände und seine Zunge wandert über meinen Mund, die Nase, die Augen, den Hals. Von einem viel zu schnell rasenden Herzen getrieben, pocht die Lust durch mein Gesicht. Immer wieder taucht Cristián ab und bringt mir aus der Tiefe meinen eigenen Nektar dar, gereicht in zarten Küssen.

»Gefällt dir das?«, fragt er mich sehr erregt.

»Ja! Das gefällt mir. Und dir?«

»Sehr! Die Süße erinnert mich an einen Sommerregen.«

Ich falle zurück in die Lust. Ich nehme seine feuchte Eichel in die Hand und beginne mit dem sanften Auf und Ab, während er meine Höhle mit seinen Fingern erforscht. Das gefällt mir, und ihm gefällt es auch. Wir kommen beide gleichzeitig, entkräftet von den exotischen Positionen, in denen wir uns geliebt haben, als hinge davon die Tiefe unserer Lust ab.

Ein paar Stunden später merke ich – ob in echt oder im Traum –, dass Cristiáns Hintern genau vor meinem Gesicht schwebt. Ich liege reglos da und sehe zu, wie sich mir eine noch unerforschte Öffnung offenbart, dabei vernehme ich eine laszive Stimme:»Jetzt dringe du in mich ein.«

Ich bin völlig perplex. Cristián dreht sich um und fährt fort:

»Die männlichen Hormone lassen einen manchmal wie ein Schwein wirken, auch wenn man in Wirklichkeit ganz anständig ist.«

Sind es die Erinnerungen an das Treffen mit Felipe, die mir jetzt einen üblen Streich spielen?

## 6. Juni 1997

Bigudí streift durch die Wohnung und erkundet sein neues Zuhause. Omi ist gestorben. Herzinfarkt, da war in ihrem Alter nichts mehr zu machen. Mir kommt es vor, als wäre mit ihr ein Teil von mir gegangen, jetzt, wo sich gerade etwas sehr Schönes zwischen uns angebahnt hatte. Meine Postkarte aus Peru hat sie nicht mehr bekommen. Das Leben erscheint mir so ungerecht und ich frage mich, ob ich irgendetwas getan habe, das diesen Schlag rechtfertigt. Der Tod ist nicht für die schrecklich, die gehen, sondern für uns, die wir bleiben.

## 10. Juli 1997

»In deinem Büro sitzen doch bloß Pfeifen!«, brüllt Hassan ins Telefon, als wäre die Leitung gestört. »Irgend so eine Praktikantin meinte, bei euch gebe es keine Val.«

Ich hatte vergessen, wie autoritär Hassan mitunter sein kann. Er will immer alles sofort haben, wie ein kleines

Kind. Vielleicht ist das auch der Grund, warum wir uns überhaupt noch verstehen, weil er bei mir alles das bekommt, was er sich von einer Frau wünscht: Sex, Jugend, keine Fragen.

Als ich ihn kennen lernte, hatte ich großen Respekt für ihn. Ich verspürte große Lust, mit einem Mann zärtliche Experimente zu unternehmen, der so viel älter ist als ich. Er saß auf einem Sofa in der Bar des Hyatt, während ich gerade mit einem Kollegen im Hotelrestaurant zu Abend aß. Ich fühlte mich nicht besonders wohl, weil sich Luca, der italienische Koch, offensichtlich in mich verguckt hatte und die ganze Zeit herüberstierte. Luca sah aus wie ein drogensüchtiger Matrose, der gerade aus dem Gefängnis entlassen worden war. Tätowierungen mit den Namen seiner Exfrauen zierten seine Arme. Abends kratzte er nach der Arbeit regelmäßig an meiner Tür und er schickte mir Gedichte in vulgärem Französisch, das er wahrscheinlich von den Aufsehern im Knast gelernt hatte. Leider war er nicht im Geringsten mein Typ. Hassan schien an jenem Abend sehr schnell zu bemerken, was da lief, und wie um mich aus den Fängen des Matrosen zu befreien, lud er mich zu einem Drink ein. Er hatte damals das Flair eines Ministers und trug sehr elegante Anzüge von Yves Saint Laurent. Das Hotel lag ihm zu Füßen. Wenn die Kellner an ihm vorbeiliefen, verbeugten sie sich tief und behandelten ihn wie einen Präsidenten. Mit so einem Mann an der Seite fühlst du dich wie im siebten Himmel und ich verstand auf einmal, was es heißt, wenn jemand von der »Erotik der Macht« spricht. An der Seite eines reichen und mächtigen Mannes zu stehen – was viele Frauen verrückt macht –, das wollte ich auch erleben. Hassan sieht zwar nicht besonders gut aus, aber das spielte für mich schon damals überhaupt keine Rolle. Mir gefiel er, nicht zuletzt, weil er sehr eloquent war und ihm sein leicht verschobener Kiefer, der an Klaus Kinski erinnert, ein ganz besonderes Charisma verlieh. Das alles zog mich sofort in seinen Bann.

Einerseits hatte er eine große Gelassenheit beim Sprechen, verfiel aber auch immer wieder in diesen derben Ton, vor allem, wenn er seinen Untergebenen Anweisungen gab. Natürlich gab es keinerlei Probleme damit, dass er mit zu mir aufs Zimmer ging, auch nicht in einem Land, wo das eigentlich verboten ist. Unsere Beziehung begann damit, dass er sich mit einem Rosenstrauß in meinem Hotelzimmer versteckte. Irgendwelche Hindernisse, an mich ranzukommen, gab es für ihn dabei nicht. Er nahm alles im Sturmschritt, gleichzeitig unterwarf er sich mir dabei aber erstaunlicherweise immer mehr.

»Komisch, dass sie dir im Büro nichts gesagt haben, Hassan. Im April bin ich entlassen worden«, erkläre ich ihm, schlecht gelaunt wegen seines Tons und auch weil ich mich schäme, arbeitslos zu sein.

»Du musst ja irgendwas ausgefressen haben, wenn sie dich von einem Tag auf den anderen auf die Straße setzen«, fährt er mich an.

»Überhaupt nicht!«, erwidere ich verärgert. »Es gab einfach nur Personalkürzungen und ich war eben die Erste, die gehen musste. Was soll denn das? Meinst du, ich habe das alles provoziert, um mich zu Hause auf die faule Haut zu legen? Gerade jetzt, wo die Dinge anfingen zu laufen und ich ein bisschen Ruhe in mein Leben gebracht hatte?«

Hassan rühmt sich ja immer, ein westlich erzogener, liberaler Muslim zu sein, aber allein schon, dass ich eine

Frau bin, ist für ihn ein Problem, obwohl er das natürlich nie zugeben würde.

»Okay, beruhig dich erst mal.« Hassans Stimme wird sanfter, denn er sieht wohl ein, dass es keinen Grund gibt, mir so zu kommen. »Was hast du jetzt vor?«

Das sagt er fast zärtlich, so als plane er bereits etwas.

»Na, ich such Arbeit! Was soll ich denn sonst tun?«

»Warum kommst du nicht auf ein paar Tage nach Marokko, und wir sprechen über alles? Ich bräuchte hier in der Redaktion sowieso jemanden, der Französisch als Muttersprache hat. Nebenbei nutzt du die Gelegenheit, dich vom wilden Leben in Europa zu erholen.«

Dass Hassan mir bei der Jobsuche helfen könnte, freut mich einerseits, stößt mich aber auch ab, und ich nehme die Einladung nach Marokko nicht an, wenn das Rumsitzen zu Hause mir auch noch so sehr an die Nieren geht. Diese Tatenlosigkeit macht mir im Übrigen am meisten zu schaffen. Finanziell komme ich ganz gut über die Runden, denn während der Jahre, die ich für Andrés gearbeitet habe, habe ich mir doch so viel zurücklegen können, dass ich mir darum vorerst keine Sorgen machen muss. Ich war vom Typ her immer schon eher ein Eichhörnchen, das fleißig für den Winter sammelt.

»Denk einfach darüber nach, einverstanden?«

»Mach ich, Hassan. Und vielen Dank.«

»Du sollst mir nicht danken«, sagt er, als wir das Gespräch beenden.

Wir legen fast gleichzeitig auf.

## 25. Juli 1997

Gegen 23 Uhr komme ich in die Bar, in der ich mit Sonia auf einen Cocktail verabredet bin. Sie verspätet sich etwas, und als sie kommt, schwebt sie fast über den Boden, mit ihrem wehenden Haar. Sonia hat irgendwie die Eleganz einer klassischen Primaballerina.

»Ich spiele mit dem Gedanken, eine Bekanntschaftsanzeige aufzugeben, stell dir das mal vor!« Sie kann ihre Tränen nicht zurückhalten, als sie mir das erzählt.

»Du und eine Anzeige? Das ist doch nicht dein Ernst, Sonia. Willst du mir erzählen, dass du ohne Zeitung keinen Mann findest? Okay, wenn du sechzig wärst und allein, dann würde ich das verstehen, aber in deinem Alter?«

»Du hast ja Recht, aber ich stehe wirklich kurz davor. Ich bin schon wieder ganz depressiv, nachts habe ich Herzrasen und schlafen kann ich sowieso nicht mehr.«

»Ach, jetzt hör schon auf! Mach dir doch keinen Stress, nur weil du gerade keinen Typen hast. Das kommt schon, vor allem, wenn du endlich aufhörst, so krampfhaft danach zu suchen. Davon abgesehen, wie willst du denn jemanden finden, wenn du nur zu Hause rumsitzt?«

»Ich weiß ja, aber es war noch nie meine Art, auf Männerfang zu gehen.«

»Ich rede nicht davon, auf Männerfang zu gehen, sondern davon, auszugehen und einen netten Abend zu verbringen.«

»Aber so wie ich gerade aussehe, interessiert sich doch eh keiner für mich.«

»Komm, wir haben doch eben gesagt, dass du dich entspannen sollst. Sei einfach ein bisschen lockerer. Ich will nicht, dass du dich so runtermachst, wenn wir uns treffen.«

»Außerdem habe ich keine Lust auf One-Night-Stands«, fährt Sonia fort.

»Wer hat denn was von einem One-Night-Stand gesagt? Du kannst es auch ein paar Nächte hintereinander mit demselben treiben.«

»Du verstehst mich halt nicht. Sex und Liebe gehören für mich einfach zusammen.«

»Jetzt häng das doch nicht so hoch. Bevor du dich verliebst, musst du ein bisschen rumprobieren, das ist das, was ich meine. Vergiss deine Vorurteile, und wenn dir jemand gefällt, dann kannst du mit ihm auch am ersten Abend ins Bett, ohne dich gleich schuldig zu fühlen.«

Beim Thema Sex und Liebe haben wir beide sehr unterschiedliche Ansichten. Keine Ahnung, was wahre Liebe ist. Es interessiert mich auch nicht wirklich. Ich habe das Privileg, nach Maßgabe meiner animalischen Triebe zu genießen, ohne Verpflichtungen und wann immer ich Lust dazu habe. Sonia schüttelt den Kopf, während ich ihr das erkläre. Ihre traditionelle Erziehung lasse so etwas einfach nicht zu, sagt sie.

»Ich bin genauso traditionell erzogen worden«, entgegne ich und versuche ihr klar zu machen, dass das nichts miteinander zu tun hat. Dabei denke ich über die Annonce nach, denn Sonia hat mich auf eine ganz neue Idee gebracht.

»Hast ja Recht, war 'ne Schnapsidee mit der Anzeige«, sagt sie und trinkt ihr Glas aus.

Auf dem Weg nach Hause scheint sie wieder neuen Mut zu fassen. Wie ein Schatten verschwindet sie dann im Treppenhaus. Ich weiß, was ich jetzt machen werde: Im September gebe ich ein Stellengesuch in der Zeitung auf. Wenn der Prophet nicht zum Berg geht, dann muss der Berg eben zum Propheten kommen.

# Der Polizist

*28. Juli 1997*

Am Nachmittag ruft Cristián an. Er will mir beichten, dass er eine Freundin hat.

»Na und? Ich bin nicht eifersüchtig.«

Meine entspannte Antwort lässt ihn verstummen, ich muss sogar fragen, ob er noch am Apparat ist.

»Ja, ja, ich bin noch dran«, sagt er leise. »Ich hätte nur nie gedacht, dass du so reagierst.«

»Wäre dir eine Szene lieber gewesen? Mit Heulen und Schreien und Bitte-bitte-verlass-deine-Freundin-für-mich?«

»Na ja, mit so was hätte ich jedenfalls eher gerechnet.«

Er ist sichtlich enttäuscht. Jeder hört nun mal gerne, dass sich jemand in einen verliebt hat, auch wenn es nicht auf Gegenseitigkeit beruht, und meine Reaktion ist nicht gerade die einer Frau, die ihm verrückt vor Liebe hinterherschmachtet.

»Das ist nicht meine Art. Ich habe dich nie gefragt, ob du frei bist. Das ist dein Problem, nicht meins.«

»Ich möchte einfach nicht sexuell von jemandem abhängig sein und ich habe fast schon Angst davor, dich so oft zu sehen. Ich bin in meine Freundin verliebt und will sie nicht verlieren.«

Ich kann mir das Lachen kaum verkneifen.

»Du bist verliebt, treibst es aber mit einer anderen.«

»Ja, das weiß ich selbst. Das ist ja der Grund, warum ich mich schlecht fühle, und ich will die ganze Sache auch beenden. Weißt du, du jagst mir Angst ein.«

Er teilt mir also gerade mit, dass er mich nicht mehr wiedersehen will. Was ihm wirklich Angst macht, bin nicht ich, es sind seine eigenen Triebe. Er setzt sich nicht mit sich selbst auseinander, sondern macht sich nach seinem kleinen Fehltritt lieber aus dem Staub.

Ich respektiere seine Entscheidung, auch wenn ich es jämmerlich finde, dass er mir so etwas am Telefon sagt.

## 30. Juli 1997

Die Sache mit Cristián ist schon fast vergessen, denn ich habe ein Auge auf den Polizisten geworfen, der vor dem Revier nebenan immer Wache steht. Er hat mir ein strahlendes Lächeln geschenkt, und jedes Mal, wenn ich vorbeigehe, dreht er sich nach mir um, in seiner eleganten Uniform und dem etwas zu engen Hemd. Ich scheine etwas in ihm auszulösen. Der Polizist, der sich als Toni vorstellt, ist etwas kleiner als ich und hat sehr kurze, braune Haare. Er steht wie eine Eins vor der Tür und seine Haltung verheißt einen kräftigen und muskulösen Körper. Die einzige kleine Schwäche ist eine süße Sommersprosse, die es sich rechts auf seiner Oberlippe bequem gemacht hat.

Als ich ihm meine Telefonnummer gebe, tanzt die Sommersprosse mit den Grübchen seines Lächelns um die Wette.

## 8. August 1997

Heute gehe ich mit dem Polizisten nach Hause. Wir verbringen die ganze Nacht zusammen, lieben uns mehrmals in seinem kleinen, kargen Zimmer, das allerdings einen schönen Teppich hat, auf dem auch Tonis Hanteln liegen. Immer wieder schließt er die Augen und hält sich sogar die Ohren zu, als wollte er nicht Zeuge seiner eigenen Sündhaftigkeit werden. Gegen fünf wache ich auf, weil ich die Spülung im Bad höre. Ich drehe mich um und merke, dass ich allein im Bett liege. Im Bad brennt Licht und ich sehe Tonis Schatten. Ich bewege mich nicht. Er kommt raus, ganz leise, und als er sich neben mich legt, nehme ich den Geruch von Sperma wahr, das überall auf der Decke verteilt ist. Dieser intensive Duft, dessen Geschmack ich eben noch auf der Zungenspitze verkosten durfte, der erregende Nachhall des Samens, der noch vor wenigen Augenblicken heiß durch meine Kehle floss. Ich schäme mich ein bisschen und verstecke mich wie ein kleines Häschen unter der Decke. So wache ich dann am nächsten Morgen auch auf.

*10. September 1997*

Ich habe den ganzen Sommer mit Toni verbracht, aber unsere kleine Romanze ist zu Ende, weil er nach Málaga versetzt wurde. Seine Familie stammt aus Andalusien, und er hatte vor einigen Monaten einen Antrag gestellt, in ihre Nähe versetzt zu werden. Jetzt ist der Antrag durch, und ich freue mich sehr für ihn. Ich selbst habe über meine Anzeige inzwischen einen mäßig aufregenden Job als freie Übersetzerin gefunden, besser als nichts, so muss ich meine Ersparnisse nicht anrühren, aber auf Dauer suche ich doch etwas anderes. Ich möchte langsam wieder in Bewegung kommen.

# Der Streit

*20. September 1997*

Als ich heute aus dem Haus ging, habe ich Felipe getroffen, der gerade mit dem Roller angerauscht kam. Es ist schon ein Weilchen her, dass wir uns das letzte Mal begegnet sind, und ich freue mich sehr, ihn zu sehen. Ich muss allerdings zugeben, dass die Anziehung, die ich beim ersten Mal gespürt habe, verschwunden ist. Irgendwie ist er wieder der kleine, schüchterne Junge geworden, der er vorher schon für mich war.

»Hallo!«, begrüßt er mich, während er den Roller anschließt. »Lange nicht gesehen!«

»Hallo Felipe! Ja, ich war ziemlich beschäftigt. Wie läuft's denn so?«

»Könnte besser laufen. Im Moment sitze ich gerade an einer Pressemappe für ein paar ausländische Zeitschriften, bisschen Werbung machen. Neulich hat sogar eine Zeitung aus Südafrika angerufen.«

»Wow! Du wirst noch berühmt.«

»Hauptsache, der Laden läuft endlich mal richtig.«

»Wird schon klappen, wirst sehen.«

»Meinst du?« Er scheint sich da nicht ganz so sicher zu sein.

»Klar. Und wenn du Hilfe brauchst, dann gib mir Bescheid. Vielleicht kann ich dir mal unter die Arme greifen, man weiß ja nie.«

»Klar, mach ich dann. Vielen Dank jedenfalls«, sagt er.

Wir verabschieden uns und er verschwindet mit dem

Helm unterm Arm Richtung Tür. Als ich schon fast auf der anderen Seite bin, ruft er noch mal über die Straße.

»Hör mal, Val! Du bist doch ziemlich fit, was Sprachen angeht, oder?«

»Ja, warum?«

»Sprichst du auch Englisch?«

»Ja, sogar ziemlich gut.«

»Du könntest mir mit dem Bericht helfen. Ich muss ihn auf Englisch schreiben und mein Englisch ist nicht besonders. Könntest du nicht mal einen Blick drauf werfen?«

»Natürlich, mach ich. Versprochen. Ich komm dann bei dir im Büro vorbei, okay?«

»Klar. Und noch mal vielen Dank.«

Und ich gehe über die Straße.


## 25. September 1997

Ich besuche Felipe in seinem Büro, um mir die Pressemappe anzusehen. Das Englisch ist so miserabel, dass man alles neu schreiben muss, was ich ihm auch ohne Umschweife sage.

»Du solltest noch mal ganz von vorne anfangen. Wenn du willst, mache ich das für dich, am besten mit dir zusammen. So geht's jedenfalls nicht. Da wimmelt's nur so von Rechtschreibfehlern und schrägen Formulierungen.«

Felipe ist eingeschnappt. Vielleicht war ich ein bisschen zu grob zu ihm.

Aber als er mich dann fragt, für wen ich mich eigentlich halte, gehe ich im Streit. Soll dieser undankbare Kerl seinen Kram doch alleine machen!

Nachmittags ruft Sonia ganz aufgeregt an: Endlich hat

sie ihren Traummann gefunden, einen bildhübschen Musiker, 23 Jahre alt. Sie sind sich zufällig in der Metro begegnet. Seine Geige war ihr auf die Füße gefallen und sie half ihm beim Aufheben. Sie unterhielten sich über Musik und er gab ihr Freikarten für eines seiner Konzerte.

»Siehst du! Ich habe dir gleich gesagt, dass du jemanden triffst, wenn du am wenigsten damit rechnest und endlich mit der verzweifelten Suche aufhörst. Wenn man's in die Welt hinausschreit, dann ergreifen die Männer einfach die Flucht.«

Sie gab mir Recht. Und was ist das Ergebnis? Ich habe keinen Liebhaber und jetzt auch keine Freundin mehr, weil Sonia natürlich nur noch mit ihrem neuen Lover turtelt. Also bin ich dazu verurteilt, meinen Esprit in gelegentlichen Rendezvous zu versprühen.

# Im Bett mit meinem Feind

*Liebe, die den Tod bringt ...*

Das Schlimmste, was einem im Leben passieren kann, ist, dass man sich seinen grausamsten und fürchterlichsten Feind ins eigene Haus holt, ahnungslos und ohne es zu wissen.

Mal sprang ich von einem Bett ins nächste, dann verbrachte ich viele Nächte völlig allein, und das Ergebnis meines verworrenen Sexuallebens war eine tiefe innere Leere. Nicht, dass ich auf die Liebe meines Lebens wartete, eine, die meine ganze Existenz von einem Tag auf den anderen umgekrempelt hätte. Aber ich hätte schon Lust gehabt, einem außergewöhnlichen Mann zu begegnen, der wirklich zu mir passte und mich entflammen konnte. Sonia hatte Recht, mein Moment war gekommen.

Nach Omis Tod fuhr ich nach Frankreich zur Beerdigung und um das abzuholen, was sie mir hinterlassen hatte: einen Kalender aus den 50ern, der immer in ihrem Bad gehangen hatte, und Bigudí, die Katze, die keiner haben wollte, weil sie griesgrämig war und weder Mensch noch Tier lange um sich herum leiden konnte.

Bei mir machte das kleine Biest aus unerfindlichen Gründen eine Ausnahme. Ich war die Einzige, die sich ihr nähern durfte, ohne dass sie gleich wie ein Kettenhund zu knurren anfing.

Und dann kam jener schicksalhafte Tag, an dem ich mich verliebte.

Mein ganzes Leben werde ich diesen Augenblick nicht mehr vergessen. Jaime sah aus wie der Schauspieler Imanol Arias. Er war zierlich, aber recht groß, mit hageren Wangen und einer kräftigen Nase, auf deren Spitze eine kleine Warze saß. Ihm machte das überhaupt nichts aus, im Gegenteil, sobald die Sprache darauf kam, war ihm das ein willkommener Anlass, ein wenig über sich selbst zu plaudern.

Als wir uns das erste Mal begegneten, fielen mir zuerst seine Hände auf. Die langen, schlanken Finger hätten perfekt zu einem Klaviervirtuosen gepasst. Wohlkalkulierte Gesten, geheimnisvoller Blick, gewandte Ausdrucksweise – damit schaffte er es, Männer wie Frauen in seinen Bann zu ziehen. Man musste sich einfach in ihn verlieben. Und tatsächlich brüstete er sich damit, jede zu bekommen, die er wollte. Natürlich bekam er auch mich, vielleicht, weil ich merkte, dass wir uns im Grunde sehr ähnlich waren. Am Anfang dachte ich noch, Felipe hätte Jaime für mich inszeniert. Aber nicht einmal mein schlimmster Feind würde so grausam sein, sich einen derart gemeinen und durchtriebenen Charakter auszudenken.

Jaime war eigentlich nichts weiter als ein nachtragender Loser, menschlicher Ausschuss. Er wollte immer ein angesehener Geschäftsmann werden. Da er das aber nie geschafft hatte, flüchtete er sich in aufgesetzte Posen. Wobei ich nie verstanden habe, warum das mit der Karriere eigentlich nicht geklappt hat, denn, um die Wahrheit zu sagen, Jaime konnte durchaus brillant sein und er hatte beste Voraussetzungen: Immerhin war er studierter Betriebswirtschaftler mit einem tadellosen Lebenslauf. Nun ja, in seinem Fall waren die Kräfte des Bösen dann wohl doch stärker als das Gute, das natürlich auch in jedem Menschen steckt. Jaime konzentrierte sich mit aller Macht darauf, das zu zerstören, was ihn umgab. Insbesondere wenn jemand Erfolg hatte, war ihm das einfach unerträglich.

Als ich das erste Mal mit Jaime schlief, bemerkte ich an seinem rechten Knöchel eine seltsame Wucherung, die er sich regelmäßig mit einem Skalpell entfernte, weil er befürchtete, den Fuß sonst nicht mehr richtig bewegen zu können. Das Geschwür spielte ins Violette und ich habe mich am Anfang sehr geekelt. Doch wie im Fall der Warze gelang es ihm, diesen physischen Makel als geheimnisvolle Absonderlichkeit zu seinem Vorteil auszuspielen.

Dieser Mensch war einfach monströs. Trotzdem verliebte ich mich auf den ersten Blick. Für ihn aber war es nur ein Spiel, und er hatte beschlossen, es bis zur letzten Karte auszureizen.

# Das Vorstellungsgespräch

Auf meine Anzeige hin hatte ich mehrere Angebote bekommen, aber keines schien mir so attraktiv, dass ich darauf geantwortet, geschweige denn einen Gesprächstermin vereinbart hätte. Bis ich eines Tages den Brief eines gewissen Jaime Rijas erhielt, eines Unternehmensberaters, der eine Assistentin für die Geschäftsleitung suchte. In dem Brief teilte er mir mit, ich könne ihn zur Vereinbarung eines Vorstellungsgesprächs auf dem Handy anrufen. Beim ersten Versuch hatte ich kein Glück. Sein Mobiltelefon war ständig aus. Als ich ihn dann endlich erwischte, machte er auf mich einen sehr positiven und professionellen Eindruck, und er suchte jemanden, der ebenso professionell war. Wir verabredeten uns für den frühen Nachmittag in seinem Büro.

## 6. Mai 1998

Jaime hat sein Büro im Stadtteil Eixample, im Herzen von Barcelona, in einem rosa Stadthaus mit großen Balkonen. Als ich zur verabredeten Zeit komme, öffnet mir ein etwa fünfzigjähriger Herr mit lebhaften Augen und einer Pfeife im Mundwinkel, vom Typ her eher Manager und weniger Büroleiter. Die Sekretärinnen sind offensichtlich noch in der Mittagspause. Wir wechseln ein paar Worte, da taucht vom Ende des Flurs her Jaime aus seinem Büro auf, leicht hinkend. Der Mann mit der Pfeife verschwindet sofort und Jaime begrüßt mich mit einem kräftigen Händedruck.

»Hatten Sie einen Unfall?«, frage ich ihn, um meiner Anteilnahme Ausdruck zu verleihen.

»Ach das! Das ist gar nichts. Ich habe mir am Wochenende beim Paddle-Spielen eine Zerrung zugezogen«, antwortet er beiläufig und etwas hochnäsig.

Wir gehen in sein Büro. Es ist düster und nicht sehr groß, die Fenster gehen zum Hof hinaus. Er macht den Halogenstrahler an und ich wundere mich, wie karg hier alles ist, und das immerhin im Büro eines angeblichen Generaldirektors. Jaime, der bemerkt, wie ich mich verwundert umsehe, versucht die Sache herunterzuspielen:

»Ach wissen Sie, wir sind gerade erst eingezogen und es ist noch alles ein bisschen durcheinander. Das meiste kommt noch.«

In dem Büro, das vielleicht vier Meter breit ist, steht nichts weiter als ein mächtiger Schreibtisch, der sehr lang und sehr zerkratzt ist, außerdem ein schwarzer Chefsessel mit Rollen. Auf dem Tisch liegen zwei, drei Bücher zu ISO-Normen, das ist alles. Mein Vorstellungsgespräch beginnt.

»Also, ich bin Jaime Rijas, Gesellschafter dieser Firma und gleichzeitig Generaldirektor. Der Herr, der Sie in Empfang genommen hat, ist mein Partner Joaquín Blanco. Was wir suchen, ist eine absolut zuverlässige Mitarbeiterin, die alle in einem Büro anfallenden Arbeiten erledigt und außerdem Kontakte zu neuen Kunden aufbaut beziehungsweise die bestehenden pflegt. So eine Art Public Relations also. Haben Sie Ihren Lebenslauf dabei?«

Jaime spricht mit dem Ernst und der Förmlichkeit eines Universitätsprofessors. Wahrscheinlich will er mir mit dieser Pose imponieren. Der Umgang mit ihm scheint nicht der leichteste zu sein.

Ich reiche ihm meine Bewerbungsmappe, die er schweigend liest. Ab und zu blickt er auf, als wolle er mich einschüchtern.

»Ich gehe davon aus, dass das, was Sie hier geschrieben haben, der Wahrheit entspricht und stichprobenartigen Überprüfungen standhält. Sie haben doch sicher nichts dagegen, wenn ich mich bei Ihren bisherigen Arbeitgebern nach dem Erfolg Ihrer Zusammenarbeit erkundige?«

»Nein, ganz im Gegenteil«, antworte ich, wissend, dass ich mir nichts vorzuwerfen habe.

»Warum haben Sie Ihren letzten Arbeitgeber verlassen?«

»Mir wurde gekündigt. Vielleicht ist es nicht sonderlich geschickt, das so auszudrücken ... jedenfalls sollten Stellen abgebaut werden und da hat es mich eben getroffen, Herr ...«

»Rijas.«

»Wie bitte?«

»Jaime Rijas«, er kramt in seiner Schublade, bis er seine Visitenkarte gefunden hat. »Nun gut, trotz allem werde ich mit ihnen sprechen.«

»Sie können bei Andrés Martínez anrufen, das war mein letzter Chef.«

»Gut.« Er notiert sich Andrés' Namen auf meinem Lebenslauf. »Natürlich«, fügt er hinzu, »sind Sie nicht die einzige Bewerberin. Ich habe bereits einige Gespräche geführt und nach Ihnen sind noch drei Kandidaten an der Reihe. Sie haben dafür sicherlich Verständnis. Wir wollen selbstredend die richtige Auswahl treffen.«

»Ja, natürlich habe ich dafür Verständnis, aber Sie werden auch verstehen, dass ich ebenfalls die richtige Auswahl treffen möchte, und um ehrlich zu sein, bin ich mir nicht ganz sicher, ob das, was Sie mir anbieten, das Richtige für mich ist. Wie Sie wissen, komme ich aus der Werbung. Ich werde darüber nachdenken. Über was für ein Gehalt sprechen wir denn?«

»250 000 Peseten monatlich, brutto.«

»Na ja, Herr Rijas, da gibt es sicherlich bessere Angebote.«

»Das wäre nur für die Probezeit. Danach würden wir das Gehalt natürlich entsprechend anpassen. Außerdem kämen noch Spesen dazu und kleine Sonderzahlungen, wenn Ihre PR-Tätigkeiten zu einem Vertragsabschluss führen sollten.«

»Verstehe. In jedem Fall herzlichen Dank für das Gespräch und die Möglichkeit, mich bei Ihnen vorstellen zu dürfen.«

»Darf ich Ihnen noch eine Frage stellen?«

Er lehnt sich mit sehr viel ernsterer Miene als zu Beginn unseres Gesprächs nach vorne.

»Ja, natürlich.«

»Sind Sie verheiratet?«

Es überrascht mich nicht sonderlich, dass er mir diese Frage stellt. Das machen viele.

»Nein. Ich bin weder verheiratet, noch habe ich Kinder.«

»Und einen festen Freund?«

Er blickt mir tief in die Augen, was mir ziemlich unangenehm ist.

»Ich glaube nicht, dass das für die Stelle von Bedeutung ist«, antworte ich etwas pikiert.

Das scheint ihn nicht zu stören und er fährt fort: »Diese Frage mag Ihnen vielleicht etwas merkwürdig erscheinen, aber ich brauche jemanden, der keinerlei familiären Verpflichtungen hat. Die Stelle ist mit umfangreichen Reisetätigkeiten verbunden, deshalb würde ich gerne einer Frau ohne jede Beziehungsverpflichtung den Vorzug geben.«

Seine Erklärung überzeugt mich nicht, aber ich antworte ihm trotzdem: »Verstehe. Für mich trifft das zu, ich habe keinerlei Beziehungsverpflichtung.«

»Gut. Das war das, was ich wissen wollte.«

Von nun an wird das Gespräch ein wenig lockerer. Ich erzähle von meinem Leben in Spanien und warum ich Frankreich verlassen habe. Wir sprechen auch über meine Aufstiegsmöglichkeiten hier in der Firma. Am Ende verabschieden wir uns förmlich, aber nicht ohne Herzlichkeit. Spätestens in einer Woche will er mich anrufen und mir nach den verbleibenden Vorstellungsgesprächen seinen Entschluss mitteilen.

Ich glaube zwar nicht, dass der Job für mich das Richtige ist, aber im Augenblick habe ich ja nichts zu verlieren. Jaime hinterlässt ein diffuses Bild in mir. Einerseits wirkt er ernsthaft und professionell, andererseits verwirren mich die dreisten Fragen zu meinem Privatleben. Es ist gerade diese Mischung aus Förmlichkeit und forschem Auftreten, die mich für ihn eingenommen hat. Mehr als alles andere scheint mir Jaime ein Kenner der weiblichen Psyche zu sein.

## 14. Mai 1998

Ich habe es mir lange überlegt und werde wohl ablehnen, sollte sich Herr Rijas für mich entschieden haben. Die Stelle ist doch zu weit von meinen Vorstellungen entfernt und so muss ich also weitersuchen. Davon abgesehen glaube ich ohnehin nicht, dass er sich für mich entscheiden wird.

Ein Irrtum. Heute Morgen ruft mich seine Sekretärin an, um mir mitzuteilen, dass ich in die engere Auswahl gekommen sei und doch bitte am Nachmittag noch einmal bei Jaime im Büro vorbeikommen solle. Ohne Ambitionen und mehr aus professioneller Höflichkeit sage ich zu.

Jaime Rijas wirkt entspannter und freundlicher als beim ersten Mal, und ich bin überrascht, wie selbstverständlich er davon ausgeht, dass ich das Angebot annehme.

»Die Arbeit bringt eine Menge Prestige mit sich. Und jetzt sind nur noch Sie und eine junge Absolventin der renommierten ESADE im Rennen. Wenn wir uns für Sie entscheiden, dann haben Sie die Möglichkeit, sehr viel über die Binnenstruktur bestimmter Unternehmen zu lernen und darüber, wie man am Markt besteht oder scheitert. Unser Spezialgebiet ist das Consulting im Qualitätsnormenbereich. Eine spannende Aufgabe!«

»Daran zweifle ich nicht, Herr Rijas. Das mag in der Tat sehr interessant sein, aber ehrlich gesagt suche ich etwas anderes. Ich habe auch gar keine Ahnung von Qualitätsnormen. Ich glaube, jemand mit einem Diplom von der ESADE in der Tasche ist da wesentlich besser gerüstet.«

Ich schaufle mir gerade selbst mein Grab, trotzdem versucht Jaime, mich davon zu überzeugen, dass das der Job meines Lebens sein könnte.

»Unter uns gesagt, mir sind Titel völlig gleichgültig. Mir ist der Mensch wichtig und das Potential, das in ihm steckt.«

»Da haben Sie natürlich Recht.«

»Wir fangen langsam an, uns zu verstehen«, sagt er lächelnd. »Also gut, kommen wir ins Geschäft, wenn ich das Einstiegsgehalt etwas modifiziere?«

»Ich weiß nicht so recht. Es ist nicht nur das Geld.«

»Denken Sie noch einmal darüber nach. Auch unter dem Aspekt Ihrer Karrierechancen.«

»Das werde ich machen, Herr Rijas.« Wir verabschieden uns und er verspricht, in zwei Tagen noch mal anzurufen.

# Die Falle

*16. Mai 1998*

Die Stelle interessiert mich zwar nicht sonderlich, aber Herr Rijas übt eine merkwürdige Anziehungskraft auf mich aus. Zum einen liegt das an seinem Aussehen, dann aber auch an der Art seines Auftretens. Er ist von einer Selbstsicherheit, die ihm den Nimbus der Unbesiegbarkeit verleiht, man kann sich praktisch keine Widrigkeit vorstellen, die ihn aus der Bahn werfen würde. Er ist von dem Schlag Geht-nicht-gibt's-nicht und Widerstand fordert seine Instinkte so lange heraus, bis er jedes noch so entschiedene Nein in ein flammendes Ja verwandelt hat. Das ist der Motor, der ihn antreibt. Ich bin so ein entschiedenes Nein, und sein Ziel ist es, mich umzustimmen, koste es, was es wolle.

Heute ruft er wie versprochen bei mir an. Doch das Gespräch nimmt eine Wendung, die über das rein Berufliche hinauszugehen scheint.

»Mein Partner und ich haben unsere Wahl getroffen. Doch da gibt es ein Problem und deshalb würde ich Sie gerne sprechen.«

»Was denn für ein Problem?«, frage ich und bezweifle gleichzeitig, dass ich da irgendwie behilflich sein kann.

Jaimes Stimme hat etwas Konspiratives, doch er bleibt vage.

»Ich halte Sie für einen Menschen, mit dem man offen sprechen kann, und deshalb muss ich Sie sehen. Können wir uns treffen?«

Mir kommt das alles sehr merkwürdig vor, trotzdem sage ich zu. Ich habe Lust, ihn wiederzusehen. Warum falle ich dermaßen schnell in dieses Spinnennetz, das, von außen betrachtet, für jeden tödlich wäre? Vielleicht ist es mein Temperament. Herausforderungen ziehen mich magisch an.

»Dann hole ich Sie also morgen gegen 19 Uhr ab, einverstanden?«

»Wäre es nicht besser, das in Ihrem Büro zu besprechen?«, frage ich, in dem Verdacht, dass in seinem Vorschlag etwas allzu Persönliches mitschwingt.

»Um Ihnen die Sache in aller Ruhe darzulegen, wäre mir ein neutraler Ort lieber. Wissen Sie, im Büro ist ein ständiges Kommen und Gehen, was ja auch ganz normal ist. Also, wenn ich Sie zu einem Drink einladen dürfte? Natürlich rein geschäftlich.«

»Gut, einverstanden.«

Sein expliziter Hinweis auf den rein geschäftlichen Charakter unseres Treffens überrascht mich etwas. Meine Adresse steht auf dem Lebenslauf und so verabreden wir uns für den nächsten Tag auf 19 Uhr vor meiner Haustür.

## 17. Mai 1998

Ich steige in sein Auto und wir machen uns im Zentrum von Barcelona auf die Suche nach einem Parkplatz. Während ich recht schweigsam bleibe, erzählt er, was heute so alles los war und wie sich die Monatsabrechnung gestalten wird. Das Geschäft laufe bestens, und ich frage mich, was für Probleme ein Mann wohl haben kann, dem offensichtlich immer das Glück lacht. Er schlägt vor, beim Maremágnum zu parken. Dort bestehe wenigstens nicht die Gefahr, abgeschleppt zu werden. Ich bin einverstanden.

Im obersten Stock dieses Einkaufszentrums gibt es unter freiem Himmel eine Menge Bars, in denen sich so viele Leute aufhalten, dass man ein Fußballstadion damit füllen könnte. Wir schieben uns durch die Menge, ergattern einen Tisch neben einer Minigolfanlage und bestellen zwei Gin Tonic.

»Also, was gibt es denn so Wichtiges, dass wir uns hier treffen müssen?«

Jaime ist ein wenig überrascht, dass ich so unverblümt zur Sache komme, aber ich möchte die Angelegenheit nicht zu intim werden lassen.

»Na gut. Aber zunächst einmal würde ich mich freuen, wenn Sie mich Jaime nennen, und, wenn Sie nichts dagegen haben, können wir uns auch gerne duzen.«

Ich nicke, vielleicht ist das ja die Voraussetzung für das, was er mir zu sagen hat. Ich duze Leute ohnehin recht schnell und er hat mich ja sehr höflich darum gebeten.

»Prima. Also, wie du weißt, bin ich Betriebswirtschaftler. Ich bin 49 Jahre alt und mein ganzes Leben über Geschäftsmann gewesen, mit klaren Vorstellungen, was zu tun ist. Mir ist so etwas wie jetzt noch nie passiert, und ich würde gerne mit jemandem darüber sprechen, der in der Sache möglichst unbefangen ist, mit jemandem wie dir.«

»Mit mir?« Erstaunt rühre ich in meinem Gin Tonic.

Der Abend ist außergewöhnlich kühl, und Jaime reibt sich die Hände, als er zu reden beginnt. Er tut das so, als bereitete er sich auf eine Rede vor Tausenden von Menschen vor.

»Ja, mit dir!«, wiederholt er und deutet dabei auf mein Herz.

»Und warum gerade mit mir? Wir kennen uns doch überhaupt nicht und haben bei meinem Bewerbungsgespräch das erste Mal überhaupt miteinander gesprochen. Wie kommst du darauf, dass ich die geeignete Zuhörerin für dein Problem sein könnte?«

»Gerade weil wir uns nicht kennen. Das macht die Sache objektiver. Ich spüre, dass deine Hilfe sehr wertvoll für mich sein wird. Wenn du mich jetzt fragst warum, kann ich dir das auch nicht genauer erklären, ich weiß nur, dass es so ist.«

»Also gut, worum geht's? Wie kann ich dir helfen?« Ich bin kurz angebunden und verliere allmählich die Geduld.

Auf einmal spricht er so entspannt, als gäbe es überhaupt kein Problem mehr.

»Ich habe im Zusammenhang mit der Arbeit eine Frau kennen gelernt, und ich weiß jetzt nicht, wie ich mich in meiner Rolle als Generaldirektor dieser Frau gegenüber verhalten soll. Bis jetzt konnte ich Privatleben und Arbeit immer sehr gut auseinander halten. Meine Devise war stets, dass das moralisch einfach nicht zusammen geht. Aber jetzt brechen auf einmal alle Deiche, und ich weiß nicht mehr, was ich tun soll.«

»Und wie kann ich dir dabei helfen?«

Ich habe keine Ahnung, was dieser Mann von mir will. In aller Ruhe nimmt er noch einen Schluck aus seinem Glas, und als er es wieder auf den Tisch stellt, fängt er an, mit dem Strohhalm zu spielen.

»Was würdest du mir denn raten?«

»Was weiß ich! Wer ist denn diese Frau? Gehört sie zu deinem Unternehmen?«

»Nein, das ist eher ein indirekter Kontakt. Ich kenne sie noch nicht einmal richtig. Sie arbeitet für eine andere

Firma, aber trotzdem habe ich mich hoffnungslos in sie verliebt.«

»Weiß sie das?«

»Sie ist eine sehr kluge Frau und eigentlich müsste sie was gemerkt haben. Bis jetzt hat sie jedenfalls noch nichts gesagt und ich auch nicht. Aber manchmal drücken Gesten und Blicke mehr aus als Worte. Wahrscheinlich will sie die Wahrheit nicht sehen und hat selbst Angst.«

»Also, wenn du meine Meinung hören willst, dann sprich mit ihr. Vielleicht hat sie ja doch nichts gemerkt.«

»Nein, nein. Ich glaube, sie weiß ganz genau, was los ist. Es ist eine sehr delikate Situation. Wie würdest du denn an ihrer Stelle reagieren?«

»Na ja, wenn mir derjenige gefällt, dann würde ich keine Sekunde zögern. Das hängt natürlich auch von der Art eures beruflichen Kontaktes ab, jedenfalls ist das eine schwierige und vertrackte Situation. Es sind ja nicht alle so offen wie ich.«

»Klar. Ich danke dir jedenfalls für deine aufrichtige Antwort.«

Er scheint es wirklich ehrlich zu meinen.

»Warum sprichst du denn nicht einfach mit ihr?«

»Ich hab's ja versucht, aber ich finde nicht die richtigen Worte, und wenn ich es fast geschafft habe, dann komme ich doch immer wieder auf die Arbeit zurück.«

»Wovor hast du denn Angst?«

»Dass sie nicht dasselbe für mich empfindet wie ich für sie.«

Das kommt wie aus der Pistole geschossen und überrascht mich ein wenig. Bis jetzt hatte er immer den Eindruck eines selbstsicheren Mannes gemacht, der jede Situation kontrolliert. Jetzt ist klar, dass dem nicht so ist.

»Gut, aber wenn du nicht offen mit ihr sprichst, kommst du nicht weiter. Dann fahren sich die Dinge einfach hoffnungslos fest.«

»Du hast natürlich vollkommen Recht und deshalb wollte ich ja auch mit dir sprechen. Ich wusste, du würdest mir helfen.«

Es schmeichelt mir schon, dass er sich so an mich wendet. Wir Frauen lieben das. Aber so ganz verstehe ich die Sache immer noch nicht.

»Hättest du etwas dagegen, wenn wir etwas zu Abend essen? Ich bin ziemlich hungrig und wir könnten uns auch in einem netten Restaurant weiter unterhalten. Hier in der Nähe gibt es eins, wo sie ausgezeichnete Meeresfrüchte haben.«

Es ist fast wie die Einladung eines alten Freundes, also nehme ich an. Was er natürlich in Wirklichkeit vorhat, ist etwas ganz anderes. Er will meine Wachsamkeit aushebeln und eine persönliche Ebene etablieren, denn bei unseren bisherigen Treffen war ich ja immer sehr distanziert.

Er bezahlt die Drinks und wir gehen etwa 500 Meter bis zu dem Restaurant, Richtung Villa Olímpica. Der Besitzer des Lokals scheint ihn zu kennen. Die Begrüßung ist herzlich, und obwohl der Laden eigentlich voll ist, hat er sofort einen Tisch für uns. Wir bekommen einen Aperitif und Jaime fragt mich, ob ich Lust auf die Meeresfrüchteplatte habe.

»Eine Mariscada für zwei. Das hebt die Stimmung. Magst du?«

Ich liebe Meeresfrüchte und finde die Idee hervorragend. Offensichtlich haben wir den gleichen Geschmack. Er bestellt den besten Sekt und wir stoßen auf unsere Freundschaft an. Er bemüht sich offensichtlich und möchte Eindruck auf mich machen. Wir plaudern zunächst über dies und das, doch dann wird er etwas persönlicher.

»Hat dich das neulich wirklich gestört? Ich meine, die Frage nach deinem Freund?«

»Ich war ein wenig irritiert«, sage ich ehrlich. »Ob ich verheiratet bin oder nicht, das kann ich ja noch verstehen. Aber ob ich einen Freund habe?!«

»Für mich war das sehr wichtig.«

»Ja, ich weiß. Der Kandidat muss frei sein. Du könntest Schwierigkeiten bekommen, jemanden zu finden, der allen deinen Anforderungen gerecht wird.«

»In Wahrheit hatte meine Frage einen anderen Grund« Ich lasse die Gabel sinken.

»Wie bitte? Und was war das für ein Grund?«

»Rauszufinden, ob ich heute Abend mit dir ausgehen kann.« Er isst ungerührt weiter. »Wenn du mir gesagt hättest, dass du einen Freund hast, hätte ich eine andere Strategie gewählt.«

»Was?« Ich bin sprachlos.

»So sieht's aus. Mit Freund eine andere Strategie, aber in jedem Fall bis zur letzten Konsequenz.«

Wir haben eine Menge getrunken und ich schreibe seine Bemerkung dem Alkohol zu. Meine Nerven beginnen zu flattern und ich muss lachen.

»Es hätte dich nicht gestört, wenn ich einen Freund gehabt hätte?«

»Ganz im Gegenteil. Ich hätte alles darangesetzt, damit du ihn verlässt.« Jetzt hat er wieder seine alte Selbstsicherheit.

»Aber du hast mir doch eben erzählt« – ich kann einfach nicht aufhören, hilflos zu grinsen –, »dass du in eine Frau verliebt bist?!«

Ich verstehe überhaupt nichts mehr und fange an, den Typen für geisteskrank zu halten.

»Ja, das stimmt. Ich bin verrückt nach dieser Frau.«

»Verstehe!« Allmählich verliere ich jeden Respekt vor ihm. »Du bist verliebt und baggerst hier eine andere an.«

Er beginnt schallend zu lachen.

»Sei doch nicht so dumm!« Auf einmal ist seine Stimme ganz zärtlich. »Verstehst du denn überhaupt nichts?«

»Nein. Du bist wie alle anderen. Es gibt eine, von der du sagst, dass du sie liebst, und trotzdem machst du dich an mich ran. Das verstehe ich wirklich nicht.«

Es ist mir egal, was er von mir denkt. Nach diesem Gespräch werde ich ihn ohnehin nie wiedersehen. Er ist anmaßend und man muss vor ihm auf der Hut sein. Mit einem Mal wird Jaime sehr ruhig und bestellt eine Flasche Champagner. Dann wartet er, bis unsere Gläser gefüllt sind, um zu einem Trinkspruch anzusetzen:

»Ich trinke auf dich, Val, auf die Frau, in die ich bis über beide Ohren verliebt bin.«

Er wartet darauf, dass auch ich mein Glas hebe, um mit ihm anzustoßen. Aber ich bin wie gelähmt und völlig sprachlos. Alles habe ich erwartet, nur nicht das. Als er sein Glas noch einmal hebt, stoße ich wie ferngesteuert mit ihm an.

»Das ist das, was ich dir sagen wollte. Deshalb habe ich dich zum Essen eingeladen. Ich bin verrückt nach dir.« Dabei nähert er sich langsam meinem Gesicht. »Du bist die Frau, die ich liebe.«

Ich sitze da wie versteinert, während er sein Glas in einem Schluck leert.

»Jetzt ist es raus!« Er scheint erleichtert zu sein. »Endlich bin ich es losgeworden. Du hattest Recht. Ich musste mit dir sprechen und jetzt ist mir wirklich ein Stein vom Herzen gefallen.«

Ich kann das alles nicht glauben. Mein volles Glas zittert leicht in der Hand und ich stiere auf die perlenden Bläschen, die zur Oberfläche steigen.

Auf einmal wird Jaime traurig: »Es tut mir Leid. Ich hätte dich nicht in eine solche Situation bringen dürfen. Es tut mir wirklich Leid.«

Er verlangt sofort die Rechnung. Mir ist ganz anders. Ich bin es einfach nicht gewohnt, dass mir ein wildfremder Mann auf diese Weise seine Liebe gesteht. Er bezahlt und wir gehen schweigend hinaus.

»Ich bringe dich nach Hause. Ich hoffe, das stört dich nicht. Wenn ich mit jemandem ausgehe, bringe ich ihn gerne nach Hause.«

Ich habe Kopfschmerzen vom vielen Alkohol und weiß nicht, was ich sagen soll. Trotzdem lasse ich mich von ihm heimfahren. Vor dem Haus wartet die nächste Überraschung: Er wünscht mir eine Gute Nacht und fährt ohne ein weiteres Wort davon. Ich hindere ihn nicht daran, denn seine unerwartete Liebeserklärung hat mich derart verblüfft, dass ich erst einmal etwas Zeit brauche, um sie zu verdauen.

## 20. Juni 1998

Es ist jetzt einen guten Monat her, seit wir zusammen ausgegangen sind. Seit jener Liebeserklärung hat Jaime mich nicht mehr angerufen, außer einmal, um mir zu sagen, dass ich die Stelle haben könnte, wenn ich wollte, ohne jede Verpflichtung amouröser Art. Ich habe abgelehnt, denn nach unserem Abendessen war mir klar, dass ich unmöglich bei ihm in der Firma arbeiten könne, wenn ich mit ihm ausgehen würde, und das wollte ich. Also musste ich mir einen anderen Job suchen. Sekt oder Selters. Ehrlich gesagt hat mir der Wagemut gefallen, mit dem er mir seine Liebe gestanden hat, und ich rechne ihm seine Diskretion hoch an, die er im Anschluss an den Tag gelegt hat. Er hat instinktiv richtig daran getan, mich nicht zu bedrängen, und damit den Boden dafür bereitet, dass ich mich in ihn verliebe. Ihm war ohnehin klar, dass ich mich für die Stelle nicht wirklich interessierte. In seinen Augen bin ich eine Frau mit klaren Vorstellungen, die auf eigenen Beinen steht und sich nur verlieben kann, wenn man nicht ständig an ihr klebt. Und damit liegt er voll und ganz richtig.

Wie auch immer, ich bin das ideale Opfer für einen ambitionierten Jäger.

Wir haben uns inzwischen ein paar Mal gesehen und er war sich seiner Sache immer sehr sicher. Er ist davon überzeugt, dass ich ihm irgendwann leidenschaftlich in die Arme fallen werde, und er lässt mich das spüren. Wir sind zwar noch nicht zusammen im Bett gewesen, aber trotzdem gefällt er mir immer besser. Ich will warten und es nicht so machen wie bei den anderen.

Heute haben wir uns verabredet, um ein bisschen zu reden. Jaime will mir von seiner Vergangenheit erzählen, damit nicht irgendein Geheimnis zwischen uns steht. Er beginnt mit seiner Exfrau, die jetzt Brustkrebs hat. Obwohl er sie immer sehr geliebt hat, konnte er ihr nicht treu sein, so dass sie ihn eines Tages verließ.

Er öffnet sich mir wie ein Buch, von der ersten bis zur letzten Seite. Schwächen zeigen, auch das ist Teil seiner abgefeimten Strategie. Wie er erzählt, selbstsicher, aber dennoch reumütig, lässt einen nicht ungerührt. Tag für Tag nimmt mich seine Art mehr für ihn ein, diese dunklen Seiten, seine Untreue, alles das durchwoben von einer fast väterlichen Zärtlichkeit. Sieben Jahre, erklärt er mir, war er mit einem Exmodell namens Carolina zusammen, eine leidenschaftliche Liebe, die ebenfalls wegen seiner Untreue in die Brüche ging. Die Nebenbuhlerin war niemand Geringeres als Carolinas beste Freundin. In allem, was er sagt, schwingt eine geheime Botschaft mit: Wirst du mich zähmen? So hat er mich umgarnt. Und jetzt ist es an mir, mich dieser Herausforderung zu stellen.

Er erzählt mir lange von seinen beiden Kindern, die er nur an den Wochenenden sieht. Sein Vaterstolz rührt mich. Das ist eine Facette an ihm, die ich bisher noch nicht kannte, und natürlich spricht das auch die Hormone einer bald Dreißigjährigen an, die auf Mutterschaft drängen.

### 25. Juni 1998

Wir haben zum ersten Mal miteinander geschlafen. Jaime ist mit in meine Wohnung gekommen, die ich ihm wie sein eigenes Heim aufgeschlossen habe. Er liebte mich auf dem Küchentisch. Es war nicht sehr berauschend, denn er war müde. Man kann nicht immer hundert Prozent bringen, so groß die Lust auch sein mag. Ich gebe zu, ich bin ein wenig enttäuscht, denn ich hatte etwas Romantischeres erwartet. Von den fünf Minuten, die wir zugange waren, gingen vier damit drauf, ihn von der Verwendung eines Kondoms zu überzeugen. »Ein Mann in meinem Alter benutzt kein Kondom! Das ist Dreck!«, lautete seine Meinung dazu. Widerwillig hat er dann aber doch zugestimmt.

# Unser Liebesnest

*3. Juli 1998*

In den ersten Monaten unserer Beziehung benimmt sich Jaime wie ein richtiger Gentleman. Alles läuft wunderbar, wenngleich ich manchmal seltsame Dinge bemerke. Vielleicht geht auch die Phantasie mit mir durch. Ich habe nie in den Sachen meiner Freunde herumgeschnüffelt. Bei ihm fange ich damit an. Heimlich lese ich seinen Terminkalender – natürlich nicht, ohne mich schlecht dabei zu fühlen – und stoße auf verschlüsselte Nachrichten. Ich kann zwar nichts beweisen, aber irgendetwas verbirgt er vor mir. Schließlich höre ich wieder auf damit, denn es belastet mich doch sehr. Wir treffen uns nach wie vor, und heute Mittag hat er mich gefragt, ob ich mit ihm zusammenziehen möchte.

*15. Juli 1998*

Wir suchen eine Wohnung. Auf den Stadtteil haben wir uns schon geeinigt: Villa Olímpica de Barcelona. Vor allem, weil man von dort aus das Meer sieht, das wir beide sehr lieben. Ich habe immer davon geträumt, in einem riesigen Penthouse mit Blick auf das Meer und den Strand zu wohnen. Mit ihm stehe ich kurz vor der Erfüllung dieses Traums. Es war nicht leicht, aber schließlich haben wir eine 120-Quadratmeter-Wohnung ganz in der Nähe des Strandes gefunden, mit Privatparkplatz und Bewachung rund um die Uhr. Der reinste Luxus. Ich habe darauf bestanden, mindestens eine Dreizimmer-Wohnung zu nehmen, damit uns seine Kinder regelmäßig besuchen können. Jaime war einverstanden, wobei ich es ein wenig befremdlich fand, dass er von sich aus nicht schon daran gedacht hatte. Vielleicht will er zunächst unsere Beziehung festigen, bevor er seine eigene Familie ins Spiel bringt.

Heute Morgen sind wir zu diesem exklusiven Makler gegangen, um den Mietvertrag zu unterzeichnen. Jaime hatte für Kaution und Miete eine halbe Million Peseten in bar dabei. Ich habe ihn begleitet und wir hatten ausgemacht, den Vertrag auf uns beide abzuschließen. In letzter Minute ändert Jaime dann aber seine Meinung und fragt mich, ob ich was dagegen hätte, wenn der Vertrag nur auf mich liefe.

»Ich dachte, wir machen das zusammen? Ist irgendwas?«
»Nein, keine Sorge. Ich zahle die Miete und alles, aber mir wäre wohler, ich würde nicht im Mietvertrag auftauchen – natürlich nur, wenn du einverstanden bist. Wenn meine Frau nämlich davon erfährt, dann erhöht sie sofort die Unterhaltsforderung für die Kinder.«

Ich erinnere mich daran, dass er mir seinerzeit erzählt hatte, seine Kinder seien volljährig, hätten Arbeit und lebten mit ihren jeweiligen Partnern zusammen, also völlig unabhängig von ihm. Am Unterhalt habe sich seit mehr als zehn Jahren nichts mehr geändert. Seine Erklärungen ergeben also keinen rechten Sinn.

Aber ich will in dieser wunderbaren Wohnung mit ihm zusammen leben, und aus Angst, meinen Traum zu gefährden, willige ich schließlich ein, den Vertrag nur auf mich auszustellen.

Der Makler ist damit allerdings nicht einverstanden,

denn obwohl ich genügend Geld für zwei Jahresmieten habe, kann die Wohnung an niemanden ohne festes Gehalt vermietet werden. Ich bin am Boden zerstört, denn nun bekommen wir unser sicher geglaubtes Liebesnest offenbar doch nicht.

Einmal mehr kümmert sich Jaime um alles und am Nachmittag haben wir einen neuen Termin mit dem Makler. Jaime überreicht ihm ein paar Papiere und ich unterschreibe den Vertrag. Es überrascht mich, wie sich die Dinge geregelt haben. Beim Rausgehen sagt er mir, er habe ihn mit meinen Kontoauszügen überzeugen können. Später fand ich dann heraus, wie es wirklich war: Er hatte in seinem Büro eine »Gehaltsabrechnung« für mich fingiert, mit Unterschrift und Stempel seiner Firma. Die hatte er dann dem Makler gegeben.

## 20. Juli 1998

Ich bin glücklich, denn wir sind heute Morgen umgezogen. Da ich nicht so viele Sachen habe, ging alles sehr schnell. Am frühen Vormittag waren wir bereits fertig. Jaime hatte auch nur ein paar Sachen aus dem Haus seiner Mutter mitgebracht, wo er im Augeblick wohnt, unter anderem ein paar wertvolle Bilder aus der Sammlung seines Vaters. Insgesamt zu wenig für eine so große Wohnung, wir brauchen also noch Möbel.

Am Nachmittag besuchen wir alle möglichen Möbelgeschäfte in der Gegend. Als es ans Bezahlen geht, besteht Jaime darauf, alles zu übernehmen, obwohl mir Teilen lieber wäre.

*25. und 26. Juli 1998*

Jaime hat mir von seinem Wochenendhaus etwas außerhalb von Madrid erzählt, wo er sich regelmäßig mit seinen Kindern trifft. Ich finde die Vorstellung wunderschön, mit ihm dorthin zu fahren, aber ihm wäre es lieber, mich erst dann mitzunehmen, wenn er seinen Kindern erklärt hat, wer ich bin und in welchem Verhältnis wir zueinander stehen. Ich müsse schon Geduld haben, denn sein Sohn, der fast so alt ist wie ich, sei auf neue Freundinnen des Vaters in der Regel sehr eifersüchtig. Ich kann das verstehen und will mich in Geduld und Verständnis üben. Wichtig ist mir, dass sie mich irgendwann akzeptieren – immerhin werde ich die Stiefmutter von bereits erwachsenen Kindern.

Heute ist Freitag und Jaime nimmt den Flieger nach Madrid, um seine Kinder zu sehen. Von dort ruft er mich kurz an, um zu hören, wie es mir geht. Das Gespräch ist sehr zärtlich. Unsere gemeinsame Zukunft wird wunderbar glücklich sein! Dummerweise werden wir uns jetzt, wo wir zusammenwohnen, weniger sehen als zu der Zeit, da jeder seine eigene Wohnung hatte.

Sonia treffe ich nur noch ab und zu. Sie weiß von meiner Beziehung zu Jaime, hält die gemeinsame Wohnung aber für verfrüht.

»Du kennst ihn doch kaum! Und seine Wochenenden verbringt er nicht mit dir. Findest du das nicht komisch?«

»Guck mal, wer da spricht!« Ich kann mir eine gewisse Ironie nicht verkneifen. »Diejenige, die verzweifelt auf der Suche nach ihrem Märchenprinzen war, sagt mir jetzt, ich solle die Sache mit dem meinen nicht überstürzen.«

»So meine ich das doch gar nicht, Val! Meiner Meinung nach hast du deine Wohnung nur ein bisschen schnell aufgelöst und bist mit jemandem zusammengezogen, den du überhaupt nicht kennst. Hat er dich denn seiner Familie vorgestellt?«

»Noch nicht, Sonia, aber das ist doch auch nachvollziehbar, meinst du nicht? Er braucht eben ein bisschen Zeit. Immerhin hat er zwei Kinder und eine Exfrau, die an Krebs leidet. Stell dir vor, ich kreuze unter diesen Umständen so mir nichts, dir nichts bei ihm auf. Ich bin doch kein Elefant im Porzellanladen. Mir käme das nicht angemessen vor. Zumindest jetzt noch nicht.«

»Okay, nehmen wir mal an, du hast Recht und es ist dafür wirklich noch zu früh. Kommt es dir dann aber nicht komisch vor, dass er zwar ein luxuriöses Wochenendhaus in Madrid besitzt, aber bei seiner Mutter gelebt hat, bevor er dich kennen lernte?«

Sonia fängt langsam an mich zu nerven. Aber was soll's, ich schreibe ihr Misstrauen dem Neid zu, der sich bei allen Frauen einstellt, wenn eine andere das bekommt, wovon wir alle träumen. Das ist nur menschlich.

»Das Haus stammt noch aus der Zeit mit Carolina, seiner Exfreundin. Sie wohnte damals in Madrid und da sind sie eben zusammen in das Haus gezogen, Jaime hatte zu der Zeit auch noch ein Büro in Madrid. Als er dann nach Barcelona ging, richtete er sich im Haus seiner Mutter ein. Ich finde das völlig normal und absolut nachvollziehbar. Es ist doch nichts dabei, wenn man in der Nähe seiner Mutter leben will.«

»Dann erklär mir doch bitte mal, warum er seine Kinder nicht in Barcelona trifft, sondern in Madrid, wo sie doch angeblich alle hier wohnen?«

Auf diese Frage habe ich keine Antwort. Sonia macht sich offenbar große Sorgen um mich und mein neues Leben. Natürlich ist sie auch ein bisschen sauer, weil wir uns immer seltener treffen, seit ich mit Jaime zusammen bin.

»Irgendwo hast du ja Recht, Sonia. Aber du hast doch auch einen Freund. Ich verspreche dir jedenfalls, mich wieder öfter bei dir zu melden. Weißt du, erst die Wohnungssuche und dann der Umzug, das war alles sehr zeitaufwändig. Verstehst du das? Komm schon, ich wollte die Tage ein kleines Abendessen für uns machen, um dir Jaime vorzustellen. Hast du Lust?«

»Ja, klar. Sehr gerne.«

»Und ihr schließt Blutsbrüderschaft«, sage ich lachend.

»Okay.«

»Du kannst übrigens gerne deinen Freund mitbringen.«

Sie wird aschfahl.

»Wir haben uns vor einer Woche getrennt.«

Da bin ich wohl voll ins Fettnäpfchen getreten. Jetzt verstehe ich die ganze Sache natürlich. Sie wurde gerade von einem Mann verlassen und – zack – werden alle Männer in Sippenhaft genommen.

»Er hatte eine andere und hat mir nichts davon erzählt. Als ich es dann durch einen Zufall rausbekam, hab ich ihn sitzen lassen.«

»Ach, du Liebe, das kann ich gut verstehen. Aber sieh mal, Sonia, nur weil dein Kerl ein Schwein war, heißt das doch nicht, dass alle Männer so sind.«

»Mach dir keinen Kopf. Ich komm schon drüber weg. Bigudí vermisst dich übrigens ganz schön.«

Das macht mich ganz traurig. Irgendwann will ich Bigudí auf jeden Fall wieder bei mir haben, aber im Augenblick hat ihn Sonia zur Pflege, weil Jaime Katzen nicht leiden kann und das Tierchen bei uns momentan also nicht willkommen ist.

# Ich finde Arbeit

*27. Juli 1998*

Als Jaime von seinem Familienwochenende zurückkommt, erzähle ich ihm von dem Essen, das ich mit Sonia für Donnerstagabend ausgemacht habe.

»Das wär so schön, Schatz, aber ich muss leider die ganze Woche mit Joaquín nach Málaga, um ein paar Kunden zu besuchen. Morgen früh geht's los und am Freitag fahre ich direkt mit dem Wagen nach Madrid.«

Obwohl mir dieses Wochenprogramm gehörig missfällt, sage ich nichts.

»Das heißt, wir werden uns bis Sonntag nicht sehen?«

»Schatz, das ist mein Job. Bitte versteh das doch. Wir haben nun mal diese Verträge mit den Leuten aus Südspanien und da müssen wir eben diese Woche hin. Ich hab die Reise schon x-mal verschoben, aber danach werden wir ganz viel Zeit für uns haben.«

Er nimmt mich in den Arm und wir überlegen uns einen Ersatztermin für das Essen mit Sonia.

Da er mir so frank und frei von seinen Fehltritten erzählt hatte, will auch ich ihm heute Abend meine häufig wechselnden Bekanntschaften beichten. Ich werde ihm von der Leichtfertigkeit erzählen, mit der ich über Jahre mit jedem ins Bett gegangen bin, der mir gefiel. Ich möchte offen sein und nichts verheimlichen. Jaime hat mir klipp und klar gesagt, dass ich, wenn ich mit ihm zusammen sein will, alle anderen Männer abschreiben müsse, die ich mir hier und da vielleicht noch warm halte – das waren seine Worte. Das fällt mir nicht schwer. Es ist ohnehin ewig her, seit ich den letzten hatte. Doch Jaime zu überzeugen ist keine leichte Aufgabe. Er ist extrem eifersüchtig, aber er hat mir auch versprochen, selbst treu zu sein. Ich bin neunundzwanzig, er zwanzig Jahre älter. Wir haben uns trotzdem auf gleicher Augenhöhe getroffen. Unser bisheriges Leben interessiert uns beide nicht mehr. Andere Männer sind mir völlig gleichgültig. Eine Wandlung, die mich selbst überrascht, aber ich bin das erste Mal im Leben wirklich verliebt. Und ich verspüre keinerlei Verlangen nach irgendjemand anders. Ich werde ihm treu sein, vom Anfang bis zum Ende. Und sollten wir uns jemals trennen, noch darüber hinaus.

Diese Nacht lieben wir uns. Seit wir keine Kondome mehr benutzen, ist der Sex viel besser geworden, wobei es mich schon stört, dass Jaime nur an sich denkt. Er wartet nie, bis ich komme. Manchmal hat er etwas Tierisches an sich. Aber das ist mir alles egal. Der Sex ist für mich merkwürdigerweise in den Hintergrund getreten. Es sind andere Dinge, die ich an unserer Beziehung schätze.


## 28. Juli 1998

Jaime ist wie geplant mit Joaquín nach Málaga gefahren. Ich habe mich ganz zart von ihm verabschiedet und ihn gebeten, ja vorsichtig zu fahren. Die Tage allein werde ich dazu nutzen, einen neuen Anlauf in Richtung Jobsuche zu unternehmen.

Auf meine Anzeige hin, die nach wie vor ab und zu in der Zeitung erscheint, habe ich mehrere Angebote erhalten. Eines davon klingt ganz vielversprechend. Es handelt sich um einen internationalen Konzern der Bekleidungsindustrie mit Sitz in Barcelona. Sie suchen so eine Art Trendscout. Ich würde also zu den wichtigsten Fachmessen weltweit reisen, um mir die Neuigkeiten der Saison anzusehen. Auch wenn es nichts mit Werbung zu tun hat, reizt mich das irgendwie. Geschäftsreisen sind dabei letztlich kein Hinderungsgrund, denn Jaime verreist ja auch ständig. Ich habe also einen Termin für das Vorstellungsgespräch vereinbart.

Alles hat geklappt und ich kann in einer Woche anfangen. Darüber bin ich sehr froh, denn so steigen auch unsere Einkünfte wieder. Was Jaime verdient, weiß ich zwar nicht genau, denn darüber will er nicht reden, aber seinem Lebensstil nach zu urteilen, scheint er ganz betucht zu sein. Er hat immer eine Menge Bargeld dabei und gibt es auch gerne aus. Auch hinsichtlich der üppigen Miete gab es keinerlei Probleme. Er will immer von allem das Beste. Trotzdem möchte ich mich gerne an den Ausgaben beteiligen.

Jaime hat mich nur zweimal angerufen, um mir mitzuteilen, dass er sehr beschäftigt ist. Ich wollte ihn öfter sprechen, hatte aber kein Glück, weil sein Handy ausgeschaltet war. Um nicht misstrauisch zu wirken, habe ich ihn auch nicht nach der Nummer seines Hotels gefragt.


*30. Juli 1998*

Jaime kommt nach Hause. Er wirkt müde und angespannt. Kaum hat er sich die Schuhe ausgezogen, schließt er sich im Bad ein und bleibt für mehr als eine Stunde dort. Ich stehe an der Tür, höre aber nichts.

»Ist alles in Ordnung, Jaime?«

»Lass mich in Ruhe!«

Er ist kurz angebunden.

»Kann ich was für dich tun, Schatz? Möchtest du reden? Ist irgendwas passiert?«

»Lass mich in Ruhe!«, sagt er noch einmal. »Du hast überhaupt keine Ahnung, was eigentlich los ist!«

Nach einer Stunde kommt er raus, die Augen völlig verquollen. Den Rest des Abends verbringt er bis spät in die Nacht mit Rauchen, eine nach der anderen. Zu mir sagt er kein Wort.

Als er endlich ins Bett kommt, rührt er mich nicht an. Das erste Mal. Sonst haben wir jede Nacht miteinander geschlafen. Noch nie hat er zu Sex Nein gesagt.

## 2. August 1998

Jaime ist früh ins Büro gefahren. Ich konnte ihm noch nicht einmal erzählen, dass ich jetzt, wo alle Welt in den Urlaub fährt, mit meiner neuen Arbeit anfange. Also lege ich ihm einen Zettel in die Küche, für den Fall, dass er vor mir zu Hause ist. Und voilà, als ich von meinem ersten Arbeitstag zurückkomme, noch immer etwas besorgt wegen gestern Abend, sitzt er im Wohnzimmer und sieht fern.

»Du hättest mir ruhig sagen können, dass du heute anfängst zu arbeiten!«, fährt er mich an.

»Ja, hätte ich, aber du warst gestern wirklich unausstehlich, Jaime. Du hattest keine Lust zu sprechen und warst dermaßen verschlossen und bockig.«

»Ich hatte eben ein Problem und wollte nicht darüber reden. Was ist das denn für ein Job?«

Ich erzähle ihm alles.

»Musst du da nicht viel verreisen?«

Ich sehe seinem Blick an, dass er wütend ist.

»Na ja, ab und zu schon.«

»Allein?«

»Nein, mit meinem Chef, einem Amerikaner. Im September müssen wir zu einer Messe nach Italien und ...«

»Ein Ami? Der Nächste, der mit dir ins Bett will!«

Ich bin völlig sprachlos. Seine Laune hat sich um keinen Deut gebessert.

»Was soll denn das?«

»Du hast sehr gut verstanden! Er will mit dir verreisen, um dich abzuschleppen. Du bist doch viel zu jung, du hast keine Ahnung, wie das Leben funktioniert.«

Ich bin fassungslos. Er kennt den Mann überhaupt nicht und wagt es, so über ihn zu reden.

»Mir doch egal. Fahr ruhig mit diesem Arschloch nach Italien. Aber wenn er auch nur den geringsten Annäherungsversuch macht, nimmst du den ersten Flieger und kommst zurück, okay?«

Ich stimme zu, denn ich habe wirklich Angst, dass er mich sonst schlägt.

»Ja, okay.«

»Versprich's mir!«

»Ich verspreche es dir, Jaime.«

Wir schweigen fast fünf Minuten und ich erachte die Sache für erledigt.

»Aber du! Du hättest schon Lust, es mit ihm zu treiben, stimmt's?«

Ich kann es nicht fassen! Warum stellt er mir auf einmal solche Fragen?

»Nein, ich habe keine Lust, es mit ihm zu treiben!« Das Gespräch macht mich traurig.

Ich gehe ins Bad und heule. Diesmal ist er wirklich zu weit gegangen. Er sucht Streit und entwickelt dabei einen diabolischen Ehrgeiz. In wenigen Tagen hat er sich so sehr verändert, er kommt mir fast vor wie ein anderer Mensch. Während ich im Bad sitze, fällt mir ein Tiegel auf, den ich noch nie bemerkt hatte. Auf dem Etikett hat der Apotheker die Zusammensetzung des weißen Pulvers vermerkt. Ich studiere das Zettelchen so intensiv, dass ich gar nicht bemerke, wie Jaime ins Bad kommt. Von hinten legt er mir schweigend seine Hand auf die Schulter. Vor Schreck lasse ich den Tiegel fast fallen.

»Das ist der Puder für meine Wunde am Fuß. Die Apotheke mischt mir das immer extra zusammen. Das ist sehr teuer, lass es also am besten stehen.«

Ich stelle den Tiegel auf das Waschbecken und schweige.

Jaime schabt sich jeden Morgen mit einer Art Skalpell die tote Haut vom Knöchel. Er bekäme sonst die Schuhe nicht an und könnte nicht normal laufen. Er hat schon mehrere Spezialisten aufgesucht, die ihm alle nicht helfen konnten. Angeblich ist seine Krankheit extrem selten und unheilbar.

# Scherben

*6. August 1998*

Sonia kommt zum Abendessen. Jaime blieb den ganzen Nachmittag zu Hause, um in unserem provisorischen Arbeitszimmer Sachen zu erledigen. Ich bereite währenddessen in der Küche das Essen vor. Kochen war zwar noch nie meine Stärke, aber mit Hilfe von Kochbüchern schlage ich mich ganz gut durch, zumal Jaime gern anständig isst. Ich solle ihm bloß nicht mit Schnittchen oder Tapas kommen, hat er mich gewarnt.

Als Sonia kommt, biete ich ihr erst mal einen Aperitif an und gehe dann rüber zu Jaime, um ihm zu sagen, dass unser Besuch bereits eingetroffen ist. Er hat sich eingeschlossen, als wäre er der Hüter des verlorenen Schatzes.

»Kommst du essen, Liebling?« Ich flüstere fast, aus Angst, ihn zu stören. »Sonia sitzt schon im Wohnzimmer.«

Er brauche noch zehn Minuten, um zu duschen und sich umzuziehen, antwortet er mir durch die geschlossene Tür. Ich gehe zurück ins Wohnzimmer zu Sonia.

»Wie siehst du denn aus, Val? Ist was passiert? Bist du in Ordnung?«

Ich will mit meiner Freundin jetzt nicht über die jüngsten Streitereien mit Jaime sprechen und versuche mich rauszureden.

»Ach, Liebes, ich bin einfach ein bisschen erschlagen. Der neue Job, es gibt viel zu tun und so weiter. Daran muss ich mich erst noch gewöhnen. Ich habe ja schon eine ganze Weile nicht mehr Vollzeit gearbeitet.«

Ich habe in letzter Zeit ziemlich abgenommen und Sonia vermutet nicht zuletzt deswegen, dass noch mehr dahintersteckt.

»Jetzt arbeitest du seit einer Woche und hast schon vier Kilo abgenommen. Du bist ganz sicher, dass da nicht noch was anderes ist?«

»Ganz sicher, Sonia. Mach dir keine Sorgen.«

Ich bemühe mich zu lächeln, um meine Freundin, der die ganze Sache nicht geheuer ist, zu beruhigen. Jaime sieht blendend aus, als er endlich kommt. Er duftet köstlich und hat seinen besten Anzug aus dem Schrank geholt. Mit so etwas hat Sonia nicht gerechnet, das sehe ich ihr an.

»Die berühmte Sonia! Endlich lernen wir uns kennen.« Jaime küsst ihr die Hand. Leider ist dieser uralte Brauch etwas aus der Mode gekommen, obwohl uns Frauen das immer gefallen hat. Sonia schwebt im siebten Himmel.

»Ich war auch schon sehr neugierig auf dich, Jaime. Um Vals Herz zu erobern, bedarf es eines ganz besonderen Menschen.«

Sonia betrachtet ihn aufmerksam. Wahrscheinlich denkt sie, dass er jünger aussieht, als er ist.

Wir verbringen einen sehr angenehmen Abend miteinander. Jaime ist entzückend und Sonia und ich unterhalten uns prächtig. In Jaimes Augen liegt in diesen Stunden ein ganz besonderer Glanz, was auch an den zahllosen Flaschen Wein liegen dürfte, die er nach und nach kredenzt. Jeder Gang, so erklärt er uns, erfordere den passenden Wein. Jaime trinkt eine ganze Menge, aber er scheint auch einiges vertragen zu können. Ich sage natürlich nichts, denn er hat so gute Laune und jeder Kommentar in dieser Angelegenheit würde die Magie des Abends zerstören. Wir reden vor allem über Sonia, ihr Leben und unsere lange

Freundschaft. Etwas später erzählt er auch von sich und seinem unerschütterlichen Plan, mich zu heiraten, sobald seine Exfrau den Krebs besiegt haben wird. Dieses Bekenntnis überrascht mich, denn darüber hat er mit mir bisher noch nie gesprochen.

»Wenn alles gut geht, heiraten wir am 2. Mai 1999«, erklärt er Sonia.

Nach dem ausgiebigen Essen und einigen Drinks macht sich Sonia auf den Weg.

»Wie bist du denn hergekommen?«, fragt Jaime.

»Mit dem Taxi«, antwortet sie und trinkt den letzten Schluck Bailey's in ihrem Glas.

»Ich kann es nicht zulassen, dass eine so attraktive Frau wie du um diese Zeit allein mit dem Taxi durch die Nacht fährt. Ich werde dich bringen. Ich ziehe mir eine Jacke über, und los geht's.«

Ich finde Jaimes Geste absolut in Ordnung. Es beweist mir, dass er meine Freundin schätzt, und ich fühle mich geschmeichelt. Auch Sonia scheint ihre Ansicht über Jaime geändert zu haben. Er hat sich ja auch alle Mühe gegeben, diesen Abend zu einem unvergesslichen zu machen. Sonia blickt mich fragend an. Als ich lächle, stimmt sie zu.

Nachdem die beiden gegangen sind, räume ich das Geschirr zusammen. Ich stelle einfach alles in die Küche, da ich um diese Zeit wirklich keine Lust mehr zum Abwaschen habe. Jaime ist inzwischen seit mehr als einer Stunde weg, und ich beschließe, ins Bett zu gehen.

Plötzlich weckt mich ein fürchterlicher Lärm aus der Küche. Erschreckt springe ich auf, um nachzusehen, ob irgendetwas heruntergefallen ist. Alle Lichter sind aus, und in der Eile habe ich gar nicht gesehen, ob Jaime schon da ist oder nicht. Als ich das Licht in der Küche anmache, sehe ich, dass alles auf dem Boden liegt: die dreckigen Teller, die Gläser und sämtliche Essensreste. Vor Schreck schlage ich die Hände vor dem Gesicht zusammen. Was für ein Anblick! Jetzt bemerke ich auch Jaime, der mit dem Rücken zu mir neben der Spüle am Fenster steht und eine raucht.

Ich bücke mich, um die Scherben aufzuheben, da lässt mich Jaimes schneidende Stimme innehalten.

»Wenn du vorhin nicht abgewaschen hast, brauchst du jetzt auch nicht die Scherben aufzusammeln. Das machst du morgen. Du wolltest doch morgen abwaschen, oder?«, fragt er ironisch.

Ich verstehe gar nichts mehr und traue mich nicht zu antworten.

Jaime dreht sich wieder zum Fenster und fängt auf einmal an wie ein Wahnsinniger zu brüllen. Dabei stampft er mit der Schuhsohle auf seiner Zigarette herum.

»Wenn du heute Abend gespült hättest, wäre das alles niemals passiert, hörst du, was ich sage?«

In der Küche stinkt es nach Alkohol. Offenbar hat sich Jaime bis zum Anschlag voll laufen lassen und in einem Anfall von Wahnsinn alles Geschirr auf den Boden geschleudert. Jetzt provoziert er mich so lange, bis mir die Tränen kommen, aber das macht ihn nur noch wütender, von schlechtem Gewissen oder Reue keine Spur.

»Und hör endlich auf zu heulen! Da siehst du immer aus wie eine aufgedunsene Wasserleiche.«

Ich ertrage das alles nicht mehr und renne ins Bad, um wenigstens ungestört weinen zu können. Ich lasse mir kaltes Wasser über den Kopf laufen und höre, wie er mit lautem Türenknallen die Wohnung verlässt. Im Moment wohl das Beste, was er tun kann. Ich glaube, das hätte sonst böse enden können.

## 7. August 1998

Als ich heute Morgen aus dem Haus gehe, ist Jaime noch nicht wieder da. Er hat sich die ganze Nacht rumgetrieben und ich habe kein Lebenszeichen von ihm. Im Büro fühle ich mich hundeelend und rufe erst mal bei Sonia an.

»Hallo, Liebes.« Noch bevor ich ihre Stimme höre, fange ich schon an zu schluchzen.

»Val, was ist denn los mit dir?«

Es kostet mich alle Mühe, ihr zu erzählen, was vorgefallen ist. »Es ist wegen Jaime.«

»Das hört sich nicht gut an. Jetzt beruhige dich doch erst mal.«

»Sonia, was habt ihr gestern noch gemacht? Jaime ist sturzbesoffen nach Hause gekommen und war völlig außer sich.«

»Was? Das verstehe ich nicht. Er hat mich nach Hause gefahren, wir haben uns vielleicht noch fünf Minuten vor meiner Tür unterhalten und dann ist er gefahren. Das ist alles. Er schien völlig in Ordnung zu sein. Wir haben gestern alle ganz gut getrunken, aber doch nicht übertrieben. Jaime muss noch mal irgendwo nachgeladen haben. Als wir uns verabschiedeten, war er noch ganz zuvorkommend.«

»Ja, das dachte ich mir schon, deshalb versteh ich das Ganze ja auch nicht. Irgendetwas muss passiert sein. Er hat sich jedenfalls aufgeführt wie ein Berserker. Er war wie ein anderer Mensch, als er zurückkam. Ich hab mich so erschreckt, ich weiß nicht, was ich jetzt tun soll. Ich hab Angst. Es ist schon das zweite Mal, dass er so gewalttätig geworden ist und …«

»Hat er dich geschlagen?«, fragt sie, ohne das Ende meines Satzes abzuwarten.

»Nein, das nicht. Aber er macht mich psychisch fertig, außerdem hat er das ganze Geschirr zertrümmert.«

»Das ist nicht dein Ernst!«

»Doch. Dann hat er zu mir gesagt, wenn ich abgewaschen hätte, wäre das nicht passiert, als wollte er mich für irgendwas bestrafen. Dann ist er aus der Wohnung gestürmt und ich habe bis jetzt nichts mehr von ihm gehört.«

Obwohl ich sonst immer stolz darauf war, alles mit mir allein auszumachen, habe ich Sonia mein Herz ausgeschüttet. Ich hatte darauf gehofft, sie könne mir alles erklären. Ihre Ratlosigkeit stürzt mich nur noch tiefer in die Verzweiflung.

Den Rest des Tages kann ich mich nicht mehr konzentrieren und ich habe Angst davor, nach Hause zurückzukehren. Ich war gegangen, ohne irgendwas aufzuräumen. Jetzt überlege ich, ob es nicht besser wäre, für ein paar Tage bei Sonia unterzukommen, um in Ruhe über alles nachzudenken. Die Beziehung zu Jaime wird immer merkwürdiger und ich habe meine Zweifel, ob ich an der Seite eines solchen Mannes jemals werde glücklich sein können. Ich weiß nicht, was mit ihm los ist, und er weigert sich, mit mir zu sprechen.

Ich komme spät nach Hause, und als ich die Tür öffne, merke ich, dass Jaime schon da ist, denn ich hatte am Morgen zweimal abgeschlossen. Bei dem Gedanken an das, was jetzt kommt, fange ich an zu zittern.

Da die Küche direkt neben der Eingangstür ist, sehe ich gleich, dass irgendjemand aufgeräumt hat. Alles ist blitzsauber.

Jaime kommt mir aus dem Wohnzimmer mit einem riesigen Strauß Blumen entgegen. Ich sehe seinen reuevollen Blick und falle ihm weinend in die Arme.

»Es tut mir alles so leid«, sagt er und überreicht mir die Rosen. Ich kann mein Glück noch gar nicht begreifen und seine Entschuldigung öffnet bei mir alle Schleusen.

»Es ist alles gut, Jaime«, schluchze ich. »Du hattest einfach wahnsinnig viel Stress und wolltest nicht darüber reden.«

»Ja, das stimmt, ich wollte dir nichts davon sagen, weil du dir keine Sorgen machen sollst. Aber das war falsch, denn so hast du dich noch mehr gegrämt. Also komm, ich erzähl dir alles.«

Wir gehen Hand in Hand ins Wohnzimmer und er setzt sich mir gegenüber an den Tisch, was er sonst nie macht. Es scheint sich wirklich um ein gravierendes Problem zu handeln.

»Es gibt Dinge, auf die kann man stolz sein, und andere, die man am liebsten verschweigen würde. Du weißt, ich komme mit Schwierigkeiten immer ganz gut alleine zurecht, aber jetzt sehe ich meine Grenzen.«

Und er fängt an, über seine wirtschaftliche Situation zu sprechen. Ein täglicher Kampf, vor allem jetzt, da er durch das Missmanagement seines Partners Joaquín in die Bredouille geraten sei. Vor einigen Monaten hätte sein Partner ein Darlehen aufgenommen, erzählt mir Jaime, für das er gebürgt habe. Joaquín hat nun die Zahlungen eingestellt und jetzt fordere die Bank das Geld von Jaime zurück. Etwas fünf Millionen Peseten stünden noch aus, und obwohl die Umsätze zufriedenstellend seien, bekäme er die Summe nicht zusammen, so dass sein Wochenendhaus in Madrid wohl in Kürze gepfändet werde.

»Sie nehmen mir weg, wofür ich im Schweiße meines Angesichts geschuftet habe. Rate um Rate habe ich abgestottert, und nun das! Weil mein Partner Mist gebaut hat.«

Ich kann das alles kaum glauben, doch wenn ich mir Jaime ansehe, wie er jetzt dasitzt, besteht an den Fakten kein Zweifel.

»Warum hast du für Joaquín überhaupt gebürgt?«, frage ich vorsichtig.

»Was hätte mich davon abhalten sollen? Er ist mein Partner, Val, und auch mein Freund. Jedenfalls hielt ich ihn bisher dafür. Das würdest du auch tun, wenn Sonia beispielsweise in eine solche Situation geriete. Ich hätte nicht im Traum damit gerechnet, dass er mich so hängen lässt.«

»Ja, aber warum hat er denn die Zahlungen an die Bank eingestellt?«

»Ach, es steht schlecht um seine Ehe, er trinkt, treibt sich mit anderen Frauen rum. An manchen Tagen kommt er völlig besoffen und abgerissen ins Büro, nachdem er die Nacht in irgendeinem Club alles Geld zum Fenster rausgeschmissen hat.«

Langsam wird mir Jaimes Verhalten klar. Er fühlte sich durch die ganze Situation in die Enge getrieben und hat in der Anspannung einfach die Nerven verloren.

»Du erinnerst dich doch an den Sonntag, als ich mit so einer Scheißlaune zurückgekommen bin?« Ich nicke und suche seine Hände. »Kurz davor hatte mich die Bank in Málaga angerufen. Freitag musste ich dann nach Madrid, wo ich erfuhr, dass sie tatsächlich die Pfändungsklage eingereicht haben.«

»Und da kann man gar nichts machen?«

»Klar kann man was machen.«

»Was denn?«

»Zahlen!«

Jaime beginnt in seiner Verzweiflung zu weinen wie ein kleines Kind. Der Mann, der zuvor so stolz und aufrecht durchs Leben ging, bricht vor mir nun vollkommen zusammen. Seinen Kopf zwischen meinen Händen, weiß ich nicht, wie ich ihn trösten soll.

»Und weißt du, was das Schlimmste an der ganzen Sache ist?«

»Nein.«

»Dass du der Preis bist, den ich dafür zahle. Du bist der Mensch, den ich am allermeisten auf dieser Welt liebe, und an dir lasse ich meine schlechte Laune aus.«

Gerührt trockne ich ihm die Tränen und streichle seine Wangen, während er fortfährt: »Ich arbeite wie ein Wahnsinniger, damit es allen gut geht. Meine Kinder kriegen alles, was sie sich wünschen, ich unterstütze meine krebskranke Exfrau, weil sie nichts hat. Und jetzt das!«

In diesem Augenblick bricht alles aus ihm heraus. Ich bin tief bewegt, fühle mich aber gleichzeitig so machtlos. In mir ist eine unermessliche Dankbarkeit, dass er mir die ganze Wahrheit gebeichtet hat.

»Wenn ich nicht innerhalb von einer Woche bezahle, dann nehmen sie mir das Haus weg.«

Wir setzen uns auf die Couch und kauern fast die ganze Nacht aneinander. Ich habe eine Decke über uns gebreitet, denn Jaime zittert fürchterlich. Er wirkt völlig erschöpft und ich überlege hin und her. Ich kann doch nicht zulassen, dass dem Menschen, den ich liebe und mit dem ich zusammenlebe, so etwas widerfährt. Ich will seine Probleme mit ihm teilen. Wie kann ich glücklich sein, wenn ich weiß, dass es ihm schlecht geht? Ich muss etwas unternehmen. Ich habe ja das Geld, das er bräuchte, und also beschließe ich, fünf Millionen Peseten von meinem Konto abzuheben und sie ihm zu geben, damit er sein Haus in Madrid behalten kann.

# Die Pfändung

*12. August 1998*

Ohne Jaime etwas davon zu erzählen, bin ich zur Bank gegangen und habe das Geld abgehoben. Weil ich Angst hatte, so viel Geld auf einmal mit mir herumzutragen, bin ich drei Mal dort gewesen. Der Direktor der Bank, zu dem ich einen ganz guten Draht habe, war wegen der großen Abhebung wohl etwas irritiert und fragte mich in seinem Büro, ob ich mit dem Service des Hauses in der letzten Zeit vielleicht unzufrieden gewesen sei. Ich versicherte ihm, dass alles in Ordnung wäre und ich eine größere Anschaffung vorhätte.

Es ist Mittwochnachmittag. Jaime ist sehr nervös. Der Gradmesser dafür ist in die Zeit, die er morgens im Bad verbringt. Je größer die Nervosität, desto länger schabt er sich die tote Haut vom Knöchel. Im Bad sieht es danach stets aus wie auf einem Schlachtfeld, überall Hautfetzen und weißes Pulver. Morgen Abend muss er nach Madrid, um noch ein letztes Mal mit der Bank zu verhandeln. So hat er es mir erklärt. Von meinem Plan, ihm zu helfen, will ich ihm bis zuletzt nichts verraten.

Als ich nach Hause komme, packt er gerade den Koffer für die Reise nach Madrid und das Wochenende mit seinen Kindern danach. Er sieht mich mit traurigem Blick an und sagt: »Vielleicht wird es das letzte Wochenende sein, das wir gemeinsam dort verbringen.«

Er versinkt in Schweigen und fügt dann hinzu:

»Wie soll ich ihnen nur erklären, dass ihr Haus nicht länger ihr Haus ist?«

»Du musst ihnen gar nichts erklären!« Ich strahle ihn an. »Nimm! Das ist für dich.«

Ich halte ihm den Umschlag hin, den er überrascht und vorsichtig annimmt. Als er ihn öffnet, traut er seinen Augen nicht.

»Wo hast du das her?«, fragt er misstrauisch.

»Von meinem Konto. Es ist so viel, wie du brauchst.«

»Bist du verrückt? Ich kann das Geld unmöglich annehmen. Du hast doch bestimmt einen Kredit aufgenommen?«

»Mach dir keine Sorgen. Das ist alles mein Geld.«

Er lässt den Umschlag aufs Bett fallen.

»Nein. Das kann ich nicht annehmen. Tut mir Leid.«

»Ich bitte dich, Jaime. Jetzt sei doch nicht albern! Das ist mein Geld und ich bin deine Lebensgefährtin. Also gehört es uns beiden. Es soll uns beiden Gutes tun. Bitte nimm es. Gib es der Bank und behalte dein Haus.«

Die Freude auf Jaimes Gesicht in diesem Moment ist jeden Schatz der Welt wert. Er ist so erleichtert, dass er mich in seiner Umarmung fast erdrückt.

»Du kannst dir nicht vorstellen, was das für mich bedeutet, mein Schatz. Du hast mir gerade das Leben zurückgegeben. Vielen, vielen Dank! Ich weiß gar nicht, wie ich das jemals wieder gutmachen kann.«

»Na, vielleicht, indem du mich so bald wie möglich in dieses fabelhafte Haus nach Madrid einlädst.«

Als ich das sage, verlieren sich seine Blicke für einen Augenblick im Nichts, dann sieht er mich wieder an und umarmt mich zärtlich.

»Aber natürlich!«

In dieser Nacht ist Jaime sehr zärtlich zu mir. Aber er kann sich einfach nicht zurückhalten. Lange bevor ich komme, ist er schon wieder fertig.

# Eine Suite für zwei

*7. September 1998*

Niemals käme es mir in den Sinn, Jaime zu verdächtigen, dass er in meinen Unterlagen schnüffelt, um sich über meine Finanzen zu informieren. Wir haben nie über Geld gesprochen, das war nicht nötig und irgendwie auch immer tabu. Ich habe nichts zu verbergen, aber ich habe auch nie das Verlangen gehabt, ausführlich meine finanzielle Lage mit ihm zu erörtern. Aber ja, es ist richtig, Jaime brauchte exakt den Betrag, den ich auf meinem Konto hatte. Er scheint meine Ersparnisse auf Punkt und Komma genau zu kennen.

Die Wogen glätten sich und er ist weiterhin aus familiären und beruflichen Gründen viel auf Reisen. Ich habe jetzt zwar keine Ersparnisse mehr, aber mit seiner und meiner Arbeit verdienen wir genug, um ordentlich zu leben. Bei den Ausgaben ist Jaime sehr gewissenhaft und er gibt mir jeden Monat pünktlich das Geld für die Miete. Nach dieser Krise durchleben wir gleichsam zweite Flitterwochen und sind uns durch all das noch viel näher gekommen. Unsere Liebe ist gefestigt. Das denke ich zumindest.

Heute fahre ich zu einer wichtigen Modemesse nach Italien. Die Firma und ich wollen da natürlich präsent sein. Jaime ist von der Reise nicht sehr begeistert. Noch immer spuken ihm die angeblichen Absichten meines Chefs durch den Kopf. Aber er lässt mich natürlich fahren. Bis jetzt habe ich ihm auch keinen Anlass zu irgendwelchen Eifersüchteleien gegeben. Ich bin ihm unglaublich nah und lebe einzig und allein für ihn. Mein ausschweifendes Leben gehört der Vergangenheit an und ich treffe keinen einzigen meiner männlichen Freunde von früher mehr.

Als wir in Mailand landen, holt uns ein Geschäftspartner von Harry, meinem Chef, am Flughafen ab. Auf der Fahrt erklärt er uns, dass es mit der Zimmerbuchung leider ein kleines Problem gegeben habe. Alle Hotels der Stadt seien ausgebucht, und das Einzige, was er uns anbieten könne, sei eine sehr geräumige Suite, die wir uns allerdings teilen müssten. Ich habe keine weiteren Bedenken, sofern es zwei Betten in getrennten Räumen gibt. Und so ist es auch. Harry und ich können die Suite teilen, ohne die Privatsphäre des anderen zu stören. Wir müssen lediglich das Bad teilen, aber das ist nur eine Frage der Organisation.

Für mich ist klar, dass ich Jaime von dieser kleinen Panne nichts erzähle, denn er würde es nicht verstehen. Trotzdem rufe ich ihn an, um ihm mitzuteilen, dass alles in Ordnung ist.

»In welchem Hotel bist du denn?«, fragt er.

»Im Westin Palace. Warum?«

»Nur so. Gib mir die Zimmernummer und die Durchwahl, dann rufe ich dich zurück, damit es nicht so teuer wird. Dein Chef behandelt dich ja wie eine Prinzessin. Das ist ein ziemlich nobler Laden. Bis gleich.«

Ich sage Harry, dass mein Freund jeden Augenblick anruft und er bitte nicht ans Telefon gehen solle, damit es nicht zu irgendwelchen Missverständnissen komme. Er ist ein phantastischer Chef, der ein sehr feines Gespür in solchen Angelegenheiten hat.

Nach einer Viertelstunde ruft Jaime zurück.

»Wessen Idee war das?«

»Wie bitte?« Ich beginne das Schlimmste zu befürchten.

»Gut, dann frage ich andersrum. Wer fickt wen?«, fügt er ironisch hinzu.

Ich erstarre.

»Für wie bescheuert hältst du mich eigentlich? Ich habe den Empfang gebeten, mich mit deinem Chef zu verbinden. Was für ein Zufall, dass er dieselbe Zimmernummer wie du hat! Auf meine Nachfrage hin wurde mir mitgeteilt, ja, die Herrschaften teilen sich ein Zimmer.«

Mein Herz pocht bis unter die Schädeldecke. Wie kann ich ihm klar machen, dass alles ganz anders ist?

»Ich kann dir das erklären, Jaime. Es ist ...«

»Ich verzichte auf deine Erklärungen. Ich möchte seine. Gib ihn mir!«

»Nein, Jaime! Mir wäre lieber, wir bereden das in aller Ruhe. Er kann wirklich nichts dafür ...«

»Gib ihn mir!«

Er wird so laut, dass Harry, der neben mir sitzt, sofort versteht und mich bittet, ihm den Hörer zu geben.

Ich höre, wie Jaime herumbrüllt, und ich würde mich am liebsten irgendwo verkriechen, so peinlich ist mir das Ganze. Während Harry sich auf das Gespräch konzentriert, sieht er mich an. Ab und zu antwortet er mit einem schlichten Ja. Er ist ein Chef, wie man ihn sich besser und verständnisvoller nicht wünschen kann, ein echter Gentleman – wobei ihm diese Angelegenheit mindestens so unangenehm zu sein scheint wie mir. Trotzdem hört er sich in aller Ruhe an, was Jaime ihm zu sagen hat, und raucht dabei eine Havanna. Als die beiden fertig sind, hält er mir das Telefon hin, Jaime will mich noch mal sprechen, um mir klare Anweisungen zu erteilen.

»Dein geliebter Chef wird dich in ein anderes Hotel

bringen lassen. Wenn du umgezogen bist, rufst du mich an und gibst mir deine neue Zimmer- und Telefonnummer durch. Wenn er wirklich so zuvorkommend ist, wie du immer sagst, wird er schon einen Platz für dich finden, da können die Hotels so voll sein, wie sie wollen. Ich erwarte deinen Anruf.«

Er legt auf. Mir kommen die Tränen und ich versuche mich bei Harry für die peinliche Situation zu entschuldigen. Er nimmt noch einen letzten Zug von seiner Zigarre, legt sie auf den Rand des Aschenbechers und sagt:

»Mach dir keine Sorgen. Wir werden die Angelegenheit sofort in Ordnung bringen.«

Er telefoniert ein bisschen herum, und eine Stunde später bringt mich sein Partner in ein anderes Hotel, keine 500 Meter vom Westin entfernt. Ich habe keine Lust, Jaime direkt anzurufen, und als ich es dann doch tue, ist er außer sich vor Wut. Ich gebe ihm die Nummer des Hotels und meine Durchwahl. Wenig später klingelt das Telefon.

»Was hast du Harry gesagt?« Ich bin sehr zornig.

»Ich habe ihm erklärt, wie man sich als Ehrenmann zu benehmen hat. In jedem Fall werde ich nach eurer Rückkehr noch mal persönlich mit ihm reden müssen, damit so etwas nie wieder vorkommt!«

Ich bin dermaßen empört, dass ich zuerst gar nichts sagen kann. Die ganze Sache macht mich wütend und traurig. Und das Schlimmste ist, dass ich mich für die allein Schuldige halte. Wir telefonieren die halbe Nacht. Er philosophiert über das Leben, die Liebe und die vielen, vielen Dinge, die ich noch zu lernen habe. Ich lausche seinem Vortrag, ohne ein Wort zu sagen. Als wir endlich auflegen, kann ich nicht einschlafen. Ich fühle mich so erniedrigt und beschämt, vor allem Harry gegenüber, dass mir wieder die Tränen kommen. Und ich weine auch, weil ich nicht die Kraft habe, Jaime zu widersprechen.

## 11. September 1998

Ich fliege allein nach Barcelona zurück. Harry hat von Mailand aus einen anderen Flug nach England genommen. Jaime holt mich am Flughafen mit einem Strauß Rosen ab, und als er mich sieht, umarmt er mich so innig, als wäre ich gerade von meinen Entführern freigelassen worden. Er redet von seiner tiefen Liebe zu mir und dass er das alles doch nur zu meinem Besten getan hätte. Ich aber werde Harry wohl für einige Zeit nicht mehr unter die Augen treten können, ohne vor Scham zu erröten.

# »Mein Vater ist gestorben ...«

*9. Dezember 1998*

Ich glaube fast, Jaime bemerkt in lichten Momenten, wie ungerecht er sich mir gegenüber verhält. Er schlägt mir jedenfalls vor, übers Wochenende nach Menorca zu fahren, vielleicht weil er sich für sein Verhalten entschuldigen möchte. Meine Geduld müsse belohnt werden und ich verdiene mir ein wenig Erholung, das sind seine Worte. Er werde sich um alles kümmern und die Tickets besorgen. Die Woche über war er in Nordspanien unterwegs, und da wir bereits Freitag haben, müssen wir heute nach Mahón abreisen. Er will mich direkt nach seiner Ankunft zu Hause abholen, damit wir gemeinsam zum Flughafen fahren können.

Ich bin ganz aus dem Häuschen, denn es ist das erste Mal, dass wir zusammen ein Wochenende außerhalb von Barcelona verbringen. So sitze ich also im Wohnzimmer auf gepackten Koffern und warte ungeduldig darauf, dass er kommt. Jaime meinte gestern Abend am Telefon, er werde so gegen 17 Uhr eintrudeln und ich solle bis dahin fertig sein, weil unser Flieger um halb acht gehe. Das Hotel, das er ausgesucht hat, soll eine Überraschung sein.

Inzwischen ist es sechs und ich habe immer noch nichts von ihm gehört. Sein Handy ist wie so oft ausgeschaltet, so dass ich lediglich eine Nachricht hinterlassen kann. Ich mache mir langsam Sorgen, wahrscheinlich steckt er irgendwo im üblichen Wochenendstau. Um halb sieben rufe ich im Büro an, aber seine Sekretärin weiß auch nichts Näheres. Den Flug erwischen wir sowieso nicht mehr, aber ich bekomme es langsam mit der Angst zu tun, ob er nicht vielleicht einen Unfall hatte. Ich befürchte natürlich wie immer gleich das Schlimmste. Auch das Handy von Jaimes Kollegen, der ihn begleitet, ist ausgeschaltet. Ich rege mich dermaßen auf, dass ich die ganze Nacht damit zubringe, alle möglichen Krankenhäuser abzutelefonieren, ob ein gewisser Jaime Rijas eingeliefert wurde. Wenn die diensthabende Telefonistin verneint, atme ich jedes Mal tief durch. Ich überlege hin und her, was wohl passiert sein könnte.

Irgendwann schlafe ich erschöpft im Wohnzimmer ein und schrecke erst durch das Klingeln des Telefons hoch. Ich hatte die Lautstärke auf Maximum eingestellt, um ja nichts zu verpassen. Es ist Jaime.

»Mein Vater ist gestern Nachmittag verstorben. Herzinfarkt.« In seiner Stimme schwingt tiefe Traurigkeit mit.

Ich bin völlig aufgelöst, als ich das höre.

»Mein Gott! Wo bist du denn jetzt?«

»Sie haben ihn im Bestattungsinstitut aufgebahrt. Ich sitze hier zusammen mit meiner Mutter. Sie braucht mich jetzt. Es tut mir so Leid, dass ich dich habe warten lassen.«

»Ach, das ist doch ... mach dir keine Gedanken. Kann ich irgendwas für dich tun? Möchtest du, dass ich komme? Wo ist denn das Bestattungsinstitut?«

»Nein, also ... besser nicht. Ich habe auch keine Ahnung, wie ich das alles überstehen soll. Ich glaube, ich brauche jetzt einfach ein bisschen Zeit, hier mit meiner Mutter und danach vielleicht auch für mich. Ich bin total am Ende.«

Ich drücke ihm noch mal mein herzliches Beileid aus und versichere ihm, dass ich zu Hause auf ihn warten werde, so lange es auch immer dauern mag. Wenn er jetzt eben alleine sein muss, soll es so sein.

*15. Dezember 1998*

Wie betäubt schleppe ich mich täglich zur Arbeit. Ich kann mich einfach auf nichts konzentrieren und der Chef fragt mich schon, was mit mir los ist. Ich mache ein paar vage Andeutungen über den Tod eines Angehörigen, nenne aber keinerlei Details. Harry sieht, wie schlecht es mir geht, und gibt mir freundlicherweise über die Weihnachtsfeiertage länger frei, als mir eigentlich zusteht.

Ich habe keine Ahnung, wie lange Jaime noch wegbleiben wird. Ich vermisse ihn sehr und leide mit ihm. In dem Vertrauen und der Hoffnung, dass er sich vor Weihnachten noch mal bei mir meldet, werde ich auf ihn warten. Da seine Kinder mit der Mutter feiern, können wir Heiligabend vielleicht zusammen verbringen. Bis jetzt habe ich jedenfalls noch nichts von ihm gehört.

*Woche vom 24. Dezember 1998*
*bis zum 31. Dezember 1998*

Das schlimmste Weihnachten meines Lebens. Ich sitze allein zu Hause vor dem Telefon und warte vergeblich darauf, dass Jaime doch noch anruft oder auftaucht. Keine Spur. In diesen endlosen Stunden kommen mir schon Zweifel, ob alle diese schrecklichen Geschichten wirklich wahr sind. Aber dann holt mich mein schlechtes Gewissen ein, weil ich Zweifel an so etwas Ernstem wie dem Tod eines geliebten Menschen hege.

## 2. Januar 1999

Zu Silvester versuchte mich Sonia aus dem Haus zu locken und lud mich zu der Fete eines ihrer Exfreunde ein. Ich habe keine Lust. Sie rief wieder an, um zu hören, wie es mir gehe und ob wir uns nicht treffen könnten. Aber sie hat wohl schon an meiner Stimme gehört, dass das im Moment alles keinen Zweck hat.

Jaime ist wieder da. Drei lange Wochen war er weg und jetzt sieht er aus wie eine lebende Leiche. Er hat mindestens fünf Kilo abgenommen, seine wunderbar schlanken Finger sind geschwollen und er hat Schwierigkeiten, sie zu einer Faust zu ballen. Auch seinen Gang erkenne ich nicht wieder. Er hinkt stärker als je zuvor. Als er kommt, spricht er kaum ein Wort. Und auch ich wage nicht, irgendwas zu sagen. Ich habe seine Trauer zu respektieren, wenngleich ich mich danach sehne, ihn in die Arme zu schließen, zu küssen, zu trösten. Doch es kommt anders. Unmerklich wird er immer mehr zu einem wandelnden Möbelstück in unserer Wohnung. Der Schmerz treibt ihn immer tiefer in den Wahnsinn hinein. Dieser letzte Schicksalsschlag hat alles noch viel schlimmer gemacht, und ich habe Angst, dass der Mensch, in den ich mich seinerzeit verliebt habe, nichts mehr mit der Realität zu tun hat, der ich nun tagtäglich ausgesetzt bin.

Jaime kommt jetzt nächtelang nicht nach Hause. Anfangs schreibe ich das noch der Trauer um den Vater zu und schweige. Wenn er dann kommt, mitten in der Nacht, ist er schrecklich betrunken und sucht unablässig Streit mit mir. Ich stelle mich meistens schlafend, und er schließt sich dann wieder ins Bad ein, um wie ein Wahnsinniger seinen Knöchel mit dem Skalpell zu malträtieren. Hilflos vor Angst verkrieche ich mich wie ein kleines Kind in meinen Decken.

Wenn er abends wirklich mal zu Hause bleibt, taucht meistens sein Partner Joaquín auf – natürlich unangemeldet und schon ziemlich angetrunken –, und die beiden verbarrikadieren sich in Jaimes Arbeitszimmer. Das endet dann regelmäßig in einer lautstarken Auseinandersetzung, weil Jaime ihm kein Geld mehr geben will für seine Eskapaden mit irgendwelchen Prostituierten in einschlägigen Clubs oder den Transvestiten, die sich nachts im Park der Ciutadella herumtreiben.

# Besessen von der Zeit

*3. Januar 1999*

Heute Nacht bekam Jaime einen Anruf. Ich wachte auf und sah ihn ohne ein Wort der Erklärung rausgehen. Als er zurückkam, meinte er nur lapidar, dass es seiner Exfrau sehr schlecht gehe und ihn der Sohn gebeten habe zu kommen.

Seit zwei Monaten hat mir Jaime das Geld für die Miete schon nicht mehr gegeben. Auf meine Frage hin bat er mich um ein bisschen Geduld, aber ich spüre, dass ihn das Thema überhaupt nicht mehr interessiert. Ich habe vielmehr den Eindruck, dass er in eine tiefe Depression verfallen ist, über die er aber nicht sprechen kann oder will.

*4. Januar 1999*

Heute hatten wir seit langem das erste Mal wieder Sex. Ohne mich zu fragen, hat Jaime einfach eine Prostituierte zu uns nach Hause eingeladen.

Als ich von der Arbeit komme, sitzt er plaudernd mit dieser billig aussehenden Frau im Wohnzimmer. Mir ist sofort klar, worauf dieses Spiel hinauslaufen soll.

»Das ist mein Geschenk für dich, Schatz. Weil ich mich doch in letzter Zeit so wenig um dich gekümmert habe.«

Es klingt wie eine seltsame Mischung aus Ironie und Resten von Zärtlichkeit. Ich will sehen, ob ihm so was die Lust wiederschenkt, die er verloren zu haben scheint. Also willige ich ein, dass die Frau auf eine Stunde bei uns bleibt.

Für mich ein vollkommener Reinfall! Ich war völlig verkrampft, während sich Jaime offensichtlich pudelwohl fühlte. Nachdem ich (!) die Prostituierte bezahlt und verabschiedet hatte, war er jedenfalls immer noch erregt und fasste mich an.

»Und übrigens: Mal sehen, ob ich dir nicht doch ein Kind mache!«, ruft er, während er sich anschließend im Bad einschließt, um zu duschen.

## 5. Januar 1999

Ich mache mir immer mehr Sorgen um Jaime. Er wird von Tag zu Tag seltsamer. Für Terminkalender hatte er zwar immer schon ein Faible, aber mir war nie klar, wo das einmal enden könnte. Er kauft sich einen Kalender nach dem anderen, aus Leder oder kartoniert, ganz egal. Und wenn er alle seine Telefonnummern in Sonntagsschönschrift übertragen hat, besorgt er sich den nächsten und fängt wieder von vorne an. Was für eine sinnlose Zeitverschwendung! Und ich versuche das auch noch zu rechtfertigen, indem ich sage, besser so ein Hobby als nur rumzusitzen. Damit bleibt er zumindest geistig fit. Andere sammeln Briefmarken und Jaime interessiert sich eben für Terminkalender.

Heute habe ich ihm einen neuen geschenkt, quasi als Bestechung, weil ich schon wieder auf Dienstreise muss. Er ist aus hellbraunem Nubukleder mit modernen Metallringen. In die Innentasche habe ich ein schönes Foto von mir gesteckt, damit er sich jedes Mal wohl fühlt, wenn er ihn öffnet.

Der Terminkalender scheint ihm zu gefallen, jedenfalls legt er ihn gar nicht mehr aus der Hand.

*6. Januar 1999*

Heute finde ich den Kalender zufällig im Mülleimer.

Jaime hatte ihn ganz nach unten geschoben, damit ich nichts merke. Das hat mir einen richtigen Stich ins Herz versetzt. Ich habe ihn herausgeholt und aufgeschlagen. Eine Menge Telefonnummern waren sorgfältig eingetragen, nur bei einer hatte er sich verschrieben und das Ganze dann durchgekritzelt. Anscheinend gefiel ihm danach der ganze Kalender nicht mehr. Wenigstens ist mein Foto nicht mehr darin. Sicher hat er es rausgenommen, um es in sein Portemonnaie zu stecken. Ich habe ihn so lieb!

Ein weiteres Objekt seiner Begierde sind Uhren. Unlängst hat er sich ein paar wunderschöne Schatullen gekauft, die sich jetzt im Schrank stapeln. In ihnen verwahrt er all die Uhren, die sich in den letzten Jahren so angesammelt haben. Ich habe sie heute mal gezählt. Es sind mehr als zweihundert. Seine Fähigkeit, Dinge zu ordnen und zu sortieren, imponiert mir ungemein.

Mir selbst geht es zunehmend schlechter, psychisch, aber auch körperlich. Im Büro ist mir ständig übel. Zum Glück hat noch keiner was gemerkt, mein Gesicht scheint zu strahlen. Die Situation zu Hause geht eben nicht spurlos an mir vorüber. Jaime ist seit dem Tod seines Vaters nicht wieder auf die Beine gekommen.

*7. Januar 1999*

Ich fühle mich hundeelend. Heute musste der Handwerker kommen, weil die Toilette schon seit ein paar Tagen verstopft ist und das Wasser überhaupt nicht mehr abläuft.

Der Klempner vermutet, dass irgendetwas im Rohr feststeckt, und montiert erst einmal alles ab. Er ist mehrere Stunden beschäftigt. Am Ende, als alles hochgeschwemmt wird, sehe ich in der Brühe die zerrissenen Überreste des Fotos, das ich Jaime für seinen Terminkalender geschenkt hatte.

Ich muss wissen, was mit Jaime los ist. Ich muss eine Spur finden und Nachforschungen anstellen. Also habe ich seine Sachen wieder durchsucht, auch wenn ich mich nicht gut dabei fühle.

Dabei finde ich Mitteilungen der Bank über geplatzte Schecks. Schecks, die Jaime beim Kauf unserer Möbel ausgestellt hatte; dann fällt mir hinter all den anderen Ordnern einer in die Hände, in dem Jaime Telefonrechnungen sauber abgeheftet hat. Sauber abgeheftet, aber leider nie bezahlt. Das Telefon war immer sein Ressort. Die Beträge sind inzwischen zu einer beachtlichen Summe angewachsen und die Mahnungen stapeln sich. In den Einzelverbindungsnachweisen taucht vor allem eine Nummer in Madrid wieder und wieder auf. Zu jeder Tages- und Nachtzeit muss er mit dem Teilnehmer gesprochen haben, außer an den Wochenenden, denn da war er ja angeblich selbst in Madrid.

Ich habe beschlossen, diese Nummer anzurufen, um ein für alle Mal klarzustellen, was da los ist. Selbst wenn das, was ich jetzt tue, nicht gut ist, ich habe das Gefühl, es muss sein.

Mir antwortet die sanfte Stimme einer jungen Frau, und ich frage sie ohne Umschweife, ob ich Jaime Rijas sprechen könne.

»Die Woche über ist er unterwegs. Ab Freitag ist er wieder da. Wer spricht denn da?«

»Seine Frau«, antworte ich, ohne nachzudenken.

Die Frau am anderen Ende verstummt. Nach einer Weile erklärt sie:

»Hören Sie, ich weiß nicht, wer Sie sind. Aber ich bin Carolina, seine Freundin.«

Das sagt sie in aller Ruhe. Kein Wunder, wahrscheinlich denkt sie, jemand erlaube sich mit ihr einen Scherz. Aber vielleicht ahnt sie ja auch, wie ich, dass mit Jaime etwas nicht stimmt, und fällt deshalb nicht gleich aus allen Wolken? Carolina und ich haben vom ersten Moment an einen Draht zueinander. Sie scheint ein sehr kluger Mensch zu sein, jedenfalls spielt sie keines der Spielchen, die zwischen zwei Frauen meistens ablaufen, wenn es um denselben Mann geht.

»Es tut mir wirklich leid, Ihnen das jetzt sagen zu müssen, Carolina. Jaime und ich – ich heiße übrigens Val –, also Jaime und ich sind ein Paar und wir wohnen seit ein paar Monaten in Barcelona zusammen in derselben Wohnung.«

Für mich hört sich das auf einmal alles an wie in einem drittklassigen Film, und ich habe Angst, Carolina könnte einfach auflegen.

Mir wird schlecht, alles dreht sich und ich habe das Gefühl, jeden Moment ohnmächtig zu werden. Wieder einer dieser seltsamen Übelkeitsanfälle, die ich in letzter Zeit öfter habe. Ich beende das Telefonat ohne weitere Erklärung und lege mich hin.

Nach einer Stunde fühle ich mich wieder etwas besser. Ich rufe Carolina noch einmal an.

»Entschuldigen Sie bitte, dass ich so einfach aufgelegt habe. Mir war auf einmal übel. Um noch mal auf Jaime zu kommen, ich will mich wirklich nicht in Ihr Leben einmischen und das tut mir auch alles wahnsinnig Leid, aber Jaimes Verhalten war in letzter Zeit so merkwürdig, dass ich einfach wissen wollte, was los ist. Und jetzt weiß ich's.«

Carolina scheint gar nicht wütend auf mich zu sein. Im Gegenteil, sie versucht, mich zu beruhigen.

»Mach dich nicht verrückt.« Sie duzt mich. »Jaime war schon immer ein schwieriger Mensch, aber dass er so was macht, hätte ich nie von ihm gedacht!«

Dass sie trotz allem relativ ruhig bleibt, überrascht mich immer mehr.

»Jaime und ich sehen uns nur an den Wochenenden, weil er ja in Barcelona arbeitet. Ich hatte keine Ahnung, dass er dort mit einer anderen Frau zusammenlebt.«

Ich gebe ihr meine Nummer und wir verabschieden uns. Wir haben vereinbart, Jaime nichts zu sagen, und planen, uns an ihm zu rächen, indem wir ein Treffen zu dritt arrangieren. Für ihn soll das eine böse Überraschung werden. Carolina hat mir erzählt, dass Jaime den Valentinstag in Madrid verbringt – wieder so ein Schlag ins Gesicht –, und ich soll doch einfach dazukommen. So würde ich mit eigenen Augen sehen, was er mir immer verheimlicht hat.

Carolina war wirklich unglaublich entgegenkommend, kein Streit, keinerlei Vorwürfe. Nun sitzen wir ja auch beide sozusagen im selben Boot. Schuld an diesem ganzen Desaster hat Jaime. Wir sind die Opfer, und unser Problem ist, dass wir beide wahnsinnig verliebt sind. In denselben Mann. Es wird mir nicht leicht fallen, mein Geheimnis bis zu unserem Treffen für mich zu behalten.

Unterdessen werden meine morgendlichen Übelkeitsanfälle immer heftiger. Ich befürchte das Schlimmste.

# Der Vertrag

*8. Januar 1999*

Jaime quält mich immer mehr. Mag sein, er ahnt etwas. Für heute Abend besteht er darauf, dass ich ihn und seinen Partner zu einem Geschäftsessen mit einem potentiellen Kunden begleite. Ich soll mich ausgesprochen sexy anziehen, meint er.

»Für ein Geschäftsessen?«

»Ja. Der Kunde ist sehr wichtig für uns und ich bitte dich für dieses eine Mal um deine Hilfe.«

»Was soll das heißen?«

»Du sollst einfach nur ein bisschen nett zu ihm sein. Das ist alles. Ist das denn zu viel verlangt?«

Er wird schon wieder wütend. Also stimme ich zu, um keinen neuen Streit vom Zaun zu brechen. Auf der Fahrt erzählt er mir die Einzelheiten. »Ich bin seit einiger Zeit an der Sache dran, aber der Typ hat mich bis jetzt immer abblitzen lassen. Wenn er heute mit uns essen geht, dann heißt das, wir haben eine Chance. Verstehst du?«

Jaime und Joaquín haben verabredet, sich vor dem Essen in einer Bar zu treffen, um über die Strategie für den Abend zu beratschlagen. Immerhin wollen sie den potentiellen Kunden davon überzeugen, einen Vertrag über drei Millionen Peseten zu unterzeichnen.

Die Bar ist klein und exklusiv. Der Eingang ist im Stil einer Gangway gestaltet. Innen nimmt die Theke aus feinstem Mahagoni mehr als die Hälfte der Gesamtfläche ein. Es ist ziemlich voll und ich fühle mich unbehaglich auf so engem Raum mit all den Menschen. Jaime registriert das offensichtlich, denn er fordert mich ein paar Mal auf, doch bitte zu lächeln.

Joaquín ist schon da. Er plaudert in der Ecke mit zwei ziemlich aufgebrezelten Mädels, beide um die 20. Jaime scheint die beiden zu kennen, denn sie begrüßen sich wie alte Freunde. Mich lassen sie links liegen. Ich stehe direkt hinter Jaime, erstens, weil es sonst keinen Platz gibt, und zweitens, weil mich die Mädchen doch etwas einschüchtern. Außerdem muss ich so nicht an dem Gespräch teilnehmen. An den seltsamen Blicken, die Joaquín Jaime zuwirft, merke ich, dass die beiden etwas im Schilde führen. Was mich besonders irritiert, ist Jaimes offenbar ungetrübtes Verhältnis zu Joaquín, wo der ihm doch angeblich mit dieser Bürgschaft solche Probleme eingebrockt hat. Ich habe Joaquín von Anfang an nicht leiden können. Er ist sehr groß, hat graue Haare und trägt grellbunte Krawatten und eine braune Kunststoffbrille, wie man sie bei Onassis immer gesehen hat. Grauenvoll! Seine widerliche Pfeife riecht man einen Kilometer gegen den Wind, auch wenn er sie gar nicht an hat. Joaquín ist ein dekadenter katalanischer Bourgeois und lebt etwas außerhalb von Barcelona in einer Riesenvilla, die seiner Frau gehört. Seit Monaten treibt er sich nachts rum und hat es heute Abend augenscheinlich auf die beiden jungen Dinger an der Theke abgesehen. Plötzlich dreht er sich um, und als er mein schlecht gelauntes Gesicht sieht, fährt er mich an:

»Du bist doch noch viel zu jung, um zu wissen, wie der Hase läuft. Du musst noch 'ne ganze Menge lernen.«

Es lohnt sich nicht, ihm überhaupt darauf zu antworten. Aber langsam fange ich an, Jaime zu hassen, weil er das einfach so durchgehen lässt und überhaupt nichts sagt.

Nach unserem Drink brechen wir auf ins Restaurant, wo der Kunde bereits auf uns wartet. Jaime nimmt mich beiseite und sagt: »Joaquín ist schon ziemlich betrunken. Er sollte also möglichst nicht so viel reden. Die Verhandlungen mit dem Kunden werden du und ich führen.«

»Ich?«

»Ja. Du wirst mir helfen. Du hast mehr Qualitäten, als du denkst. Du wirst schon sehen.«

Was will er damit sagen? Der Kunde sitzt bereits an einem etwas ruhigeren Ecktisch und raucht eine Zigarette. Bei der Begrüßung stellt mich Jaime als Mitarbeiterin seines Büros vor. Ich nehme an, dass das zu seiner Strategie gehört, deshalb sage ich nichts. Ich möchte ihn ja nicht bloßstellen. Jaime weist mir einen Platz direkt neben dem Kunden zu.

Während des Essens werden gewichtige Themen verhandelt, von denen ich keine Ahnung habe. Der Kunde ist ein kleiner, schmieriger Typ, der ohne Unterlass trinkt und ständig auf meine Beine stiert. Jaime hat das inzwischen auch bemerkt und ich finde es unglaublich, dass er nichts unternimmt. Sonst war er immer so eifersüchtig, und jetzt?! Nur, weil es um einen Vertrag über drei Millionen Peseten geht?

Nach dem Dessert fängt der Kunde unter dem Tisch plötzlich an, an meinen Beinen herumzufummeln, unterhält sich aber munter weiter mit Jaime. Ich bin wie versteinert. Joaquín ist ohnehin schon jenseits von Gut und Böse und konzentriert sich nur noch darauf, seine Pfeife einigermaßen in Gang zu halten. Ich kann das alles nicht fassen, zumal mir Jaime jetzt auch noch zuzwinkert, ganz im Sinne von »Weiter so!«. In mir krampft sich alles zusammen, und als der Kunde anfängt, mir seine Hand zwischen die Schenkel zu schieben, stehe ich wie von der Tarantel gestochen auf und schleudere die Serviette auf den Tisch. Jaimes Tatenlosigkeit macht mich wahnsinnig.

»Drei Millionen Peseten! Das ist alles, was ich dir wert bin?«, fauche ich ihn an, und mir ist es vollkommen gleichgültig, dass das ganze Restaurant die Szene mitkriegt.

Jaime gibt die Unschuld vom Lande.

»Was ist denn mit dir los?«

»Was gedenkst du zu unternehmen, damit dieser Schmierlapp endlich seine Pfoten von mir lässt?«

Jaime blickt zu dem Kunden, der jetzt seinerseits wie versteinert dasitzt.

»Jetzt reiß dich bitte zusammen!« Das ist alles, was Jaime einfällt. Ich bin maßlos enttäuscht.

Joaquín nuckelt derweil dümmlich grinsend an seiner Pfeife herum.

»Wie bitte?«, frage ich ungläubig.

»Ich habe gesagt, du sollst dich benehmen!« Jaime fängt wieder an, mir Befehle zu erteilen. »Du verdirbst alles!«

Ich weiß nicht, was mich mehr verletzt: die Unverfrorenheit des Kunden oder Jaimes Verhalten. Entrüstet verlasse ich den Tisch, bitte den Kellner um meinen Mantel und stürze aus dem Restaurant. Bei dem Gedanken, dass Jaime mich eben an einen seiner Kunden verhökern wollte, kommt mir das Kotzen.

Heulend erreiche ich die Wohnung. Als Jaime gegen fünf Uhr morgens nach Hause kommt, tut er so, als wäre überhaupt nichts vorgefallen. Mir ist klar, dieser Mensch liebt mich nicht und hat es niemals getan.

Er legt sich neben mich ins Bett, und während ich mich schlafend stelle, murmelt er vor sich hin: »Du bist noch sehr, sehr jung und musst noch eine ganze Menge lernen.«

Er ekelt mich an. Ich weiß, ich halte das nicht länger aus.

# Das Schlimmste kommt erst noch

*9. Januar 1999*

Die Apotheke ist brechend voll, und ich habe mich auf einen Stuhl gesetzt, der neben dem Verkaufstresen steht. Ich bin eine Woche überfällig, und schon bevor ich den Test mache, weiß ich, dass ich schwanger bin, auch wenn ich mir was anderes einreden wollte. Ich merke es an den ganz leichten Herzschlägen auf Höhe meines rechten Eierstocks. Sonia meint zwar, dass man so etwas unmöglich schon so früh spüren könne, aber ich bin sicher, in mir wächst etwas. Aus Angst vor Jaimes Reaktion habe ich ihm noch nichts davon erzählt, obwohl er es sich eigentlich denken kann, denn seit einiger Zeit verhüten wir nicht mehr. Vor einer Weile hatte er gesagt, dass er liebend gern noch einmal Vater werden würde, jetzt oder nie, denn er will nicht, dass sein jüngster Sprössling einen Rentner als Papa hat. Und natürlich landet er mal wieder einen Volltreffer. Der Teststreifen überschlug sich geradezu beim Wechseln seiner Farbe, er zeigte schon positiv an, als er nur in die Nähe des Urins kam. Schwangerer als ich kann man gar nicht sein.

Abends rede ich mit Jaime, und es ist, als säße er einem Gespenst gegenüber. Jede Reaktion hätte ich erwartet: Freude oder Zorn oder was auch immer, aber nicht das:

»Das ist unmöglich!«

»Warum sollte das unmöglich sein? Hier hast du das Testergebnis.«

Ich gebe ihm den Streifen, den ich in einem kleinen Röhrchen aufbewahre.

»Ich sage noch einmal: Das ist unmöglich!« Das Röhrchen interessiert ihn überhaupt nicht. In seiner Stimme liegt kalter Spott, der mich schaudern lässt. »Kann ja sein, dass du schwanger bist. Aber nicht von mir.«

Ich gebe mir alle Mühe, ihm nicht an die Gurgel zu springen. Das könnte ihm so passen! Auch wenn mir das Herz fast aus der Brust springt, bleibe ich ruhig sitzen.

»Sag mal, Jaime, wie kannst du so was nur sagen. Seit ich dich kenne, bist du der Einzige, mit dem ich geschlafen habe.«

»Da habe ich berechtigte Zweifel.« Noch ist er ruhig, aber ich merke schon, wie ihm wieder das Blut in den Kopf steigt.

»Ich verstehe dich nicht.«

»Ganz einfach: Ich bin unfruchtbar.«

Ich habe mit Jaime ja eine ganze Menge mitgemacht. Manchmal habe ich ihn aus tiefstem Herzen gehasst und ich war ohnmächtig vor Wut, aber in diesem Moment bricht alles über mir zusammen. Das muss sich alles um ein riesengroßes Missverständnis handeln, anders kann ich mir das nicht erklären. Ich renne ins Bad und übergebe mich. Den Kopf über der Schüssel, versuche ich mich einigermaßen zu fassen. Da steht er plötzlich hinter mir:

»Ich bin seit vielen Jahren unfruchtbar. Gott sei's gedankt, dass ich zwei gesunde Kinder zeugen konnte. Weitere sind mir nicht vergönnt. Du kannst also aufhören mit deinen Spielchen und ruhig zugeben, dass du mit jemand anderem geschlafen hast.«

Dazu fällt mir nichts mehr ein. Der Mensch, den ich kannte, hat sich vor meinen Augen in ein Monster verwandelt.

»Es würde mich nicht wundern, wenn du es mit deinem

Chef getrieben hättest. Und jetzt denkst du wohl, ich komme für den Bastard auf?«

Jedes seiner Worte ist ein Schlag ins Gesicht. Ich muss mich wieder übergeben.

»Und wahrscheinlich besorgst du es auch noch Joaquín. Jetzt ist mir auch klar, warum der so oft bei uns herumlungert. Dir darf man doch keinen Meter über den Weg trauen!«

Ich will so gerne was sagen, kann aber nicht. Stattdessen fange ich an zu schreien.

»Du hysterische Kuh! Wenn du dich jetzt sehen könntest! Wenn du glaubst, ich weiß nicht, was du treibst, wenn ich in Madrid bin, hast du dich geschnitten.«

Ich möchte ihm am liebsten die Sache mit Carolina ins Gesicht schleudern, was er da für ein böses Spiel mit uns getrieben hat, aber ich bekomme kein Wort heraus. Das spornt ihn zu noch größerer Grausamkeit an:

»Wer schweigt, gesteht! Außerdem ekelst du mich an.«

Mit diesen Worten verlässt er die Wohnung.

# Mein Geschenk zum Valentinstag

*14. Februar 1999*

Ich habe abgetrieben, allein, heimlich, obwohl ein Kind immer mein sehnlichster Wunsch war. Am Tag nach unserem Gespräch fiel mir zwischen Jaimes Papieren ein psychiatrischer Bericht in die Hände, eine Art Fragebogen, in dem er eine Reihe von Angaben zu seiner Person macht. Was für ihn das größte Glück wäre beispielsweise. Antwort: Immer mit Carolina zu leben, aber sie würde ihn schon nicht mehr ertragen, weil er zu viel Kokain nehme. Andere Dinge sind so brutal, dass ich sie lieber verschweige. Bei seiner Ansicht über Frauen muss ich tief Luft holen: Er sagt, er hasse alle Frauen, außer seiner Mutter. Die Diagnose des Psychiaters lautet: Schizophrenie mit bipolarem Syndrom auf Grund übermäßigen Kokainkonsums. Er rät ihm, eine Therapie zu machen.

Ich kann es nicht zulassen, dass mein Kind in so einem Wahnsinn heranwächst, mit einem drogenabhängigen Vater, der völlig den Bezug zur Realität verloren hat. Es würde sicherlich schweren Schaden nehmen. Und auch mich selbst entsetzt der Gedanke, mit diesem rasenden Irren weiter verkehren zu müssen. Ihm wäre sogar zuzutrauen, dass er mir oder dem Kind etwas antut.

Vor zwei Tagen rief mich Jaime an und drohte, mir das Leben zur Hölle zu machen, wenn ich nicht abtriebe. Ich glaube ihm nicht mehr viel, aber das traue ich ihm zu. Wenn es um so etwas geht, ist er zu allem fähig.

Heute fliege ich nach Madrid, um Carolina kennen zu

lernen. Ich habe ihr schon am Telefon von dem Baby erzählt. Das ging ihr an die Nieren, auch deshalb, weil sie vor ein paar Jahren genau das Gleiche mitgemacht hat. Jaime ist natürlich nicht unfruchtbar. Das hat er sich zurechtgelegt, um jede Frau abzuschmettern, die auf den Gedanken kommen sollte, ihn damit erpressen zu wollen. Das ist allerdings wirklich das Letzte, was ich vorhabe. Mein einziges Ziel ist es, mich von der Pest meiner Liebe zu ihm zu befreien, damit ich ein neues Leben anfangen kann. Und ich werde diesen Teufel in mir austreiben, indem ich mit dem Menschen spreche, der Jaime am besten kennt und der mit ihm das Leben teilt.

Carolina hat mich in eine Bar bestellt. Ich bin sehr nervös. Instinktiv erkennen wir uns sofort. Unglückliche Menschen wittern einander. Mir ist nicht wohl. Carolina ist um einiges älter als ich, aber sehr schön und von berückender Sanftheit. Fast fühle ich mich ein bisschen geschmeichelt, dass er sie mit mir betrogen hat. Natürlich ist das Quatsch, und ich konzentriere mich wieder auf die traurige Wirklichkeit: Er hat mit mir nach Belieben gespielt und mich nie wirklich geliebt.

Carolina und ich bestellen uns erst mal einen Drink, um das, was wir uns zu berichten haben, besser ertragen zu können. In groben Zügen erzähle ich ihr, wie wir uns kennen gelernt haben, von dem Stress mit dem Haus in Madrid, dem Tod seines Vaters, seinen nächtlichen Exzessen und seiner Angewohnheit, immer mal wieder für Tage und Wochen abzutauchen.

Carolina hört mir sehr aufmerksam zu und in ihren tiefen, schwarzen Augen erkenne ich von Zeit zu Zeit jenes wortlose Verstehen, das nur derjenige hat, der Ähnliches erleiden musste.

»Jaime hat nur ein einziges Mal von dir gesprochen; das war, als er mir erzählte, dass er eine Französin eingestellt hat«, sagt sie, als ich fertig bin.

»Ich habe nie für ihn gearbeitet. Das wollte ich nicht.«

»Und eine Beerdigung hat es nie gegeben. Sein Vater lebt mehr schlecht als recht in einer heruntergekommenen Hütte, in der es noch nicht einmal Strom gibt. Jaime kommt aus sehr ärmlichen Verhältnissen und spricht seit Jahren nicht mehr mit seinen Eltern. Die Nummer mit dem Begräbnis hat er bei mir auch gebracht. Ich habe dann herausbekommen, dass das alles nicht stimmt und er sich nur ein paar schöne Tage mit irgendeiner anderen machen wollte. Jaime ist ein krankhafter Lügner. Und an Weihnachten waren wir auf den Kanaren. Deshalb hat er sich den Tod seines Vaters ausgedacht. Es tut mir Leid.«

Die Worte dröhnen mir durch den Schädel.

»Was das Wochenendhaus betrifft, so gehört es nicht ihm, sondern mein Mann hat es gekauft, als wir heirateten. Als er dann gestorben ist, habe ich es geerbt. Jaime ist mit mir dort eingezogen. Aber es ist immer noch meins und das mit der Pfändung ist völliger Quatsch.«

Jaimes Verkommenheit wird mir immer unfassbarer.

»Und seine Kinder? Er hat immer gesagt, er würde hier die Wochenenden mit ihnen verbringen?«

»Seine Kinder pfeifen auf ihn. Seit Monaten reden sie nur noch mit ihm, wenn es unbedingt sein muss.«

»Und die fünf Millionen Peseten, die ich ihm gegeben habe?«

Ich sehe Carolina sofort an, dass sie von der Geschichte nicht das Geringste weiß.

»Ich habe ihm fünf Millionen Peseten gegeben, damit das Haus nicht gepfändet wird!« Ich bin völlig außer mir.

»Mir scheint, er hat dir das Geld unter Vorspiegelung falscher Tatsachen aus der Tasche gezogen.«

Er ist also nicht nur ein Lügner, sondern auch ein Betrüger.

»Jaime hat immer finanzielle Probleme gehabt. Er kann mit Geld einfach nicht umgehen. Er spielt den großen Zampano und andere müssen dafür aufkommen. Ich habe ihn jahrelang ausgehalten. Vor zwei Jahren hatte ich die Schnauze voll davon und seitdem hagelt es Klagen auf ihn. Von seinen Angestellten und … ach, von allen möglichen Leuten. Es interessiert mich auch gar nicht mehr. Wahrscheinlich hat er jetzt einfach jemanden gebraucht, der ihm das Geld gibt. Mit seiner Exfrau war es genau dasselbe, bis sie ihn vor die Tür setzte. Sie hatte keine Lust mehr, sich das Leben von diesem Taugenichts versauen zu lassen. Tut mir Leid, das ist alles, was ich dir dazu sagen kann.«

»Seine Exfrau ist sehr krank, nicht wahr?«

»Ach was! Carmen geht es wunderbar. Wahrscheinlich hat er dir auch diese Krebsgeschichte erzählt. Alles Unsinn. Ihr geht's blendend, und ihr einziges Problem ist, dass sie ihn möglichst schnell aus ihrem Gedächtnis löschen müsste. Eigentlich will ich das auch, aber ich schaff's einfach nicht, weil ich dummes Schaf ihn immer noch liebe.«

Am liebsten würde ich jetzt gleich im Erdboden versinken. Er hat mich getäuscht, betrogen, ruiniert, körperlich und psychisch zerstört. Und mir gegenüber sitzt eine Frau, der es genauso geht, die ihm aber alle Erniedrigungen verzeiht. Carolina sagt mir, sie habe sich mit Jaime in der Bar gegenüber verabredet und sie müsse jetzt los. In diesem Moment klingelt mein Handy. Es ist Jaime.

»Leider kann ich nicht bei dir sein, aber ich möchte dir alle guten Wünsche zum Valentinstag übermitteln.«

Wie kann man nur so zynisch sein? Ich habe alle Mühe, ihm nicht an den Kopf zu werfen, wem ich gerade gegenübersitze.

»Wo bist du denn?« Ich zittere vor Erregung.

»Du, dieses Wochenende verbringe ich mit meiner Mutter in Barcelona.«

Ich verrate ihm nichts. Er hat nicht die leiseste Ahnung, dass ich mich mit Carolina in Madrid treffen könnte. Wir verabschieden uns und Carolina sagt:

»Siehst du, wie er lügt? Er ist auf dem Weg in die Bar.«

Jetzt klingelt ihr Handy. Wir sehen uns überrascht an, es ist wieder Jaime.

»Einverstanden«, sagt sie. »Ich erwarte dich in zehn Minuten.«

Dann legt sie auf. Er steige gerade aus der Metro und komme jeden Augenblick in die verabredete Bar! Ich weiß nicht, ob ich schreiend weglaufen oder ihm gleich an den Kopf werfen soll, was für ein Ungeheuer er ist. Mir ist unbegreiflich, dass ich trotz allem immer noch in ihn verliebt bin. In jedem Fall will ich ihm für alles, was er uns angetan hat, eine Lektion erteilen.

Ich tauche wie eine lebende Tote vor Jaime auf, und er ist so perplex, dass es eine Weile dauert, bis er überhaupt reagiert. Ich fühle mich schrecklich und habe das Gefühl, unerlaubt in die Intimität eines mir fremden Paares einzudringen. Carolina schiebt mir einen Stuhl hin und fragt Jaime, ob er wisse, wer ich sei. Sein Gesicht bekommt eine leicht grünliche Färbung und er ist unfähig zu antworten. Vielleicht ist es das erste Mal in seinem Leben, dass ihn jemand derart mit seinem wahren Wesen konfrontiert. Er will aufstehen und sich aus dem Staub machen, aber ich halte ihn fest. Die anderen Gäste der Bar haben dieses abgeschmackte Schauspiel inzwischen registriert, aber keiner macht Anstalten, sich in irgendeiner Form einzumischen. Schließlich gelingt es Jaime doch noch, sich loszureißen. Er läuft einfach weg.

Carolina lädt mich zu sich nach Hause ein. Sie wohnt in einem besseren Viertel, etwa zwanzig Kilometer vom Zentrum entfernt. Sie will, dass ich sehe, wie sie lebt, und schlägt mir sogar vor, die Nacht bei ihr zu verbringen, denn Jaime wird es nicht wagen, dort aufzukreuzen. Vielleicht will Carolina jetzt auch einfach nicht allein sein, und so nehme ich die Einladung, wenn auch zögerlich, an. Wir sind ja schon so was wie heimliche Komplizinnen geworden. Im Grunde ist es das Mindeste, was ich für sie tun kann, nachdem sie so offen zu mir war.

Bei ihr zu Hause betrinken wir uns ganz fürchterlich mit Gin und Carolina will mir unbedingt das Schlafzimmer zeigen.

Vielleicht will ich unbewusst auch dableiben, um zu verstehen, in welcher Umgebung Jaime sonst so gelebt hat. Aber was gibt's da eigentlich zu verstehen? Keine Ahnung. Im Haus wimmelt es nur so von Fotos, auf denen die beiden in besseren Tagen zu sehen sind.

»Momentaufnahmen aus einer Zeit, in der ich glaubte, glücklich zu sein.« Die Erinnerung macht sie traurig. »Zwischen uns stimmt es schon seit ein paar Jahren nicht mehr, aber ich komme einfach nicht los von ihm. Am Telefon geht's ja noch, da kann ich ihm sagen, dass er sich zum Teufel scheren soll. Aber sobald er hier aufkreuzt, ist es aus. Das ist doch kein Leben! Weder für mich noch für meine Kinder.«

Wir trinken weiter, um den Schmerz zu betäuben. Den Schmerz unserer an einen Wahnsinnigen verschwendeten Liebe. Irgendwann, es ist schon sehr spät, ruft Jaime auf Carolinas Handy an, um sie anzuflehen, ihm doch bitte, bitte zu verzeihen. Natürlich weiß er nicht, dass ich auch da bin. Sie teilt ihm mit, er solle sofort bei ihr ausziehen. Jaime winselt um Vergebung, sie dürfe ihn nicht verlassen und dass er mich nie geliebt habe, dass das mit mir überhaupt ein ganz großer Fehler gewesen sei und so weiter und so fort. Zehn Minuten später ruft er mich an und erzählt exakt dasselbe, er habe Carolina nie geliebt, sie sei eben eine bedauernswerte Witwe, ganz allein auf der Welt mit ihren Kindern, für die er einfach Mitleid empfunden habe, und dass er zu mir zurück möchte. Es tue ihm alles so unendlich Leid. Den Rest seines Sermons bekomme ich nicht mehr mit, weil ich einfach auflege. Obwohl Carolina und ich mächtig betrunken sind, regen wir uns wieder wahnsinnig auf. Was hat dieser Mensch noch alles auf Lager?

»Ich habe eine Idee!« Das diabolische Funkeln in ihren Augen gefällt mir. »Das Schlimmste für Jaime ist es, wenn man in seinen Sachen herumwühlt. Komm mal mit ...«

Sie führt mich in das Zimmer, in dem Jaime alle seine Sachen hat. Im Schrank stehen die gleichen Schatullen für seine Uhren wie bei uns zu Hause in Barcelona. Er hat sich in unserer Wohnung seine vertraute Atmosphäre aus Madrid nachgestellt. Wie die Furien reißen wir seine Klamotten aus dem Schrank und Carolina schneidet seine Anzüge in schöne kleine Stücke. Ich übernehme die Seidenkrawatten, die er fein säuberlich über spezielle Bügel gelegt hat. Am Ende stecken wir alles in einen großen Müllsack. Carolina holt einen Koffer hervor, in den wir den ganzen

Kram hineinstopfen. Außen schreibt sie noch Jaimes Namen drauf. Fertig. Wir genießen diesen schwesterlichen Vandalismus zutiefst. Schließlich ruft Carolina in einem mittelmäßigen Hotel an, um ein Zimmer auf den Namen Rijas zu reservieren. Sie erklärt der Empfangsdame, dass später noch ein Koffer abgegeben würde, den sie doch bitte aufs Zimmer bringen lassen soll. Wir fahren den Koffer direkt mit dem Auto hin. Als Letztes schickt Carolina Jaime eine SMS mit der Adresse des Hotels. Natürlich hat er nicht die Courage zu antworten. Diesen Moment werde ich mein ganzes Leben lang nicht vergessen. Aus Carolina und mir bricht beim Gedanken an Jaimes Gesicht, wenn er den Koffer öffnet, die Anspannung der letzten vierundzwanzig Stunden hervor, und wir lachen und lachen, bis wir fast ersticken.

# Das dicke Ende

*15. Februar 1999*

Ich verabschiede mich von Carolina und bitte sie, mir nachzusehen, dass ich so in ihr Leben eingedrungen bin. Mein einziges Ziel war, den Bann zu lösen, in den mich die kranke Liebe zu diesem Mann geschlagen hatte. Ihr will ich in keinem Fall schaden, auch wenn sie sich in die Sklavin eines Monsters verwandelt hat, das ausschließlich Egoismus kennt und das weibliche Geschlecht grenzenlos hasst.

Vielleicht wird mich Carolina mit der Zeit für das, was ich getan habe, verfluchen.

*3. März 1999*

Ich muss und will die Wohnung loswerden. Erstens kann ich die Miete nicht mehr bezahlen, zweitens erinnert mich jedes Zimmer an Jaime und seinen Wahnsinn. Ich werde einen Brief an die Hausverwaltung schreiben, um mitzuteilen, dass wir auf Grund unserer Trennung die Wohnung kündigen. Laut Vertrag muss ich eine Entschädigung zahlen, weil seit der Unterzeichnung des Vertrages weniger als ein Jahr vergangen ist. Alles läuft ja auf mich. Dieser ganze bürokratische Hickhack kostet mich ungeheure Anstrengung. Ich leide schon unter Schlaflosigkeit und werde immer nervöser. Ab und zu ruft mich Carolina an und berichtet mir von Jaime, der sich zu einem richtigen

Stalker entwickelt hat. Er folgt ihr auf Schritt und Tritt, fleht sie um Verzeihung an und bettelt, sie möge ihn doch wieder aufnehmen. Bis jetzt ist sie standhaft geblieben. Aber ich bin mir sicher, früher oder später wird sie einknicken. Jaime zu widerstehen ist sehr schwer, und sie hat Angst davor, alleine zu sein, so wie er auch. Sie ist, glaube ich, die Einzige, die ihn wirklich gut kennt.

*April 1999*

Ich habe schnell ein kleineres Apartment am andern Ende der Stadt gefunden. Am Abend vor dem Umzug kam Jaime noch einmal heimlich in die Wohnung – ich war gerade nicht da – und hat alles mitgenommen, was irgendwie wertvoll war. Übrig gelassen hat er fast nichts. In gewisser Weise bin ich ihm sogar dankbar dafür, denn in der neuen Wohnung wäre ohnehin kein Platz für den ganzen Kram gewesen. Bisher hatten wir 120 Quadratmeter, jetzt sind es nur noch 50. Das Viertel ist ziemlich abgelegen, ich habe es auf einem meiner vielen Spaziergänge durch Barcelona entdeckt. In seiner Wut hat Jaime noch den Marmor in der Küche zertrümmert, was mich vor ein ernsthaftes Problem stellt, denn der Besitzer der Wohnung verlangt jetzt natürlich Schadenersatz. Meine finanzielle Lage ist sowieso ein Desaster: die Ersparnisse weg, ein Haufen Schulden wegen der Wohnung und kein Einkommen mehr. Den Job bei Harry habe ich nämlich gekündigt. Das hat einfach keinen Zweck, solange es mir so schlecht geht, ich kann mich dann auf nichts konzentrieren, und das ist unprofessionell. Aber das Schlimmste von allem ist die bittere Erfahrung, mich in einen Menschen verliebt zu haben, der mich nie geliebt, sondern bloß ausgenutzt, verspottet und betrogen hat.

Auf Carolina bin ich nicht im Geringsten eifersüchtig. Im Gegenteil, von Anfang an herrschte zwischen uns eine Art Solidarität. Was ich ihr niemals vergessen werde, ist die Tatsache, dass sie das, was ich ihr erzählt habe, zu keinem Zeitpunkt angezweifelt hat. Sie hat sich meinem Schmerz geöffnet. Dafür werde ich ihr immer dankbar sein. Immerhin war ich ihr eine Fremde, die plötzlich in ihrem Leben auftauchte und einen Teil ihrer Welt zum Einsturz brachte.

Jaime hat herausgefunden, wo ich hingezogen bin, und verfolgt jetzt auch mich. In einem Anfall von kranker Liebe habe ich ihn neulich Abend, als er an der Tür klingelte, hereingelassen. Natürlich hatte er getrunken und er bat mich um Verzeihung. Carolina hätte er verlassen, log er mich an. Ich weiß, dass es nicht so ist, denn sie und ich stehen weiterhin in Kontakt. Dann meinte er, seine Firma stünde kurz vor der Pleite und er bräuchte dringend Geld. Er wollte mich einfach wieder über den Tisch ziehen, und es hat mich alle Mühe gekostet, ihn rauszuschmeißen.

Warum hat Jaime mir das alles angetan? Ich verstehe es immer noch nicht. Warum gerade ich? Ihm liegen doch alle Frauen zu Füßen und zum Teil haben die wesentlich mehr Geld als ich.

Inzwischen habe ich herausgefunden, dass der Tiegel, der angeblich aus der Apotheke stammte, reines Kokain enthielt. In meiner immer noch vorhandenen Liebe für ihn war ich versucht – ich gebe es zu –, darin irgendeine Entschuldigung für sein Verhalten zu finden. Im Grunde muss ich gegen zweierlei ankämpfen: gegen ihn und gegen die Erinnerung an all das, was gewesen ist, dann aber auch gegen mich selbst, die ich ständig Gefahr laufe, rückfällig zu werden.

*August 1999*

Monate der Lethargie sind vergangen. Ich weiß kaum, was während dieser Zeit eigentlich passiert ist. Ich habe mich in meiner Wohnung eingeschlossen. Die Möbel stehen noch genauso kreuz und quer herum, wie die Leute von der Umzugsfirma sie abgestellt haben. Ich esse kaum, rufe niemanden an, pflege mich nicht – lasse mich einfach gehen. Ich möchte mich auslöschen. Ein langsames Dahinsiechen. Nachts flehe ich mit den mir verbliebenen Kräften darum, dass das Ende nicht mehr lange auf sich warten lasse.

# Das Haus

*Ein Ort der Verletzlichkeit,
voll von menschlicher Schwäche.*

Im Alter von dreißig Jahren fasste ich den Entschluss, ins Bordell zu gehen und dort meine Dienste anzubieten. Der Auslöser dafür war mein Bruch mit Jaime, der mich nicht nur mit leer gefegtem Konto und der Aussicht auf lebenslange Schulden hatte sitzen lassen, sondern auch mit einem Bauch, in dem kein Kind mehr wachsen würde. Ich fand mich als Wrack wieder und mein Glaube an die wahre Liebe war dahin.

Über ein halbes Jahr habe ich Tag und Nacht mit dieser Möglichkeit gespielt. Den Gedanken daran hatte ich zwar auch früher schon einmal, aber ich brauchte wohl den entscheidenden Kick, um es wirklich in die Tat umzusetzen. Jede Frau, egal aus welchem Umfeld sie kommt, denkt, wie ich, irgendwann einmal in ihrem Leben daran, diesen Schritt zu wagen. Ich weiß das aus vielen Gesprächen mit meinen Freundinnen. Die wenigsten machen es wirklich, denn meistens gehören diese Gedanken lediglich in den breit gefächerten Fundus erotischer Phantasien, die mit der Realität kaum etwas zu tun haben. Für mich haben die Frauen in diesen Häusern immer auch etwas mit Angst zu tun. Ich stelle mir eine triste und gewalttätige Welt vor, mit Zuhältern, die ihre Mädchen vierundzwanzig Stunden am Tag überwachen.

Eigentlich hatte ich mich nach dem Drama mit Jaime umbringen wollen. Es kam aber immer etwas oder jemand dazwischen. Nicht einmal bei so was Intimem wie der Wahl seiner Todesminute ist der Mensch frei.

Einmal wollte ich mich aus dem Fenster stürzen, da

tauchte Bigudí, der inzwischen wieder bei mir wohnte, aus der Küche auf und maunzte hungrig um meine Beine herum. Ein andermal stopfte ich mir zwei Packungen Schlaftabletten in den Mund, aber das Wasser war gerade abgestellt worden und auch sonst hatte ich keinen Tropfen Flüssigkeit im Haus, weder Saft noch Alkohol noch sonst irgendetwas. Ich verschob es also auf den nächsten Tag. Das hätte ich nicht tun sollen, denn da war die Lust zu sterben bereits einer apathischen Traurigkeit mit schweren Depressionen gewichen.

Sechs Monate in meiner Wohnung, mit heruntergelassenen Rollläden. Ein Leben zwischen Bett und Klo. Ich hatte keinerlei Appetit, nur schrecklichen Durst, den ich mit Massen von Alkohol zu stillen versuchte. Der versetzt einen in eine andere Realität und man tut niemandem weh.

Die Tage der starken und siegessicheren Val waren gezählt, der Job bei Harry gekündigt – alles wegen der Trennung. Weil ich kein Geld hatte, musste ich mich in eine Parallelwelt begeben, die wenig mit mir zu tun hatte. Kein Penthouse mehr in Villa Olímpica, sondern eine 50-Quadratmeter-Absteige. Davor hatte ich mich sogar noch auf eine Woche in eine Pension in der Avenida del Paralelo eingemietet. Unter dem einen Arm Bigudí, unter dem anderen den Koffer mit meinen paar Habseligkeiten und dem Entlassungsbericht der Klinik, die die Abtreibung bei mir vorgenommen hatte. Es gibt zwei Traumata im Leben einer Frau: eine gescheiterte Liebe und den Verlust eines Kindes. Den Rest kriegen wir irgendwie hin.

Die Liebe hatte mich aus der Bahn geworfen, hinein in eine Welt voll zweifelhafter Gestalten. Vor der Pension liefen halbseidene Mädchen auf und ab und in der Bar gegenüber trieben sich haufenweise Obdachlose herum.

Ich stand stundenlang am Fenster und beobachtete alles, was sich da unten tat. Manchmal freute ich mich, das vertraute Gesicht eines Mädchens vom Vortag zu sehen. Wir kamen uns näher, ohne je miteinander zu sprechen – dabei hätte ich mich auch viel zu sehr geschämt, obwohl ich sie auf gewisse Weise sehr gut verstand.

Ich war schon immer der Meinung, dass es besser ist, seinen Körper zu verkaufen, als am Wochenende zwölf Stunden wie eine Sklavin in irgendeiner Bar zu schuften, und das für einen Hungerlohn. Während meines BWL-Studiums an der Uni kannte ich Dutzende von Leuten, die als Bedienung schufteten wie die Tiere, um einigermaßen über die Runden zu kommen. Zum Glück blieb mir das erspart, weil ich neben dem Geld meiner Eltern ein kleines Stipendium hatte.

Irgendwann hielt ich es in diesem Rattenloch von Zimmer nicht mehr aus und verließ die Pension regelmäßig. Ich ging die Treppe runter und hinaus auf die Straße, um die wirkliche Welt zu erleben.

Den Aufzug mit seinen rot ausgeschlagenen Kunstfaserwänden nahm ich so gut wie nie. Und wenn, dann wehrte ich mit den Händen das schwüle Rot der Fahrstuhlwände ab, das ich bei meinen Klaustrophobieanfällen auf mich zukommen sah.

Schließlich gelang mir, was ich seit der Trennung vorhatte. Ich tötete einen Menschen. Ich tötete den sortierten, fleißigen, ehrgeizigen Menschen, der in mir wohnte. Ich tötete ihn, weil ich spürte, dass durch diesen Akt ein anderer zur Welt kommen würde. Ein anderes Ich. Eine Val der Menschlichkeit, der Sensibilität – und eine Val, die wieder neugierig auf das Leben sein würde.

# Es gibt immer ein erstes Mal

*1. September 1999*

Der Entschluss, in dieses Haus zu gehen, war ein letztes Aufbäumen von Lebenswillen – oder auch ein Zeichen von Lebensüberdruss, wie man's nimmt. Keine Ahnung, der Mensch klammert sich wohl immer ans Leben, also bleiben wir bei der ersten Variante.

Was ich dort sah, hatte nichts mit dem erotischen Glamour zu tun, der immer durch meine Phantasie geistert war. Die Mädchen waren Aschenbrödel, die aber nie ihren gläsernen Schuh verloren, sondern allenfalls einen Teil ihrer selbst. Die Naivität vieler Mädchen dort stand in auffallendem Kontrast zu der Art, wie sie es den Kunden besorgten – ein Widerspruch, der mich faszinierte.

Ich gehörte zu den »Alten« und wusste sehr genau, was ich tat. Viele der Mädchen waren hier, weil sie richtig reich werden wollten, und nicht, weil bittere Not sie hergetrieben hätte. Sie waren allergisch auf alles, was nach Armut roch, und glaubten, ihr Glück zu finden, wenn sie sich ihre Designertäschchen nur ordentlich mit Geldscheinen voll stopften. Ich hingegen suchte vor allem Zärtlichkeit und wollte mein Selbstwertgefühl als Frau wieder aufpolieren. Im Grunde war unser aller Ziel aber wohl doch nur eins: zu lieben.

Nachmittag, halb drei.

Ich mache mich auf den Weg, zähle die Platten auf dem Gehweg, unfähig, irgendeinen Gedanken oder ein Gefühl festzuhalten.

Am Morgen habe ich mir die Zeitung gekauft und die Anzeige eines luxuriösen Etablissements ausgeschnitten, das die elegantesten und schönsten Mädchen der Stadt verspricht. Ohne zu zögern habe ich angerufen, um zu fragen, ob sie noch Verstärkung suchten. Ich hätte in jedem Fall Interesse, mal vorbeizukommen. Sie haben mir die Adresse gegeben und einen Termin für den Nachmittag.

Ich kann es kaum abwarten, diese Welt meiner erotischen Träume zu entdecken. Ich sehe mich schon in einem Hauch von Nichts durch diesen Luxus wandeln, umgeben von Seidenvorhängen und phantasievoll gestalteten Séparées mit Whirlpools.

Zehn vor drei.

Als mir von einer Frau die Tür geöffnet wird, bitte ich um Entschuldigung, denn ich glaube mich in der Tür geirrt zu haben. Sie versichert mir aber, dass ich richtig sei und doch hereinkommen solle.

Die Frau hat rote Haare, sie ist klein, dick und hässlich. In der Hand hält sie eine Zigarette und ihre Finger sind vom Rauchen ganz gelb. Am meisten schockieren mich ihre Zähne, die mich an einen verwitterten schwarzen Steinbruch erinnern.

›Damit treibt sie doch jeden Freier in die Flucht‹, ist das Erste, was mir durch den Kopf schießt.

»Rauchst du?«, fragt sie, ohne Hallo oder sonst was zu sagen, und hält mir die Schachtel hin.

»Ja, danke«, antworte ich nervös und stecke mir eine an. Meine Hände zittern. Es ist das erste und letzte Mal, dass sie mir eine anbietet, denn in Zukunft wird eine meiner Aufgaben darin bestehen, sie mit Kippen zu versorgen.

Ich weiß sehr wohl, worauf ich mich hier einlasse. Was ich hingegen nicht ganz so genau weiß, ist, warum ich das tue. Aus Ekel den Männern und ihrem Gehänge gegenüber? Aus Mangel an Zärtlichkeit und Selbstachtung? Oder wegen meiner finanziellen Misere? Es ist wohl eine Mischung aus allem. Ich war immer ein sehr freizügiger Mensch, und so wird mir das hier nicht allzu schwer fallen, und Angst habe ich auch keine.

»Momentchen.« Die Frau mustert mich von oben bis unten. »Die Chefin muss jeden Augenblick hier sein. Sie will dich natürlich gleich kennen lernen. Ich bin übrigens Susana und arbeite tagsüber hier.«

In einer der Ecken neben der Eingangstür bemerke ich eine Zitrone, die mit Streichhölzern und einer brennenden Zigarette gespickt ist.

»Das zieht Freier an«, erklärt sie mir lachend. »Ein alter Hexenzauber. Ich hab ihn von Cindy.«

»Cindy?«

»Eine Portugiesin, die hier arbeitet. Sie hat 'ne Menge Tricks auf Lager und alle funktionieren.« Susana scheint sehr überzeugt davon zu sein.

Sie führt mich in einen kleinen Raum, in dem es nur ein Bett und einen von Lichtern umrahmten Wandspiegel gibt. Ich fürchte mich ein bisschen, als erwartete mich hier etwas Schlimmes. Mein Magen krampft sich zusammen und ich habe den Eindruck, keine Luft mehr zu bekommen.

»Könnte ich vielleicht ein Glas Wasser haben?«, bitte ich Susana.

»Klar, Schätzchen, setz dich solange aufs Bett. Die Chefin kommt sofort. Ich bin gleich mit dem Wasser wieder da, okay?«

Die Frau ist mir nicht unsympathisch. Sie ist zwar hässlich wie die Nacht, aber wenn sie hier arbeitet, wird sie schon ihre Qualitäten haben.

Das Zimmer ist schrecklich und meilenweit von dem entfernt, was ich mir eigentlich vorgestellt hatte. Von den Wänden blättert die gelbe Tapete ab, und am Fenster bemüht sich ein verblichener Samtvorhang vergeblich, den Anschein von Luxus zu erwecken. Einige der Lämpchen am Spiegel sind defekt. Während ich das mit einem schon fast dokumentarischen Blick registriere, bemerke ich, wie ich dabei bin, von einer Welt in die andere zu gleiten, in eine Welt des Körpers und der Empfindungen, wo Worte und Sprache keine Rolle spielen. Die Frau im Spiegel ist eine für mich noch unbekannte Person, die an einem Ort gelandet ist, der nicht für sie gemacht wurde, den sie aber um jeden Preis erobern will.

»Hier ist dein Wasser.« Susana ist lautlos ins Zimmer getreten, das Glas in der einen, die Zigarette in der anderen Hand. Der Stummel versengt ihr schon fast die Finger.

Ich bin vom Anblick des Spiegelbilds noch immer wie hypnotisiert und kehre durch Susana erst allmählich in die Realität zurück.

»Hi, wie geht's?«, ruft eine Stimme mit leicht englischem Akzent.

»Hallo!«, antworte ich, neugierig darauf, was für ein Gesicht zu dieser netten Stimme gehört.

Die Frau hat dunkle Haare, ist klein – und schwanger! Sie streckt mir die Hand hin, um mich zu begrüßen. Eine schwangere, freundliche Frau als Puffmutter! Adiós, ihr schönen Vorurteile. Fast bin ich ein bisschen enttäuscht, keinem über und über tätowierten, pockennarbigen Preisboxer gegenüberzustehen. In meiner Vorstellung passt diese sanfte Zerbrechlichkeit nicht zu einem so verrufenen Ort.

»Ich bin Cristina, die Chefin.«

»Hallo! Ich bin Val.«

»Susana hat mir gesagt, dass du für uns arbeiten möchtest?«

»Ja, das würde ich gerne.«

»Wo hast du denn vorher gearbeitet?«

»Du meinst als ...«

»Ja, natürlich. In welchem Haus warst du denn vorher?«

Ich weiß nicht, ob ich lügen oder die Wahrheit sagen soll.

»Ich hab das noch nie gemacht. Es wäre das erste Mal für mich.«

Cristina und Susana schauen mich an, und ich erkenne in ihren Augen, dass sie mir kein Wort glauben.

»Bist du denn sicher, dass du das kannst?«, fragt Cristina. »Hier arbeiten eigentlich nur Profis.«

»Ich würde es auf einen Versuch ankommen lassen.«

Mein Ton scheint recht überzeugend zu sein.

»Einverstanden«, sagt Cristina. »Susana, könntest du ihr ein Abendkleid aus dem Fundus geben?«

»Na ja, sie könnte für den Augenblick das rote mit den Pailletten haben, aber es gehört eigentlich Estefanía. Wenn die erfährt, dass ich es verliehen habe, dann wird sie wahrscheinlich ziemlich biestig.«

»Jetzt hol's schon. Auf meine Verantwortung. Ich werde mit Estefanía sprechen. So, wie sie jetzt aussieht, kann ich sie unmöglich auf die Freier loslassen.«

»Soll ich etwa jetzt sofort anfangen?« Ich spüre, wie Panik in mir aufsteigt.

»Du wolltest doch arbeiten?«, antwortet Cristina mit einem breiten Lächeln.

»Natürlich will ich arbeiten! Aber ich dachte nicht, dass ich so schnell anfangen würde.«

»Ach, weißt du, ich glaube, das ist ganz gut so. Wie lange willst du denn warten? Im Salon sitzt ein sehr guter Kunde, der jede Woche kommt. Wenn ihm ein Mädchen gefällt, dann verbringt er zwei Stunden mit ihr. Das ist deine Chance. Er zahlt 100 000 Peseten und du bekommst die Hälfte.«

»In Ordnung.«

Susana kommt mit dem roten Kleid zurück. Es ist sehr lang und sehr durchsichtig, außerdem hat es einen weiten Ausschnitt. Dazu gibt sie mir passende Dessous.

»Probier das, Schätzchen, und beeil dich ein bisschen, der Kunde wartet schon«, drängt mich Cristina. »Ich habe ihm gesagt, dass du Model bist und hier für ein paar Tage auf der Durchreise Station machst. Er freut sich, dich kennen zu lernen.«

»Gut«, antworte ich, während ich schon aus der Jeans schlüpfe, ohne groß nachzudenken. »Was muss ich machen?«

»Dir wird schon was einfallen«, antwortet Susana. »Kann sein, dass er ein bisschen nervt, weil er auf Koks ist, aber in der Regel kommt man schon klar mit ihm. Wenn du Glück hast, musst du ihn gar nicht drüber lassen, weil er's nicht mehr bringt. Dann reicht es, wenn du ihm den Hasen abziehst, um ihn happy zu machen.«

»Den was?«

»Na, wenn du ihm einen runterholst – Handmassage.«

»Ich soll ihn zwei Stunden lang masturbieren?«, frage ich etwas naiv.

»Na, Schätzchen, da kriegt er doch Blasen an der Rute!« Cristina lacht. »Nein, du spielst mit ihm, massierst ihn ein bisschen, keine Ahnung. Zeig ihm einfach ein kleines Stück vom Paradies. Komm, mach dich hübsch, dann wird's schon schief gehen. Und leg dir etwas Rouge auf, du bist ja richtig blass. Die Freier haben's gerne appetitlich. Da sehen sie mal was anderes als am heimischen Herd. Ich meine, kein Mensch zahlt für etwas, womit er sich auch zu Hause langweilen könnte.«

»Klar«, sage ich, während ich mir das Kleid überziehe.

Die Frau im Spiegel ähnelt immer mehr einem Mädchen, das sich für ein Date mit einem Unbekannten hübsch macht. Ich habe zwar Angst und das Herz schlägt mir bis in den Hals, aber die Frau im Spiegel, das bin immer mehr ich selbst.

»Jetzt schau doch mal, wie süß sie in dem Kleidchen aussieht!« Susana ist begeistert und auch der Chefin scheint es zu gefallen. »Göttlich!«, unterstreicht Cristina. »Du hast wirklich einen wunderschönen Körper, das ist ein erstklassiges Grundkapital! Der Busen ist vielleicht eine Idee zu klein, aber wenn du die erste Million verdient hast, kannst du da ja was machen lassen.«

Diesen Kommentar zu meiner Brust hätte sie sich wirklich sparen können, aber ich will keinen Streit und sage also nichts.

»Nach einer kleinen OP verdienst du noch mal so viel, wirst schon sehen! In jedem Fall hoffe ich, dass du dich wohl bei uns fühlst. Du bist zart und scheinst ein gutes Herz zu haben, das gefällt mir. So, aber jetzt ab durch die Mitte. Später können wir uns weiter unterhalten.«

Susana nimmt mich wie ein kleines Mädchen bei der Hand, ein letzter, wohlwollender Blick auf mein Make-up, dann gehen wir in den Salon, den ich noch gar nicht kenne. Er ist vom Stil her ähnlich wie das andere Zimmer: Das große Sofa hat einen bunten Blümchenüberzug, davor steht ein Glastisch auf Füßen aus kupfernen Weinranken.

Auf dem Tisch liegen ein paar aufgeschlagene *Playboy*-Hefte, als hätte eben jemand darin herumgeblättert. Passend zum Sofa gibt es in der Ecke noch einen Sessel. Rechts und links sind zwei Türen. Eine ist weiß gestrichen, die andere, eine hölzerne Schiebetür, führt wohl in ein weiteres Zimmer.

»Da geht's zur Suite«, erklärt mir Susana, als wäre sie die stolze Besitzerin. »Der Kunde ist da drin. Du wirst ihn gleich sehen. Hier vorne ist das Bad.« Sie öffnet die weiße Tür, um es mir zu zeigen. »Jetzt setz dich erst mal hin, ich schau nach, was dein Kunde macht.«

Sie klopft ganz vorsichtig an der Schiebetür und öffnet sie einen Spaltbreit, so dass ich nicht sehen kann, was sich dahinter verbirgt. Im nächsten Augenblick ist sie in dem geheimnisvollen Zimmer verschwunden. Hinter der Tür wird geflüstert und ich wittere schon den Duft des fremden Mannes. Ich kann seine Stimme hören, die vom langen Warten schon ganz ungeduldig zu sein scheint. Das Herz schlägt mir bis zum Hals.

Nach einer Weile taucht Susana wieder auf, ihre Wangen sind leicht gerötet.

»Ich gehe nicht so gerne in dieses Zimmer«, sagt sie kichernd, wobei sie sich die Hand vor den Mund hält. »Der Typ ist nackt. Wenn du willst, kannst du reingehen, Süße. Die Kohle hat er mir eben gegeben.«

Und sie zeigt mir das Geld.

»Später kriegst du deinen Anteil.«

Sie wirft mir noch einen verschwörerischen Blick zu und zischelt:

»Viel Spaß, Süße!«

Ich bleibe einige Sekunden ganz still sitzen, bevor ich an die Tür klopfe. Ich halte den Atem an. Mit einem Fremden ins Bett zu gehen, macht mir nichts aus, ich habe eher Angst davor, dass ich den Kunden nicht zufrieden stelle oder ihm nicht gefalle. Mein Selbstbewusstsein ist wirklich angeknackst. Beim ersten Mal zu versagen, das wäre das Schlimmste. Als ich an die Tür klopfen will, brüllt der Unbekannte von innen schon los:

»Na, was ist? Rein mit dir, sonst ist die Zeit um, ohne dass wir was gemacht haben.«

Er hat es sich völlig nackt auf dem Bett bequem gemacht. Wegen des schummrigen Lichts im Zimmer kann ich sein Geschlecht gar nicht richtig sehen, obwohl er auf dem Rücken liegt. Er ist noch relativ jung, vielleicht Mitte dreißig. Was Susana die Suite nennt, ist ein Raum mit rotem Samt an den Wänden und schweren Vorhängen, die praktisch kein Licht hereinlassen. In der Mitte steht ein Kingsize-Bett; rechts und links daneben zwei Tischchen, die denen im Salon ähneln. Auf den Glasplatten räkeln sich zwei Bronzeputten, die Weintrauben essen. Die Wand dem Bett gegenüber besteht ganz aus Spiegeln. Man hat sofort den Eindruck, sich in einem jener Pariser Edelbordelle des 19. Jahrhunderts zu befinden. Ich hatte immer gedacht, die Zeiten hätten sich geändert und heute wäre das alles etwas moderner und nicht mehr so verrucht.

»Na, da wollen wir mal sehen«, beginnt der Freier und erhebt sich langsam vom Bett. »Du bist neu hier, was?«

»Ja, ich bin gerade angekommen.«

»Ach, das sagen alle, und dass sie das zum ersten Mal machen und so'n Quatsch. Aber wenn du genau hinschaust, kennst du sie aus zig anderen Läden in ganz Barcelona. Hmm ... wenn ich's mir recht überlege, wirkst du eigentlich ganz ehrlich, jedenfalls hab ich dich noch nie gesehen. Wollen wir ein bisschen planschen?«

Der Kunde geht rüber zum Whirlpool und dreht den Hahn auf.

»Wie heißt du denn?«, fragt er, während er mit der rechten Hand überprüft, ob das Wasser auch nicht zu heiß ist.

»Val«, antworte ich, ohne mich von der Stelle zu rühren.

»Hübscher Name, hab ich ja noch nie gehört. Bist wohl keine Spanierin, was?« Und er fügt hinzu, fast unhörbar: »Na ja, wie die meisten.«

»Ich bin Französin.«

»Französin und nicht sehr gesprächig. Das ist gut. Die anderen Mädchen plappern alle, was das Zeug hält, und natürlich nur Unsinn. Ich heiße Alberto! Na, komm schon her, ich beiße nicht. Du bist ja wirklich superschüchtern.«

»Ich bin eigentlich überhaupt nicht schüchtern. Das alles hier ist nur sehr fremd für mich.«

»Schon klar«, sagt Alberto scheinbar verständnisvoll und setzt sich in die Wanne. »Na los, zieh das Kleid aus und komm zu mir in den Pool.«

Okay, es ekelt mich schon ein bisschen an, mit einem wildfremden Typen hier, wo schon tausend andere waren, ein Bad zu nehmen, aber was kann ich tun? Ich habe mich für diesen Weg entschieden, also muss ich ihn auch bis zur letzten Konsequenz gehen.

Ich ziehe mich rasch aus und bewege mich ein wenig in den roten Dessous einer fremden Frau, um mich in Stimmung zu bringen. Der Mann in der Wanne ist mir nicht unsympathisch, erregt aber bisher nicht die geringste Lust in mir.

»Wow! Ihr Französinnen seid ja ganz heiße Feger. Kannst du dich so für mich hier im Wasser bewegen?«

Ich steige zu ihm in den Pool. Das Wasser ist sehr heiß

und ich brauche ein bisschen Zeit. Doch Alberto packt mich um die Taille und zieht mich zu sich runter.

»Komm her. Ich will dich ganz nah bei mir spüren.«

Er fummelt an meinen Brüsten herum und versucht irgendwelche Schaumberge darauf zu errichten, während seine andere Hand zwischen meinen Schenkeln auf Tauchstation geht.

Mir ist trotz meiner ganzen Erfahrung noch nicht ganz klar, wie das hier genau läuft. Die Situation hat etwas Brutales. Früher habe ich mir die Männer ausgesucht, die ich wollte, jetzt zählt meine Meinung gar nichts mehr. Von nun an haben sie die Wahl und sie bezahlen dafür. Daran werde ich mich gewöhnen müssen: Was ich will, interessiert nicht mehr.

Das Licht ist nach wie vor gedämpft, aber Albertos Erregung lässt sich an seinem Gesicht ablesen, ganz im Gegensatz zu meiner, die praktisch nicht vorhanden ist.

»Warum steigen wir nicht aus der Wanne und legen uns ins Bett?«, bricht es plötzlich aus mir hervor. Ich will es endlich hinter mich bringen und stehe auf, wobei ich mir den Schaum von der Brust wische.

»Okay, aber nur unter der Bedingung, dass ich Salsa bekomme«, sagt er und richtet sich auf.

»Salsa?«

»Jawoll, Salsa!«

»Okay, von mir aus. Tanzt du denn gerne?«

»Nein.«

»Aha ...« Ich wickle mir ein Handtuch um und gehe Susana Bescheid sagen, dass sie eine Salsa-CD auflegen soll.

Vor kaum einer Stunde habe ich hier geklingelt und jetzt sitze ich schon mit so einem rattigen Typen zusammen, der auch noch bis obenhin voll gekokst ist. Ich selbst kann mit Drogen nichts anfangen, aber als ich noch in der Agentur gearbeitet habe, war ich fast täglich damit konfrontiert.

Susana legt die Salsa-CD auf, während sich Alberto bereits aufs Bett gelegt hat. Man macht sich hier nicht die Mühe, die Tagesdecke herunterzunehmen. Allmählich wird mir klar, was Alberto will. Zunächst braut er sich aber noch ein explosives Gemisch: Koks, vermischt mit dem Whiskey, den Susana ihm zur Begrüßung gebracht hatte. Albertos Augen treten fast aus den Höhlen und er liegt da wie ein Toter.

Nach einer Weile meint er, ich solle endlich anfangen. Da er aber nicht die geringste Erektion hat, ist es mir unmöglich, ihm das Kondom überzuziehen. Und ohne mach ich's nicht, schon gar nicht mit einem vollkommen Fremden.

»Die kannst du vergessen«, sagt er plötzlich und unterstreicht seine These mit fuchteligen Bewegungen seiner rechten Hand in Richtung der Kondome, die ich auf das Nachttischchen gelegt habe. »Ficken interessiert mich sowieso nicht. Blas mir einen! Kein Problem, das geht so.«

»Wollen wir mal sehen, was sich machen lässt.« Die Sache ist mir peinlich.

Unter dem Vorwand, ganz schrecklich zu müssen, verschwinde ich ins Badezimmer neben der Suite und nehme heimlich ein Kondom mit. Ich mache die Tür zu und reiße vorsichtig die Packung auf, um mir den Pariser über die Zungenspitze zu ziehen. Ich befeuchte ihn ganz vorsichtig, damit er die Temperatur des Speichels annimmt. Sorgsam achte ich darauf, ihn nicht mit den Zähnen zu beschädigen. Als hätte ich mein Leben lang nichts anderes gemacht, so sieht es fast aus, aber in Wirklichkeit überlege ich fieberhaft, wie ich es schaffe, meinen ersten Freier nicht zu verärgern und trotzdem geschützt zu sein. Alles andere wäre ein schlechter Einstieg. Ich hoffe, er merkt nichts.

Er brüllt meinen Namen und ich beeile mich, wieder in die Suite zurückzugehen. Die Vorstellung, zwei Stunden mit diesem Kerl verbringen zu müssen, ist wirklich nicht besonders lustig.

»Was hast du denn die ganze Zeit gemacht? Du vertickerst die Minuten auf'm Klo und ich soll dafür bezahlen?«

Ich trau mich gar nicht, ihm zu antworten, aus Angst er könnte bemerken, dass ich etwas im Mund habe. Ich lächle ihn nur an, und er entspannt sich.

Die nächsten knapp zwei Stunden gehe ich meiner Arbeit nach, ohne dass er meinem kleinen Geheimnis auf die Spur kommt. Es funktioniert, es funktioniert wirklich! Ich breche in einen heimlichen Jubel aus und bin stolz auf mich, diesen Dreh in letzter Minute gefunden zu haben.

Am Ende geht Alberto, wie er gekommen ist: völlig zugekokst und ohne einen richtigen Ständer gehabt zu haben. Und ich habe 50 000 Peseten in der Tasche. So einfach ist das!

»Was hast du denn so alles drauf?«, fragt mich die Chefin, ein Schreibheft vor sich und den Kugelschreiber in der Hand. Auf der noch leeren Seite prangt oben mein Name.

Wir sitzen in der Küche, weil das kleine Zimmer von einem Kunden belegt ist und Susana die Suite sauber macht.

»Wie meinst du das?«, frage ich und komme mir ziemlich blöd dabei vor.

»Verkehr mit Männern, Frauen, französisch mit oder

ohne? Dreier, griechisch? Ich muss das wissen, denn je flexibler du bist, desto mehr Arbeit hab ich hier für dich.«

»Na ja ... also mit Frauen hab ich kein Problem. Französisch nur mit Kondom. Und griechisch mach ich nicht.«

»Schade! Dafür gibt's nämlich das Doppelte. 100 000 für eine Stunde. 50 000 für dich. Und wie sieht's mit Dreier aus?«

»Dreier?«

»Ein Freier, zwei Mädchen.«

»Aha.«

»Ja, es gibt Kunden, die stehen auf so was. Für dich heißt das weniger Arbeit, weil ihr zu zweit seid.«

»Das wäre auch kein Problem. Aber ich kenne die andern Mädchen ja noch gar nicht, wäre vielleicht ganz gut, wenn ich das mit einer mache, mit der ich mich auch verstehe, oder?«

»Absolut! Auch wenn du dir das wahrscheinlich nicht immer so aussuchen kannst. Was die Arbeitszeit angeht, es gibt mehrere Schichten. Entweder du arbeitest tagsüber oder nachts. Du kannst auch, wenn dir das lieber ist, auf 24 Stunden Rufbereitschaft gehen. In der Spätschicht solltest du vor Mitternacht da sein, sonst lässt dich Susana nicht mehr rein. Für tags müsstest du spätestens acht Uhr morgens kommen. Bei Rufbereitschaft kannst du kommen, wann du willst, musst aber, wenn du nicht da bist, rund um die Uhr erreichbar sein. Wenn jemand nach dir fragt und du bist nicht da oder kannst nicht, nehmen wir ein anderes Mädchen, und wir können dann eben nicht mehr auf dich zählen.«

»Okay, versteh ich.«

»Wenn du ein paar Tage frei brauchst, sagst du rechtzeitig Bescheid.«

»Gut. Und wenn ich meine Regel habe, was mache ich dann?«

Wir werden von einem dunkelhäutigen Mädchen unterbrochen, das reichlich hochnäsig in die Küche stolziert. Ihre knackigen Hinterbacken bedeckt sie mit einem winzigen Handtuch.

»Cristina, meinem Süßen gefällt die Musik nicht«, trällert die Kleine.

»In Ordnung, Isa. Ich leg gleich was anderes auf.«

Isa ist traumhaft schön – alles Silikon, versteht sich. Wenn Blicke töten könnten, dann hätte jetzt mein letztes Stündlein geschlagen. Ich gehe zur Attacke über:

»Hallo, ich bin die Neue. Ich heiße Val.«

Isa wirft ihren Kopf über die Schulter und verlässt kommentarlos die Küche.

»Ach, mach dir nichts draus«, beruhigt mich Cristina. »So sind sie eben am Anfang. Besonders Isa. Jedes Mal, wenn eine Neue kommt, führt sie sich so auf. Für sie bist du natürlich Konkurrenz, ist doch klar. Im Grunde ist sie aber ganz okay. Sie wird sich schon an dich gewöhnen. Aber zurück zum Thema. Welche Arbeitszeit ist dir am liebsten?«

»Rufbereitschaft«, antworte ich, ohne groß darüber nachzudenken.

»Sehr gut! Da verdienst du auch am meisten.« Ohne mich noch einmal anzusehen, notiert sie meine Antwort in ihr Heftchen.

»Und jetzt? Wie geht es jetzt weiter?«, frage ich.

»Du kannst dableiben oder nach Hause gehen. Aber die Mädchen, die hier sind, kriegen natürlich immer den Vorzug. Erst wenn ein Freier keine der Anwesenden haben will, rufen wir die aus der Rufbereitschaft an. Wir haben hier ein Goldenes Buch, das wir den Kunden zeigen. Da können sie sich dann aussuchen, was sie wollen. Hast du ein Foto von dir dabei?«

»Im Moment nicht, aber ich kann natürlich eins besorgen. Was für eine Art von Foto sollte es denn sein?«

»Am besten was künstlerisch Anspruchsvolles, gleichzeitig aussagefähig, das Gesicht, der Körper, aber keinesfalls vulgär. Wir sind eine Agentur mit Niveau, verstehst du?«

»Klar, aber ich fürchte, dass ich so was nicht zu Hause habe.«

»Also, wenn du für uns arbeiten willst, dann empfehle ich dir, ein Shooting mit 'nem Profi zu machen.«

»Okay!«

»Kennst du einen?«

»Einen was?«

»Na, ob du einen professionellen Fotografen an der Hand hast?«

»Nein, aber ich finde sicher einen.«

»Okay. Aber wenn du jemanden brauchst, kann ich dir einen sehr guten jungen Mann empfehlen, mit dem wir regelmäßig zusammenarbeiten und der auch unsere Website gestaltet.«

»Ach wirklich?«

Ich bin überrascht, wie gut hier alles organisiert ist.

»Ja. Wenn neue Mädchen bei uns anfangen, macht er in der Regel das Shooting. Dazu fahren wir dann einen ganzen Tag raus aus der Stadt. Ich komme meistens mit, um noch ein paar Tipps zu geben.«

»Hört sich gut an. Wie teuer ist denn so ein Shooting? Und wie viele Fotos werden da gemacht?«

»Das Shooting kostet um die 120 000, aber für dich

macht er bestimmt einen Sonderpreis, ich schätze, so um die 90 000. Eine Serie besteht aus etwas 20 Fotos.«

Das hört sich ja an wie auf dem Fischmarkt!

»Ganz schön happig, findest du nicht?« Ich bin über die Höhe des Preises doch etwas verblüfft.

»Für richtig gute Fotos ist das nicht viel«, antwortet Cristina ganz entspannt.

»Ich gebe zu, ich kenne mich da nicht besonders gut aus.«

»Du darfst da auf keinen Fall sparen. Das ist dein Aushängeschild, glaub mir.«

»Einverstanden. Ich mach's, aber gib mir ein bisschen Zeit. Ich will erst einmal etwas verdienen und dann organisieren wir das mit den Fotos.«

Es kommt mir wirklich teuer vor und ich fange doch gerade erst an.

»Wie du meinst. Dann willst du also zusätzlich auch Schichten übernehmen? Lieber tags oder nachts?«

»Nachts, aber ich bin in jedem Fall vierundzwanzig Stunden erreichbar. Ihr könnt mich also jederzeit anrufen, wenn ich nicht da bin, okay?«

»Wunderbar, ich rechne also mit dir.«

»Ja, aber jetzt gehe ich nach Hause. Mein Handy ist jedenfalls an, ihr könnt mich anrufen.«

»Gut. Übrigens, nachts ist immer eine andere Hausdame da, die du noch nicht kennst. Sie heißt Angelika. Sie ist zwar keine Spanierin, spricht aber perfekt Spanisch. Ich sage ihr Bescheid. Ach ja, und noch was: Sag weder den Mädchen noch den Kunden, dass du Anfängerin bist. Weißt du, das glaubt dir sowieso keiner. Und als Letztes: Wechsle bitte die Laken, wenn dein Kunde gegangen ist. Für heute ist das okay, weil du das ja nicht wusstest. Alles

Übrige erledigt dann Susana. Komm, ich zeig dir, wo die Sachen sind, auch die Handtücher und so weiter.«

Wir gehen aus der Küche und treffen Susana mit der Bettwäsche, in der ich mich mit Alberto gewälzt habe. In der Nähe der Eingangstür öffnet Cristina einen Holzschrank, in dem jede Menge Laken gestapelt sind. Daneben liegen saubere Handtücher, bei denen sich die Mädchen nach Bedarf bedienen können. Susana steht hinter uns, sie ist uns gefolgt, zwischen den Fingern die übliche Zigarette. Im Gang gibt es noch einen Schrank, aus dem das Trägerchen eines Nachthemds herauslugt – gehört wahrscheinlich einem der Mädchen. Cristina bemerkt meinen Blick.

»Wenn du Klamotten mitbringst, kannst du sie gerne hier deponieren. Aber ich muss dich warnen, die Mädels klauen wie die Raben.«

»Wirklich?« Ich bin überrascht.

Susana nickt zustimmend. Wir gehen zurück in die Küche und Cristina zeigt mir, wie der Kaffeeautomat funktioniert.

»Neben Kaffee gibt es Tee und heiße Schokolade. Du sagst einfach Susana Bescheid. Das kostet dann 150 Peseten, okay?«

»Okay!«

So ist das, hier wird für alles bezahlt, und die Laken muss ich auch noch wechseln! Ich verabschiede mich von Cristina und Susana und gehe. Ich habe in zwei Stunden 50 000 Peseten verdient! Und ich schwöre, ich werde hier arbeiten wie eine Wahnsinnige. Zugegeben, vor dem Treffen mit meinem ersten Kunden war ich sehr nervös, aber schon jetzt habe ich das Gefühl, nie im Leben etwas anderes gemacht zu haben.

# Miss Sarajevo

*1. September 1999, Nacht*

Es ist drei Uhr morgens.

Das Handy klingelt wahrscheinlich schon seit einer Ewigkeit.

»Ja, bitte?« Ich bin noch völlig verschlafen.

»Hallo, Val, ich bin Angelika, die Hausdame für die Nachtschicht.« Die Stimme am anderen Ende ist sehr freundlich. »Hab ich dich geweckt? Ich probier's schon seit zehn Minuten.«

»Äh ... hallo ... ja, aber das macht nichts«, sage ich und setze mich auf.

Als ich das Wort Hausdame höre, bin ich sofort hellwach, ich möchte keinen einzigen der Aufträge verlieren.

»Hör mal, ich habe hier was für dich. Ein sehr guter Kunde. Er ist Australier, lebt aber in Barcelona. In zwanzig Minuten sollst du bei ihm zu Hause sein. Er zahlt 50 000 zuzüglich Taxi, und wenn du ihm gefällst, hast du gute Chancen, dass er dich wöchentlich bucht.«

»Hervorragend! Wo wohnt er denn?«, frage ich und suche schnell nach einem Kugelschreiber.

»Also, schreib auf.«

Während Angelika mir die Adresse gibt, überlege ich schon, was ich anziehen könnte.

»Wenn du bei ihm bist und er dir das Geld gegeben hat, rufst du mich kurz an, ja? Und lass dir die Kohle auf jeden Fall vorher geben. Und dann klingelst du auch noch mal durch, wenn du seine Wohnung wieder verlässt. Anschließend kommst du direkt hierher und bringst das Geld vorbei, okay?«

»Ja, kein Problem«, antworte ich. »Wie heißt der Kunde denn?«

Mir scheint diese Frage ganz wichtig.

»David.« Und sie legt auf.

Angelika hat einen sehr sympathischen und gleichzeitig professionellen Eindruck auf mich gemacht. Ich freue mich darauf, sie kennen zu lernen.

Ich springe noch rasch unter die Dusche, rufe ein Taxi, und innerhalb von 15 Minuten bin ich auf dem Weg zu David.

Das Haus liegt in der Zona Alta und ist sehr ansehnlich.

»Komm hoch!«, befiehlt mir eine Stimme. Das Summen des Türöffners hallt über die nächtliche Straße.

Mir gegenüber steht ein junger Mann, nicht sehr groß, mit einer runden Brille, die ihm einen intellektuellen Touch verleiht. Der Typ ist keine Schönheit, macht aber einen freundlichen und sensiblen Eindruck. Er lächelt und bittet mich herein. Seine Wohnung gefällt mir, auch wenn er nur ganz wenig Möbel hat – wahrscheinlich ist er Single, ohne große Ambitionen, was die Einrichtung betrifft.

»Bist du neu in dem Laden?«, fragt er mich, nachdem er mir einen Platz auf dem blauen Sofa angeboten hat.

»Ja«, antworte ich und erwidere sein Lächeln. »Das merkt man ein bisschen, oder?«

»Eigentlich nicht. Es ist nur so, dass ich etwa einmal in der Woche bei euch anrufe und dich habe ich noch nie gesehen, deshalb. Seit wann bist du denn dabei?«

»Seit heute Nachmittag«, sage ich, und mein Blick fällt auf das Regal, in dem ein Haufen Bücher und CDs herumstehen.

»Angelika hat mir erzählt, dass du Französin bist. Das merkt man gleich«, sagt er und lacht.

»Ja, das stimmt. Und du bist Australier, nicht wahr? Du sprichst aber sehr gut Spanisch«, antworte ich, während er aufsteht, um etwas zu holen.

»Wenn du willst, können wir auch Französisch sprechen. Ich hab das ein paar Jahre lang gelernt, obwohl mir immer die Vokabeln fehlen.« Er lacht wieder.

Ich lache auch. Er scheint wirklich ein lieber Kerl zu sein, für meinen Geschmack leider zu klein.

Als er die 50 000 Peseten auf den Tisch gelegt hat, bittet er mich, das Geld nachzuzählen.

»Und jetzt ruf Angelika an, um ihr zu sagen, dass alles okay ist, sonst kriegst du nachher Stress.«

»Ich seh schon, du weißt, wie der Laden läuft«, sage ich und tippe die Nummer ein.

Angelika ist sofort am Apparat.

»Alles in Ordnung?«, fragt sie, als wäre klar, dass nur ich es sein könne.

»Ja. Alles in Ordnung.«

»Perfekt. Ihr habt eine Stunde. Wenn du gehst, ruf mich an, damit ich weiß, dass ihr fertig seid.«

David führt mich ins Schlafzimmer und von da an redet er nicht mehr. Ehrlich gesagt, ist mir das ganz recht, denn ich glaube, wir haben uns nicht wirklich viel zu sagen. Er zieht mich sanft aus und fängt an, mich sehr zärtlich zu streicheln. Das überrascht mich schon ein bisschen, denn ich dachte immer, Männer, die dafür bezahlen, sind grob und alles andere als einfühlsame Liebhaber. Offensichtlich habe ich mich getäuscht. Ich lasse mich mitreißen und vergesse, warum ich eigentlich hier bin.

Er küsst mich überall, auf den Hintern, die Füße, rutscht

hoch, um mir zärtlich in den Nacken zu beißen, und taucht dann wieder ab.

Ich lerne einen kleinen Körper mit einem kleinen Kiebitz kennen, aber das spielt jetzt keine Rolle, denn er macht es mir sehr schön.

Auf dem Nachttisch steht ein Fläschchen mit Massageöl. Er sieht, dass ich es entdeckt habe, also reibt er sich die Hände damit ein, dreht mich auf den Bauch und beginnt, mir sanft den Rücken damit zu massieren. Wie er das macht, ist phantastisch. Er massiert wie ein echter Profi. Das Gefühl ist so herrlich, dass ich am liebsten jede Nacht um drei Uhr bei ihm sein würde.

Eine Stunde später holt er mich mit einem sanften Kuss wieder zurück in die Wirklichkeit. Mein Körper ist ganz gerötet.

Im Aufzug fühle ich mich sehr leicht, und Geld habe ich auch noch verdient! Ich kann es kaum glauben.

Wie vereinbart, rufe ich Angelika an und nehme dann ein Taxi. Das Haus ist etwa fünfzehn Minuten entfernt und es ist eine wahre Freude, um diese Uhrzeit durch Barcelona zu fahren. Kein Mensch weit und breit. Als ich da bin, kommt Angelika runter, um mir aufzuschließen. Die Tür ist um diese Zeit aus Sicherheitsgründen immer abgeschlossen.

Sie begrüßt mich flüsternd, um die Nachbarschaft nicht zu wecken. Anschließend gehen wir zusammen nach oben.

Sie ist eine beeindruckende Frau, sehr groß, rote Haare, riesige blaue Augen und ein Teint von vornehmer Blässe. Sie macht ganz und gar nicht den Eindruck einer Hausdame in so einem Etablissement. Sie gefällt mir, wenngleich sie für meinen Geschmack vielleicht ein bisschen zu männlich wirkt.

Als wir oben sind, gehen wir direkt in die Küche.

»Die Suite ist gerade besetzt und in dem anderen Zimmer schlafen die Mädchen«, erklärt sie mir.

Zu meiner Überraschung küsst sie mich auf die Wangen.

»Ich bin Angelika. Herzlich willkommen bei uns!«

Ihre forsche Art befremdet mich ein wenig, schließlich kennen wir uns gar nicht.

»Hast du das Geld?«, fragt sie mich und öffnet dabei das Heft mit den Namen der Mädchen, den genauen Arbeitszeiten und dem Umsatz.

»Ja, hier, 50 000 Peseten.«

»Sehr gut. Dir stehen 25 000 zu.«

Und sie macht ein Kreuz neben meinem Namen.

»Wie war's denn mit David?«, fragt sie und betrachtet amüsiert meine roten Wangen.

»Sehr schön. Er ist wirklich ein Schatz und er braucht viel Zärtlichkeit.«

»Ja, die Mädchen sind immer ganz begeistert, wenn sie hören, dass sie zu ihm sollen. Wenn die anderen nur auch so wären ... Willst du was trinken? Komm, ich lad dich ein.«

»Ein Kaffee wäre toll. Ich bin hundemüde«, antworte ich gähnend.

Angelika zieht ihn aus dem Automaten und macht sich selbst dann eine Schokolade.

»Danke«, sage ich, während ich ein bisschen puste, weil der Kaffee kochend heiß ist.

»Cristina hat mir gesagt, dass du Rufbereitschaft machst. Da wirst du eine Menge verdienen. Und wie sieht's mit den Schichten aus?«

»Ich würde gerne nachts arbeiten, aber das hängt natürlich auch davon ab, wie es so läuft, oder?«

»Es gibt solche und solche Tage. Manchmal ist tagsüber mehr los, dann wieder nachts. Aber wenn wir dich immer erreichen können, dann hast du 'ne Menge Arbeit, wirst sehen.«

»Und wie viele Mädchen gibt es hier?«, frage ich neugierig.

»Eine ganze Menge, obwohl nicht alle herkommen. Einige arbeiten nur mit unserem Goldenen Buch, und wir rufen sie an, wenn sonst niemand zur Verfügung steht. Aber um dir eine ungefähre Vorstellung zu geben, heute Abend sind sechs Mädchen gekommen.«

Ich begreife, dass sie mir den Vorzug gegeben hat, indem sie mich zu David geschickt hat. Sie hätte auch jedes andere Mädchen nehmen können. Was mich außerdem wundert, ist die absolute Ruhe im Haus, kein Geräusch, kein Laut, fast als wäre niemand da. Wahrscheinlich schlafen alle.

»Werden sich die anderen nicht ärgern, weil ausgerechnet ich zu David durfte?«

»Mach dir deswegen keinen Kopf. Er liebt nun mal die Abwechslung. Und die, die heute Abend hier sind, kennt er schon alle. Außerdem müssen es die anderen ja auch nicht unbedingt erfahren!«

»Na, dann bin ich ja beruhigt.«

»Und jetzt? Willst du gleich hier bleiben oder lieber nach Hause fahren und dann morgen mit der Nachtschicht anfangen?«

»Ich glaube, ich fahr noch mal nach Hause. An diesen neuen Rhythmus muss ich mich erst noch gewöhnen.«

»Okay.«

»Danke, Angelika.«

Wir verabschieden uns, und als ich in das Taxi steige,

beginnt es bereits zu dämmern. Dieses Licht, mit dem die Stadt langsam erwacht, ist wunderschön. Die Luft ist klar und ich bin glücklich, das alles wieder wahrnehmen zu können. Wie lange ist es her, seit ich so etwas zum letzten Mal genießen konnte! Außerdem habe ich in weniger als vierundzwanzig Stunden 75 000 Peseten verdient, wobei die Zeit mit David darüber hinaus auch noch sehr angenehm war. Hoffentlich geht es so weiter!

# Augen auf! Wir werden überwacht

*2. September 1999*

Heute habe ich fast den ganzen Vormittag verschlafen. Als ich dann aufgestanden bin, hatte ich direkt wieder Lust ins Haus zu gehen, um zu sehen, ob es Arbeit für mich gibt. Aber den ganzen Tag kam kein Anruf.

Ich bin dann so gegen halb zwölf Uhr nachts hingegangen, wie es Cristina mir geraten hat. In der Tasche habe ich einiges an passender Arbeitskleidung. Die Eingangstür ist noch offen und so kann ich direkt hoch in die Wohnung gehen, wo mir Susana öffnet.

»Hallo, Schätzchen! Du bist aber früh dran! Die meisten kommen erst so gegen fünf vor zwölf, kurz bevor ich die Schicht schließe. Na ja, wirst du wahrscheinlich auch bald so machen.« Susanas runde Augen lächeln mich an.

»Cristina hat mir gesagt, dass ich nicht mehr reingelassen werde, wenn ich zu spät komme.«

»Absolut richtig! Das ist die Hausordnung.« Dann wechselt sie das Thema. »Es sind noch ein paar Mädchen von der Tagesschicht da. Komm, ich stell sie dir vor, bevor sie alle gehen. Ich hab ja auch gleich Feierabend.«

Die Hausordnung! Das klingt ja wie im Kloster.

Wir gehen in den Salon, Zeichen dafür, dass keine Kundschaft da ist. Schon bevor wir den Raum betreten, höre ich Stimmen und Gelächter.

Drei der Mädchen sitzen auf dem Sofa, eine auf dem Boden.

Jede hat ihre eigene, unverwechselbare Note. Da ist Isa,

die Mulattin, die mich gestern nicht gegrüßt hat. Sie hat halblanges Haar und sehr volle Lippen. Ihr winziges Näschen scheint mir das Ergebnis eines kleinen operativen Eingriffs zu sein. Sie trägt eine Kombination aus beigem Wildleder, die ihren zimtfarbenen Hautton unterstreicht. Unter dem vielversprechenden Ausschnitt lauert ein riesiger Busen, Körbchengröße mindestens 80E – natürlich Silikon, wie mir eines der anderen Mädchen unter dem Mantel der Verschwiegenheit später erzählen wird. Inzwischen habe ich es übrigens geschafft, Isa zu »zähmen«. Manchmal führen wir schon fast surreale Gespräche über den Wahnsinn im Allgemeinen und den unserer Freier im Besonderen.

In der Regel läuft das dann so ab: »Weißt du, die Welt ist ein einziger Wahnsinn. Wir sind alle vollkommen durchgeknallt. Ganz zu schweigen von den Männern! Die leiden ja sowieso unter irreparabler Hirnerweichung. Ich meine, wie gaga muss man eigentlich sein, um eine Frau fürs Ficken zu bezahlen?«

Ich muss dann regelmäßig lachen, wenn sie sich so aufregt, auch wenn sie mir ein bisschen Leid tut, denn abgesehen von diesen Tiraden hat sie nicht viel zu sagen.

Was sie verdient, gibt sie sofort wieder für teure Klamotten aus. Wenn es gut läuft, können das am Tag schon mal 150 000 Peseten sein. Offiziell ist sie 29, in Wirklichkeit 42, aber sie hat sich – auch dank der Operationen – gut gehalten. Dass sie hier die Dienstälteste ist, lässt sie die anderen ganz schön spüren, vor allem die Neuen.

Heute bin ich die Neue, und sie würdigt mich kaum eines Blickes, was mich nach der Episode gestern nicht sonderlich wundert.

Neben Isa sitzt Estefanía, eine imposante Rothaarige,

sehr groß, mit langem, glattem Haar, das ihr fast bis zur Hüfte reicht. Ich dachte erst, sie käme aus Schweden, aber später erfahre ich, dass sie reinrassige Spanierin ist, noch dazu aus Valladolid! Dass ich gestern ihr rotes Kleid anhatte, um meinen ersten Freier damit zu empfangen, erwähnt sie mit keiner Silbe. Ich nehme an, Cristina hat das irgendwie mit ihr geregelt. Estefanía hat das Gesicht eines Engels. Das liegt wohl an ihren sanften, blauen Augen. Sie arbeitet hier, weil sie zu Hause einen sehr viel älteren Kerl sitzen hat, der zu faul zum Arbeiten ist und sich von ihr aushalten lässt. Mehr ist von ihr nicht zu erfahren, denn sie ist sehr zurückhaltend und spricht nicht gerne über sich. Sie lacht mich zur Begrüßung an. Wie sich bald herausstellen wird, hat sie von uns allen am meisten auf dem Kasten, auch wenn sie wenig sagt und lieber lächelt. Sie wird mir zeigen, dass es hier oft das Klügste ist, den Mund zu halten.

Mae ist ebenfalls Spanierin und kommt aus Asturien. Sie ist blond, hat sehr kurze Haare und sehr lange Beine. Ihr Körper ist perfekt, aber sie strahlt etwas aus, das mir sofort signalisiert: Hüte dich vor dieser Schlange. Bei jeder passenden und unpassenden Gelegenheit weist sie darauf hin, einmal Modell gewesen zu sein. Großen Erfolg kann sie dabei nicht gehabt haben, sonst wäre sie jetzt wohl nicht hier ...

Sie hat einen Stall voll Verehrer, nicht nur hier im Haus. Wenn sie wieder mal einen gefunden hat, der sie aushält, verschwindet sie mitunter für einige Zeit, bis der Typ die Schnauze voll hat. Dann kommt sie reumütig und völlig abgebrannt zurück, wie ein kleines Hundchen. Sie macht auf große Dame, ist aber in Wirklichkeit die vulgärste von allen.

Cindy, eine Portugiesin mit ganz schwarzen Augen, ist die Einzige, die etwas zu mir sagt, als ich mich vorstelle. Sie ist auch die »Hexe« mit der Zitrone und den Streichhölzern. Ihre Haare sind von einem ins Bläulich spielenden Schwarz und sie ist sehr muskulös.

»Hi! Du bist aus Frankreich, stimmt's?«, fragt sie mich.

»Ja. Ich heiße Val.«

»Sehr erfreut, deine Bekanntschaft zu machen«, sagt sie und hält mir die Hand hin.

Ihr wohlerzogenes Benehmen steht in krassem Widerspruch zu dem neckischen Kleidchen, das sie trägt. Aber vielleicht liegt das auch an ihren bescheidenen Spanischkenntnissen. Wenn sie spricht, klingt das eher wie Portugiesisch, und da ist sie eben stolz drauf, wenn wenigstens die Höflichkeitsfloskeln sitzen. Ansonsten hat sie noch ein paar schrecklich vulgäre Phrasen auf Spanisch parat, die klingen, als hätte sie die Sprache auf dem Straßenstrich gelernt. Ich spüre trotz allem, dass ich in ihr eine gute Freundin haben werde. Cindy fährt regelmäßig Doppelschichten, weil es ihr finanziell sehr schlecht geht.

»Ich muss meine Tochter füttern, verdammte Fickscheiße!«, ist einer ihrer Lieblingssätze. Ich amüsiere mich dann immer, weil sie sich wie eine Dame von Welt geriert, dann aber wieder diese Ausbrüche von Vulgarität hat. Irgendwie absurd.

Hier sitzen also die vier Damen, die am längsten im Haus arbeiten. Susana gibt mir ein Zeichen, dass ich sie noch mal in die Küche begleiten soll.

»Sieh mal, Schätzchen, am besten, du fängst mit keinem der Mädels große Diskussionen an, in Ordnung? Die haben untereinander schon genug Probleme, deshalb rate ich dir, dich nicht einzumischen. Das ist wirklich das Beste für dich«, erklärt sie mir, als hätte ich irgendwas dagegen gesagt. »Eines Tages wirst du mir dafür dankbar sein. Du wirst schon sehen! Sollte es Probleme geben, dann sprichst du mit mir oder Cristina darüber, ja? Immerhin ist sie die Chefin.«

»Einverstanden«, sage ich unbewegt.

Plötzlich hören wir im Salon ein Riesengeschrei.

Es ist Isa.

»Eine von euch verdammten Huren hat mir meine Versace-Jacke geklaut!«, schreit sie völlig hysterisch.

»Wir?«, zickt Mae zurück. »Du bist selbst eine verdammte Hure und wahnsinnig noch dazu. Ich kann mir meine Versace-Jacken selbst kaufen, blöde Ziege.«

»Ach ja? Und warum ist meine Jacke in dem Augenblick verschwunden, als ihr gekommen seid?«, beharrt Isa.

Susana schreitet ein. »Was ist denn hier los?«, geht sie dazwischen, ihre ewige Kippe zwischen den Fingern.

»Die haben mir meine Versace-Jacke geklaut«, erklärt Isa. »Klar war das eine von denen da!«

Ich schaue mir das Ganze an und umklammere meine Tasche fester, für den Fall, dass plötzlich ein Strauchdieb aus irgendeiner Ecke gesprungen kommt.

»Und warum sollen sie sie dir gestohlen haben?«, fragt Susana.

In diesem Moment klingelt es an der Tür.

»Ein Kunde! Los, geht ins Zimmer und macht euch fertig. Und hört endlich mit dem Gezanke auf!« Susana ist sehr resolut. Dann sieht sie mich an. »Du auch!«

Wir gehen in das kleine Zimmer, um uns umzuziehen. Jede holt aus ihrer Tasche, was sie sich für den Abend mitgebracht hat. Da starrt Isa auf einmal meine Tasche an, und ich ahne, was jetzt gleich kommen wird.

»Lass mal sehen!«, ruft sie mir harsch rüber.

»Meine Tasche?!«, entgegne ich entrüstet. »Wozu denn? Denkst du etwa, ich hätte ...«

Sie reißt mir die Tasche aus der Hand und leert den Inhalt auf dem Bett aus.

»Was soll denn das? Spinnst du?«, fahre ich sie wütend an.

»Wenn's die anderen nicht waren, dann warst du's eben!«, zischt sie mich an, in der Gewissheit, ihre Jacke gleich in Händen zu halten.

Natürlich findet sie nichts.

»Siehst du, hab ich dir doch gleich gesagt!«

»Bist du plemplem, Isa?«, ruft Cindy. »Meinst du, armes Mädchen, das grad ins Haus kommt, klaut deine Jacke?«

»Kein Mensch hat dich nach deiner Meinung gefragt!«, explodiert Isa und wirft mir meine Sachen fast ins Gesicht. »Außerdem ist sie nicht grade gekommen, sondern sie war gestern schon da und hat mir gleich einen Kunden weggeschnappt!«

Ich glaub, ich spinne, und natürlich will ich mich verteidigen, aber Cindy kommt mir zuvor.

»Was denkst du? Dass das alle sind deine Freier? Liebe Herrgott und heilige Mutter Maria! Das sind Freier von Haus, Isa, von Haus! Du kapierst?«

Ich fühle mich immer unwohler.

»Hier«, fügt Isa hinzu, »gibt es entschieden zu viele Hühner im Stall. Das hab ich immer schon gesagt.«

»Klar, Mann!«, geht Mae dazwischen. »Am liebsten würdest du alleine arbeiten. Aber das geht leider nicht, mein kleines Plastiktittchen, verstehst du? Wir wollen auch ein bisschen was verdienen!«

»Lieber Silikontitten als solche Hängeeuter wie du!

Scher dich doch zum Teufel!«, versucht Isa die Diskussion zu beenden.

Als sie kurz davor stehen, sich gegenseitig an die Gurgel zu springen, kommt Susana rein und sorgt für Ordnung.

»Okay, jetzt kommt ihr aber mal wieder runter. Macht euch fertig, da ist ein Kunde, der euch alle sehen will.«

Für heute Nacht habe ich mir ein schwarzes Kostüm im chinesischen Stil zurechtgelegt, Hose und Top, todschick. Es wirkt nicht zu billig, aber auch nicht overdressed. Ich finde es perfekt. Allerdings habe ich keine Ahnung, wie ich mich eigentlich präsentieren soll, außerdem bin ich wegen der Szene eben immer noch ganz durcheinander.

»Gehst du ganz locker an!«, versucht mich Cindy zu beruhigen, für die die Sache schon wieder Schnee von gestern zu sein scheint. »Freier wird dich nicht fressen.«

Isa geht als Erste rein, sie ist aufgetakelt wie eine Diva. Nach 30 Sekunden kommt sie wieder raus. Ich bin die Zweite. Der Typ ist noch relativ jung und völlig verpickelt. Er scheint sich nicht ganz wohl in seiner Haut zu fühlen und ich lächle ihn an.

»Hi! Ich bin Val und komme aus Frankreich«, sage ich und strecke ihm wie eine Kommunionsschülerin die Hand hin.

Er schaut mich noch nicht einmal an und es ist klar, dass ich keine Chance habe.

Eine nach der anderen stellt sich vor und er entscheidet sich schließlich für Estefanía. Cindy fragt mich, wie ich mich präsentiert habe.

»Ah, Engel, so kannst du nicht machen! Musst du ihn bespielen und verführen, ein Kuss und noch eine und noch eine, aber nicht Hand hinhalten wie Bibelvertreter.«

»Meinst du?«

»Mutter Gottes! Ja! Hat er sonst Angst wie Täubchen. Und besser Kleid wie Hose, am besten kurze.«

Seltsam, wenn ich bisher auf der Straße einen Mann erspäht habe, den ich vernaschen wollte, gab's nie ein Problem, ihn auch rumzukriegen. Hier ist das alles anders. Natürlich ist die Konkurrenz mit den Mädchen hier größer, aber ich fühle mich auch gehemmt. Ich traue mich einfach nicht richtig.

»Wenn du willst machen diese Job, dann musst du größte, du weißt schon was, von allen sein«, erklärt mir Cindy. Und es wundert mich ein bisschen, dass sie das Wort nicht ausspricht.

»Warum gibst du ihr Tipps?«, fragt Mae, während sie sich abschminkt. »Sie soll das selbst herausfinden! Wir haben schon genug Probleme, so über die Runden zu kommen, da brauchst du nicht auch noch die Konkurrenz anzufüttern.«

Cindy tut so, als hätte sie nichts verstanden, und wendet sich wieder an mich.

»Verstanden?«, fragt sie.

»Ja, Cindy. Ich danke dir für die Tipps.«

»Es war mir eine Vergnügen, Schwester.«

Und sie macht sich's auf dem Bett bequem, während Mae ihre Siebensachen packt und kommentarlos den Raum verlässt. Wir sind jetzt nur noch zu dritt im Zimmer: Cindy, Isa und ich. Wir schminken uns ab und ich beschließe, etwas zu schlafen. Ich habe zwar gar nichts gemacht, bin aber trotzdem völlig erledigt.

Es ist nicht sehr bequem in dem kleinen Zimmer, aber schließlich schlafen wir doch alle drei ein, als plötzlich Angelika in der Tür steht. Ich schrecke auf und bin noch ganz verschlafen.

»Los, Isa, hoch mit dir! In zwanzig Minuten erwartet dich ein Kunde im Hotel. Das Taxi ist schon unterwegs. Na, mach schon!«

Und damit ist sie auch schon wieder draußen. Isa macht sich in aller Eile fertig. Dieses Aufschrecken mitten in der Nacht, sich schminken und zurechtmachen müssen, ist wirklich furchtbar. Aber Isa nimmt das klaglos hin. Ich sehe auf den Wecker. Es ist drei Uhr früh. Mein Gott. Was sind das für Typen, denen es um die Zeit einfällt, ein Mädchen zu bestellen? Ich drehe mich zu Cindy um, die sich von alledem nicht beeindrucken lässt und nach Herzenslust vor sich hin schnarcht. Von Estefanía keine Spur. Wahrscheinlich ist sie noch mit ihrem Freier in der Suite zugange. Isa ist inzwischen abmarschbereit und ich beschließe, erst mal einen Kaffee zu trinken. Schlafen kann ich jetzt sowieso nicht mehr. Im Nachthemd gehe ich in die Küche zu Angelika, um ein bisschen mit ihr zu plaudern.

»Hallo Angelika!«, sage ich, noch ganz verschlafen.

Sie macht sich gerade ihre Fingernägel.

»Hallo! Du schläfst ja gar nicht. Wie war's denn heute?«, fragt sie, dabei hebt sie kurz den Kopf, um sich im nächsten Augenblick wieder ihren Nägeln zu widmen.

»Absolut tote Hose«, sage ich. »Bis jetzt jedenfalls.«

»Ach, das wird schon. Leg dich wieder hin, und eh du dich's versiehst, klingelt das Telefon. Das ist immer so. Wenn man's am wenigsten erwartet, dann passiert am meisten. Das ist wirklich so, vor allem in dem Job.«

Isa, die mächtig aufgedonnert ist, schaut noch mal rein, während der Taxifahrer bereits unten wartet.

»Hier hast du die Adresse: Hotel Princesa Sofía. Zimmer 237. Ein Mister Peter. Du rufst mich an, wenn du da bist, okay?«

Isa nimmt ohne jeden Kommentar das Zettelchen und macht sich auf den Weg.

»Ein komisches Mädchen, findest du nicht?«, fragt mich Angelika.

»Irgendwie schon. Wir hatten vorhin Streit.«

»Ja, ich weiß. Susana hat mir davon erzählt. Sie hat's auch nicht leicht. In Ecuador sitzen zwei Kinder, wusstest du das?«

»Nein, davon hatte ich keine Ahnung«, sage ich überrascht.

»Ja, so ist das. Und weißt du, was ich nicht verstehe? Sie ist diejenige, die hier am meisten verdient, und trotzdem will sie die Kinder nicht nach Spanien holen. Ich bin selbst Mutter und ich sag dir, das krieg ich nicht in meinen Kopf rein.«

»Du hast Kinder?«

Ihr Augen fangen auf einmal an zu leuchten.

»Einen wunderbaren Sohn«, antwortet sie. »Und du?«

»Nein, bis jetzt noch nicht.«

»Du machst diesen Job also nicht, weil zu Hause hungrige Mäuler warten. Umso besser!«

Ich hätte jetzt eigentlich erwartet, dass sie nach den Gründen fragt, warum ich wirklich hier bin. Aber das tut sie nicht. Ich überlege gerade, ob ich es nicht von mir aus erzählen soll, da kommt Estefanía rein. Ihre Wimperntusche ist verlaufen und sie sieht müde aus.

»Mein Gott, er will noch eine Stunde. Hier ist die Kohle«, sagt sie zu Angelika.

»Freu dich doch! Die Nacht lohnt sich für dich, mein Zuckerpüppchen.«

»Ja, ja, aber der Typ geht mir langsam auf die Nerven.«

Mehr sagt sie nicht und schon ist sie wieder draußen.

»Donnerwetter, die leistet wirklich ganze Arbeit«, sage ich bewundernd.

»Sie und Isa machen am meisten. Von Dienstag bis Freitag ist sie hier im Haus, Tag und Nacht. Erschreckend, oder?« Angelika macht eine kurze Pause und fährt dann fort: »Weißt du, was das Schlimmste von allem ist?«

»Was?«

»Sie schuftet, um einen Kerl auszuhalten, der den ganzen Tag nur auf der faulen Haut liegt. Ist das zu fassen?«

»Was soll das heißen? Ist er ihr Zuhälter?«

»In gewisser Weise schon, wenn man mal davon ausgeht, dass sie die Kohle ranschafft und er alles verjubelt.«

»Na ja, haben wir nicht alle irgendwann einmal einen Mann ausgehalten?«, frage ich und denke an das Drama mit Jaime.

»Ich jedenfalls nicht! Weißt du, wenn die Mädels hier schon arbeiten wie die Tiere und ihren Körper verkaufen, dann soll das Geld, das sie verdienen, wenigstens ihnen allein gehören!« Sie hat sich ganz schön in Rage geredet. »Ich muss leiser sprechen, denn hier haben die Wände Ohren.«

»Was meinst du damit?«, frage ich überrascht.

»Die Besitzer«, flüstert mir Angelika zu.

»Die Besitzer? Was ist mit ihnen? Die haben doch nicht etwa die Wohnung verwanzt?«, sage ich im Scherz. Ich kann mir so was beim besten Willen nicht vorstellen.

Angelika ist auf einmal sehr ernst und legt mir einen Finger auf den Mund.

»Psst! Sie könnten dich hören.« Sie flüstert weiter: »Es gibt hier wirklich Mikrofone, in allen Zimmern, nur in der Küche nicht. Und auch das Telefon ist angezapft.«

»Was?«, entfährt es mir entsetzt.

»Ja. Haben dir das die Mädchen noch nicht erzählt? Das ist zur Kontrolle, damit sie nicht auf die Idee kommen, den Freiern ihre Privatnummern zu geben. Und das mit dem Telefon ist gedacht, um zu sehen, ob wir Hausdamen unseren Job gut machen. Wie in einem schlechten Film, oder?«

»Schlimmer! Ich finde das fast schon unverschämt. Das ist ja ein richtiger Eingriff in die Intimsphäre. Ich meine, so eine totale Überwachung! Und wenn ein Mädchen dem Kunden wirklich ihre Nummer geben will, dann schafft sie das irgendwie auch so, oder?«

»Das ist eh klar!«, stimmt Angelika zu. »Wenn du den Freier im Hotel triffst, kannst du ja machen, was du willst. Aber du solltest sehr, sehr vorsichtig sein, was Manolo, den Besitzer, betrifft. Cristina, seine Frau, ist ja wirklich nett, aber er …«

»Dem bin ich bisher noch gar nicht begegnet.«

»Er ist ein echtes Ekel! Vom Typ her so 'n Fernfahrer-Proll, verstehst du, was ich meine? Total primitiv und auch ständig so aggressiv. Na ja, wirst ihn ja kennen lernen. Was mich auch noch nervt, ist diese Doppelstrategie der beiden: Er macht die Mädels hier im Haus rund und sie kommt hinterher als die große Trösterin. Sie behandeln die Mädchen, als wären sie ihre Erziehungsberechtigten.«

Na bitte! Da ist er doch noch, mein Proll-Zuhälter, die fiese Narbenfresse, die ich mir an so einem Ort immer vorgestellt habe. Hört sich vielversprechend an.

»Du wirst schon sehen, dass ich nicht übertrieben habe. Aber das bleibt unter uns, okay?« Angelika scheint etwas besorgt zu sein. »Ich kann's mir nicht leisten, den Job zu verlieren. Kohlemäßig steht mir das Wasser im Moment Oberkante Unterlippe. Ich hab zwar tagsüber noch zwei, drei kleinere Sachen, aber das reicht halt nicht, verstehst du?«

»Ja, natürlich. Mach dir keine Sorgen. Aber jetzt geh ich erst mal wieder ins Bett. Ich bin dermaßen erschlagen.«

»Ach ja, und noch was.« Angelikas Miene wird ernster als gewöhnlich. »Hüte dich vor Susana, der Hausdame von der Tagesschicht. Die hat einen an der Waffel.«

»Okay, danke für die Tipps.« Ich muss gähnen und schenke der letzten Bemerkung ehrlich gesagt nicht allzu viel Beachtung.

Während ich zurück zum Zimmer gehe, frage ich mich, warum Angelika mir das alles erzählt hat. Sie kennt mich doch gar nicht. Alles sehr merkwürdig! Eins ist sicher: Ich muss auf der Hut sein. Manolo, die Mikrofone, Susana ... mir kommt das alles ein bisschen vor wie in einer Reality-Show. Aber was erwarte ich auch, schließlich befinden wir uns hier in einem Puff. Und das ist es ja auch, was mir den Kick gibt, den ich gesucht habe. Endlich passiert mal wieder was in meinem Leben. Etwas, das ich mir ausgesucht habe. Und das ist es doch!

Ich mache die Zimmertür ganz leise auf, um Cindy nicht zu wecken. Aber das wäre gar nicht nötig gewesen, denn sie liegt immer noch so da wie vorhin und schnarcht wie ein alter Bierkutscher. Es gibt wahrscheinlich nichts, was sie aus ihren süßen Träumen reißen könnte.

Ich lege mich hin und bin gerade eingeschlafen, als Angelika wieder ins Zimmer kommt, das Licht anknipst und mich weckt.

»Sag mal, kannst du eigentlich gut Englisch?«, fragt sie mich, während sie an meiner Schulter rüttelt.

»Ja, sogar ziemlich gut.«

»Dann raus aus den Federn. Da hat ein Freier angerufen, der im Juan Carlos abgestiegen ist und eine Europäerin möchte, die Englisch spricht.«

Also wieder aufstehen. Das macht mich fertig! Aber, wie gesagt, das Schlimmste um die Zeit ist das Schminken und sich in Schale werfen. Allein um die Ringe unter den Augen wegzukriegen, bräuchte eine geübte Maskenbildnerin zwei Tage. Das ist wirklich nicht witzig. Und es ist gerade mal meine erste Nacht im Haus!

»Ich ruf dir 'n Taxi. Na los, mach schon!« Angelika ist richtig ungeduldig. »Hier hast du die genaue Anschrift. Er heißt Sam und wartet in Zimmer 315. Für die Stunde zahlt er 60 000 Peseten.«

Als sie die Summe hört, wacht sogar Cindy kurz auf und murmelt so etwas wie »Viel Glück«. Dann dreht sie sich wieder um. Mit Geld kann man sie also aus ihren tiefsten Träumen locken. Neben ihr liegt Estefanía. Ich hatte gar nicht mitgekriegt, wie sie reinkam. Sie schläft wie eine Tote. Wie viele Mädchen in das Bett passen? Der Rekord liegt später bei fünf.

Der Typ, zu dem ich jetzt fahre, muss einen ganz schönen Appetit haben, dass er um diese Zeit anruft – es ist fünf Uhr morgens.

Ich gehe leise die Treppe runter und ärgere mich, dass das Taxi noch nicht da ist. Vor dem Haus grölen ein paar Besoffene rum, die gerade aus dem Striptease-Laden gegenüber torkeln. Sie rufen mir irgendwelche Zoten rüber, aber ich beachte sie nicht weiter. Was habe ich mit diesen versoffenen Pennern zu tun? Nichts! Ich spiele in einer anderen Liga. Ich werde gleich einen Herrn bedienen, der mir 60 000 Peseten die Stunde bezahlt. In einem Luxushotel. Fünf Sterne! Und es ist gar nicht ausgeschlossen, dass ich meinen Spaß dabei haben werde. Als ich mich bei diesem Gedanken ertappe, muss ich schmunzeln. Letztlich ja doch alles nur eine Frage des Preises.

Endlich kommt das Taxi. Ich gebe dem Fahrer die Adresse, und er weiß natürlich sofort, was die Stunde geschlagen hat. Er gafft mich im Rückspiegel an und versucht ein Gespräch anzufangen. Ich lächle unterkühlt und schweige.

Im Hotel angekommen, gehe ich direkt zum Fahrstuhl, ohne irgendetwas zum Nachtportier zu sagen. So wirke ich am ehesten wie ein Gast. Er fragt auch nicht und ich fahre in den dritten Stock. Ich klopfe, der Kunde öffnet und ich stehe einem hochgewachsenen Asiaten gegenüber, wahrscheinlich ein Inder. Er ist mir auf Anhieb sympathisch, wie er da so steht, in seinem freundlichen, weißen Bademantel.

»Hi. Du bist Sam?«, frage ich ihn auf Englisch. Er lächelt und antwortet – ebenfalls auf Englisch:

»Ja, das bin ich. Und du bist das Mädchen, das mir angekündigt wurde. Sehr gut.«

»Ja, ich bin Val. *A pleasure.*«

Er bittet mich herein. Auf dem Nachttisch liegt bereits das Geld.

»Steck es ruhig ein«, sagt er. »Das ist für dich.«

»Vielen Dank! Dürfte ich wohl kurz in der Agentur anrufen, um Bescheid zu geben, dass alles in Ordnung ist?«

»Aber bitte!« Und er verschwindet im Badezimmer.

Ich gebe Angelika durch, dass alles okay ist, und fange dann an mich auszuziehen. Als Sam zurückkommt, bietet er mir an, dass ich mich ebenfalls im Bad noch etwas frisch machen könne, wenn ich wolle. Er ist sehr zuvorkommend, und während ich für einen Augenblick verschwinde, serviert Sam etwas Rotwein aus der Minibar.

Die Stunde mit ihm ist sehr angenehm. Ich habe zwar keinen Orgasmus, genieße aber dennoch seine vollendeten Zärtlichkeiten. Als wir fertig sind, gibt er mir zusätzlich 20 000 und seine Karte, falls ich mal Hilfe brauche. Außerdem verspricht er mir, immer wieder gerne auf mich zurückzukommen, wenn er in Barcelona absteigt. Ich muss mich sputen, denn Angelika ruft schon an, um mich darauf hinzuweisen, dass die Stunde längst vorbei ist. Ich hatte die Zeit völlig vergessen.

»Ich hab damit kein Problem«, erklärt mir Angelika, »aber bei Susana kannst du das nicht bringen, da wird die stocksauer. Gib also ein bisschen Acht auf die Zeit. Weißt du, man könnte sonst denken, du machst irgendeinen Deal mit dem Freier, lieferst uns aber nur die Kohle für sechzig Minuten ab. Verstehst du?«

Gegen sieben bin ich wieder zurück im Haus. Ich gebe Angelika das Geld, erzähle aber weder etwas von dem Trinkgeld noch von der Visitenkarte. Dann lege ich mich noch mal hin.

# Manolo, der Fernfahrer

*3. September 1999*

Neun Uhr morgens.

Ich wache auf, weil im Haus ein Mordslärm ist. Irgendjemand brüllt rum wie ein Stier. Außer mir und den ganzen Laken liegt keiner mehr im Bett. Ich stehe auf und gehe rüber, um mir einen Kaffee zu holen. In der Küche treffe ich ihn dann: Manolo. Dunkle Haare, breites Kreuz, Shorts, speckiger Ledergürtel mit prall gefülltem Täschchen dran. Auf seinem sandfarbenen Hemdchen steht ›I love Nicaragua‹. Es scheint, als habe er sich eben ziemlich aufgeregt. Auch Susana ist puterrot. Er starrt mich für einen Augenblick an, als wäre ich ein Einbrecher. Klar, wir kennen uns noch nicht, aber ich weiß sofort, wer er ist. Er ist genauso, wie Angelika ihn beschrieben hat. Wie es aussieht, bin ich im Moment das einzige Mädchen im Haus, die anderen scheinen sich alle aus dem Staub gemacht zu haben. Bei dem Gedanken daran wird mir doch etwas mulmig.

»Wer bist du denn?« Manolo bricht das Schweigen als Erster.

»Hi, ich bin Val. Die Neue. Ich habe vorgestern angefangen.«

»Ah, ja. Stimmt, meine Frau hat mir da was erzählt. Dass eine Neue gekommen ist oder so. Ich bin Manolo«, sagt er und hält mir seine fleischige Pranke hin.

Er ist etwas abwesend, als ich ihm die Hand gebe. Offensichtlich beschäftigt ihn gerade etwas anderes. Und tatsächlich:

»Ich habe dieser Dumpfbacke Susana gerade verklickert, dass ich die Schnauze voll habe von den Stutenbeißereien zwischen den Mädels. Sie hat als Hausdame für Ruhe im Puff zu sorgen! Hab ich Recht oder hab ich Recht?«

Ich bin mir nicht sicher, ob dieser Proll wirklich nach meiner Meinung fragt, noch dazu, wo Susana vor uns steht. Ich bin zwar erst ein paar Stunden da, aber so viel habe ich inzwischen begriffen: Wenn man es sich mit der Hausdame verscherzt, dann sieht's schlecht aus mit Aufträgen.

»Hast du das kapiert, Schafsgesicht? Mir geht es auf die Eier, wenn mich die Spritzbüchsen aus'm Bett klingeln, um mir die Ohren voll zu heulen! Entweder du machst deinen Job, wie es sich gehört, oder du kannst von mir aus draußen den Bordstein schleifen. Kann mir allerdings kaum vorstellen, dass bei dir Schabracke noch einer Männchen macht.«

Manolo ist ein Prolet vor dem Herrn. Ich kann kaum glauben, wie sehr er dem stereotypen Bild des aggressiven und primitiven Zuhälters entspricht. Kein Wunder, dass Susana angeblich einen an der Waffel hat, wie sich Angelika ausdrückte. Bei so einem Chef muss man ja durchdrehen.

Ich beschließe, Manolo gegenüber völlig emotionslos aufzutreten. Ich habe absolut keine Lust, mich auf sein Niveau runterzubegeben. Ich mache mir einen Kaffee, gebe Susana die 150 Peseten und verschwinde in den Salon, um meine Ruhe zu haben.

In der Wohnung unter uns sind gerade die Handwerker mit ihren Schlagbohrmaschinen zugange, während Manolo in der Küche weiter mit Susana rumbrüllt. Wirklich eine angenehme Geräuschkulisse!

»Die bringen mit ihrem Gebohre noch diesen ganzen verfluchten Hühnerstall zum Einsturz!«, brüllt Manolo.

Susana folgt ihrem Chef trotz allem auf Schritt und Tritt, wie ein kleines Hündchen. Ja, sie hat sogar manche seiner Bewegungen angenommen, wenn sie mit ihrer Zigarette herumgestikuliert.

»So geht das jeden Tag«, erklärt sie.

»Diese verdammten Kuffnucken sollen endlich mit dem Krach aufhören! Na, die kriegen jetzt was von mir zu hören!«

»Zu Recht!«

Manolo dreht sich noch mal zu Susana um und fuchtelt mit seinem Zeigefinger vor ihrer Nase herum.

»Hör zu, altes Rübenloch, wenn mir hier noch ein einziges Mal so was vorkommt, dann ist hier der Aal für dich gelutscht, klar!«

»Klar, Manolo.« Susana ist völlig eingeschüchtert.

Er wirft mir noch einen kurzen Blick zu und verschwindet.

»Nicht ganz einfach, der Kollege, oder?« Ich versuche, Susana etwas Mut zu machen.

»Ach, Probleme gibt's immer, und er hat ja Recht. Das geht doch nicht, dass die Mädels nachts bei ihm anrufen, um sich auszuheulen.«

Ich bin völlig perplex, dass Susana auf Manolo gar nicht wütend zu sein scheint. Ja, ihrem Blick nach zu urteilen, könnte man fast meinen, ich hätte an allem Schuld. Sie scheint seltsam masochistisch veranlagt zu sein.

Es klingelt an der Tür. Susana führt den Kunden in den Salon, während ich mit dem Kaffee in der Hand rasch ins kleine Zimmer gehe, damit er mich nicht so sieht. Nach einer Weile kommt sie, um mir zu sagen, dass ich mich fertig machen soll, denn außer mir wäre keine mehr da.

»Ich kann mich doch so nicht dem Kunden präsentieren, Susana. Schau doch mal, wie ich aussehe, mit den Ringen unter den Augen. Ich bin wirklich hundemüde. Am besten, ich gehe heim und ruhe mich etwas aus.«

»Schätzchen, das geht nicht. Ich dachte, du willst arbeiten.«

»Natürlich will ich arbeiten. Aber ich muss doch einigermaßen fit sein.«

»Schluss jetzt, du machst dich fertig, schminkst dich und dann wird der Kunde entscheiden, ob du fit bist oder nicht.«

Ich atme tief durch und sage Ja. Nicht, weil ich zu feige wäre, ihr die Meinung zu sagen. Ich will einfach keinen Ärger haben. Ich will arbeiten, also mache ich mich zurecht.

Natürlich hat der Kunde keine Lust auf mein müdes Gesicht und lässt sich lieber das Goldene Buch geben.

»Hab ich dir doch gleich gesagt«, sage ich zu Susana, während ich mir die Jeans anziehe.

»Also, dann kannst du jetzt nach Hause gehen. Estefanía wird gleich kommen. Ich habe sie eben angerufen und sie ist gerade mit dem Frühstück fertig. Ich bin sicher, der Kunde wird mit ihr einverstanden sein. Aber was du mit deinem Gesicht angestellt hast, würde mich wirklich mal interessieren.« Sie betrachtet mich dabei ganz schief aus den Augenwinkeln.

Jetzt wird mir langsam klar, warum die Mädchen ihr ganzes Geld für Garderobe ausgeben, sich überall Silikon einpflanzen lassen oder den halben Tag vorm Spiegel stehen. Wenn man ständig so was gesagt bekommt, dann muss man ja Komplexe kriegen. Na ja, mein Selbstwertgefühl ist sowieso schon reichlich ramponiert, also mach ich mir nichts draus, nehme meine Sachen und gehe nach Hause.

# Der Schwamm

*4. September 1999*

Gestern konnte ich nicht arbeiten, weil ich meine Tage bekommen habe. Ich war ziemlich schlecht drauf und bin den ganzen Tag im Bett geblieben.

Gegen elf Uhr vormittags rief Cristina an, um zu hören, wie es mir ginge. Außerdem war sie gerade dabei, den Ausflug mit dem Fotografen für unser Shooting zu organisieren.

»Oje, Cristina, im Moment geht's mir wirklich gar nicht gut. Ich hoffe, dass ich in sechs Tagen wieder auf den Beinen bin.«

»Sechs Tage?!«, rief sie. »Deine Regel dauert sechs Tage?«

»Ja, leider. Aber vielleicht können wir übermorgen zumindest die Fotos machen.«

»Okay. Ich habe mit dem Fotografen gesprochen. Er würde am liebsten an die Costa Brava fahren. Da gibt es sehr schöne Ecken und wir machen ein paar tolle Bilder, was meinst du?«

»Phantastisch!«

»Wir müssen allerdings früh los, so um sechs. Da ist das Licht am besten.«

»Verstehe. Ist zwar ganz schön früh, aber okay. Ich bin ja auch froh, wenn ich die Fotos endlich habe.«

»Komm doch einfach heute Nachmittag vorbei und wir besprechen alles, Klamotten, Schuhe und so weiter. Ich bin so gegen vier da.«

»Prima! Dann bis heute Nachmittag.«

Als ich gegen sechzehn Uhr eintreffe, sind wesentlich mehr Mädchen da als sonst. Wie üblich sitzen sie alle im Salon und sehen sich irgendeinen Nachmittagsquatsch im Fernsehen an. Cindy, die Portugiesin, wedelt mit einem Räucherstäbchen durchs Zimmer. Der ganze Raum riecht nach Zimt.

»Weißt du, Zimt und Geld sind sehr gute Freunde«, erklärt sie mir, wahrscheinlich, weil ich etwas irritiert dreinschaue. »Wenn hier alles fertig, ich werde geben Zimtzauber über Telefon. Das lockt Kundschaft an.«

Obwohl Cindy das alles mit allergrößtem Ernst betreibt, muss ich ein wenig kichern. In diesem Moment zwängt sich aus dem Badezimmer eine blonde, sehr langhaarige Kollegin heraus, die ich noch nicht kenne. Sie sieht aus wie eine Barbiepuppe mit riesigen Brüsten, die vollständig aus Silikon sein dürften, ebenso wohl auch die Lippen. Selbst die eigenartig ausdruckslose Augenpartie sieht aus, als hätte ein Chirurg Hand angelegt. Alles ist perfekt, aber hochgradig künstlich. Auf mich wirkt ihre Erscheinung monströs. Vor lauter Busen scheint sie kaum atmen zu können. Sie sieht mich, sagt aber kein Wort. Stattdessen setzt sie sich zu Isa, die gerade dabei ist, ihre Lippen mit einem neuen Rot nachzuziehen. Klar, die beiden sind Freundinnen, und deshalb hasst mich Barbielein, noch bevor sie mich überhaupt kennen gelernt hat. Isa hat ihr bestimmt schon eine Menge von mir erzählt. Was, will ich gar nicht wissen.

Cristina kommt in den Salon und begrüßt mich.

»Komm doch in die Küche, da können wir uns besser unterhalten«, sagt sie aufgeräumt.

Ich nehme an, dass sie etwa im achten Monat ist. Das

Laufen fällt ihr deshalb nicht ganz leicht. Ihrer stets guten Laune scheint das keinen Abbruch zu tun.

»Das war eben übrigens Sara. Ihr kennt euch noch gar nicht, oder?«

»Nein, ich habe sie zum ersten Mal gesehen.«

»Sie ist schon ein paar Jahre bei uns im Haus. Die Männer lieben sie.«

»Ah ja?« Männer und Geschmack, denke ich bei mir, leicht angeekelt.

»Am Anfang ist sie oft ein bisschen merkwürdig, aber nach und nach taut sie dann auf. Das ist normal bei ihr.«

Ehrlich gesagt, ist es mir inzwischen völlig egal, wer mit mir spricht und wer nicht. Ich hatte vorher immer gedacht, dass in so einem Umfeld der Zusammenhalt zwischen den Mädchen größer wäre. Aber da habe ich mich geirrt und das enttäuscht mich doch ein bisschen.

»Ich habe jeden Tag mehr das Gefühl, gleich zu platzen«, sagt Cristina. »So eine Schwangerschaft ist wirklich ein Martyrium. Ich mache drei Kreuze, wenn das Baby endlich da ist!«

»Tja, das kann ich mir vorstellen«, antworte ich. »Und dazu noch die Hitze.«

»Ich kann dir sagen! Und alles muss ich alleine machen. Manolo ist ja ein feiner Kerl, aber er hat nur Augen für's Geschäft. Wenn er mir wenigstens mal was abnehmen würde! Du hast ihn ja schon kennen gelernt, oder?«

»Ja, gestern früh. Ich muss schrecklich ausgesehen haben – nach der Nacht und dann auch noch kurz vor meiner Regel.«

»Er ist ein ziemlicher Brüllaffe, was?« Sie lacht. »Ich hab's ihm schon tausend Mal gesagt, Mensch, Manolo, reg dich nicht so auf, das ist schlecht für den Blutdruck.

Aber auf mich hört ja keiner.« Sie legt seufzend ihre Hand auf den Bauch. »Gott sei Dank bin ich das genaue Gegenteil von ihm. In diesem Job musst du die Ruhe bewahren. Probleme gibt's immer. Die Frage ist nur, wie man damit umgeht, stimmt's?«

»Ich glaube, ich sehe das genauso.«

»Manolo und ich führen übrigens auch eine Boutique. Da gibt's wirklich hübsche Sachen. Wenn du was brauchst, machen wir dir einen Sonderpreis.«

»Hört sich gut an.«

»Aber um noch mal auf unser Shooting zurückzukommen. Bleibt es bei übermorgen? Du müsstest dir ein paar schicke Sachen mitbringen und ein bisschen Schminkzeug, damit man immer mal was nachziehen kann, denn du wirst ganz schön ins Schwitzen kommen.« Ich habe den Eindruck, sie denkt an alles. Und dann sagt sie: »Was deine Regel betrifft, ist dir schon klar, dass du einen ziemlichen Verdienstausfall in den Tagen hast, oder?«

»Ja, schon, nur, was soll ich denn machen?«

»Es gibt einen kleinen Trick, bei dem der Freier gar nichts merkt.«

»Ach wirklich?«

Jeder Tag, den ich hier verlebe, scheint mit neuen Überraschungen aufzuwarten. Ich bin immer erstaunter. Cristina setzt ihre Erklärung fort: »Berufsgeheimnis, Schätzchen. Wenn du einen Kunden hast, nimmst du anstelle des Tampons einen Schwamm, am besten einen Naturschwamm, weißt du, diese dicken mit den vielen Löchern drin. Da schneidest du dir ein Stück ab, nicht zu groß. Und ich verspreche dir, der Kunde merkt absolut nichts.«

»Das funktioniert?!« Ich kann das kaum glauben.

»Ich schwör's dir! Probier's aus, du wirst schon sehen.«

Diese Frau will das Maximum aus mir herausholen.

»Weißt du, ich habe nämlich eine Anfrage für heute Abend. Zwei Politiker aus Madrid. Cindy steht schon fest, und ich könnte mir vorstellen, dass du die passende Ergänzung wärst. Die Herren haben um zwei niveauvolle Mädchen gebeten, die sie etwas unterhalten. Gebucht haben sie bis jetzt nur eine Stunde Begleitservice. Aber wenn ihr euch gut versteht, dann ist da bestimmt noch mehr drin.«

Ich denke einen Augenblick lang nach, aber da sich das alles sehr gut anhört, sage ich ja.

»Einverstanden. Um wie viel Uhr ist das Treffen?«

»Um Mitternacht. Und, das ist ein bisschen delikat, nur einer von den beiden weiß, dass ihr bezahlt werdet. Für den anderen muss es aussehen wie eine zufällige Begegnung, also als ob du eine Freundin von dem ersten wärst. Der Kollege darf keinesfalls erfahren, wie es wirklich aussieht, okay?«

»Wie soll das denn funktionieren?«

Das Ganze scheint mir doch ziemlich waghalsig zu sein.

»Also, Manuel – der, der Bescheid weiß – wird gegen Mitternacht in Begleitung seines Freundes in die verabredete Bar kommen. Er trägt einen grauen Anzug mit einer roten Krawatte von Loewe. Wenn du Manuel siehst, begrüßt du ihn, als würdet ihr euch von irgendwoher kennen. Er lädt euch dann ganz spontan zu einem Drink an der Bar ein. Das ist alles.«

»Na ja, mir wird schon was einfallen.«

»So gefällst du mir! Cindy hat Manuel schon auf dem Foto gesehen, und von dir habe ich ihm ausführlich erzählt. Da du besser Spanisch sprichst als sie, ist es an dir, die ›spontane‹ Begegnung zu arrangieren. Deine Freundin ist dann eben gerade aus Lissabon zu Besuch da.« Sie holt kurz Luft und notiert auf einem Zettel die Adresse der Bar. »Da trefft ihr euch um Mitternacht. Aber komm vorher hierher, um Cindy abzuholen. Alles klar?«

»Alles klar!«

»Und übermorgen früh um sechs treffen wir uns hier mit dem Fotografen zu unserem Ausflug, okay?«

»Okay!«

# Politisch unkorrekt ...

*4. September 1999, abends*

Nach dem Gespräch mit Cristina fahre ich nach Hause, um was Passendes für heute Abend und vor allem für das Shooting übermorgen auszusuchen. Am Abend mache ich mich dann rechtzeitig auf den Weg, um Cindy abzuholen. Diese Art von Rendezvous ist ganz nach meinem Geschmack und bringt mich so richtig auf Touren. Das Blut pocht nur so in meinen Schläfen.

Als ich ankomme, ist Cindy schon fertig und wir nehmen ein Taxi in die verabredete Bar. Ich kann mir schon denken, was das für Politiker sind, die wir gleich treffen werden: Anzüge von Ermenegildo Zegna, in den Taschen wichtige Vorlagen und unzählige Visitenkarten, irgendwo eine Rede, die sie am nächsten Tag halten müssen, geschrieben von Leuten, die rhetorisch weitaus mehr auf dem Kasten haben als sie selbst. Ich habe noch nie mit einem Politiker zu tun gehabt. Wie wird dieser Manuel wohl mit mir sprechen? Immerhin müssen wir uns eine Stunde lang unterhalten. Hoffentlich wird es nicht allzu zäh.

»Wie ist dieser Manuel?« Cindy unterbricht mich in meinen Gedanken.

»Wenn ich das wüsste!«, rufe ich. »Ich weiß nur, dass er einen grauen Anzug und eine rote Krawatte von Loewe trägt.«

»Und wie sieht aus Krawatte von Loewe? Rot von Blut? Oder rot wie Liebe?«, fragt Cindy und zieht den Saum ihres Rockes glatt, der beim Einsteigen ins Taxi etwas hochgerutscht war. Sie hat sehr schöne Strümpfe mit wahnsinnig erotischen Spitzen an. Cindy ist an diesem Abend sehr sexy.

»Ich weiß es nicht, Cindy. Aber wir werden sie schon erkennen.«

Die Bar ist oben in Tibidabo, von wo aus man einen herrlichen Blick über ganz Barcelona hat. In der Bar herrscht gedämpftes Licht und die Musik dröhnt heftig. Hier sollen wir also zwei Politiker aus Madrid finden, na, danke schön. Bei dem Krach werden wir uns anbrüllen müssen, um uns zu unterhalten.

Ich lasse Cindy für einen Moment allein und gehe auf die Toilette, in der Tasche den Schwamm. Ich wollte ihn nicht vorher einsetzen. Aber ich habe zu Hause alles vorbereitet und ihn in drei Stücke geschnitten, damit er nicht zu groß ist. Das Einführen klappt so lala. Ich finde es doch eher unangenehm. Da der Schwamm ganz trocken ist, brauche ich relativ lange. Als ich wieder zu Cindy stoße, ist sie damit beschäftigt, jeden Mann, der die Bar betritt, sorgfältig zu mustern. In dem schummrigen Licht sind alle Katzen grau und die Anzüge sowieso. Das wird nicht einfach für uns.

»Siehst du rote Krawatte mit graue Politiker dran?«, fragt mich Cindy.

»Fehlanzeige! Aber es ist ja noch nicht Mitternacht. Vielleicht kommen sie auch etwas später. Komm, lass uns was trinken.«

Wir bestellen Gin Tonic und Whisky Cola. Beim Plaudern merke ich wieder, wie sympathisch mir Cindy ist. Sie hat erfrischende Ansichten und eine unverhohlene Abneigung gegen Männer.

»Ah, Männer sollen zur Hölle fahren, von mir aus! Für

Arbeit ja, sonst nein!« Und sie hebt das Glas, um mit mir darauf anzustoßen.

»Hast du denn keinen Freund?«

»Freund!« Sie schreit, nicht nur, um sich bei dem Krach verständlich zu machen. »Bist du närrisch? Für Kontrolle und Nase überall reinstecken? Und dann großes Theater, wenn herauskriegt, was ich mache? Dreimal Nein und schwarzer Kater! Habe schon genug von Vater meiner Tochter.«

»Was war denn mit ihm?«

»Zwei Jahre nach Geburt hat er sich zu Staub gemacht wegen anderer Frau. Spinatficker! Und jetzt kommt alle Jubeljahr, um Tochter zu sehen. Kommt, aber bringt keine Scheine mit. Aber hat Geld wie Hurenkönig! Wozu da Freund? Außerdem macht mich nur noch scharf wie Gift, wenn Mann kauft Ticket für Achterbahnfahren.«

»Klare Ansage!« Ich weiß gar nicht, was ich darauf erwidern soll. »Und wie läuft's bei der Arbeit?«

»Na ja, hast du Tage, wo is was los, und Tage, wo sitzt du auf Eierschaukel. Aber knöpfe ich immer mal Tasche auf.«

»Was?!« Cindy ist wirklich sehr nett, aber ich habe manchmal richtige Probleme, sie mit ihren portugiesischen Ausdrücken zu verstehen, noch dazu bei dem Lärm.

»Ich finde immer Job. Hab ich schon in New York und London Milieu gemacht. Bin paar Jahre in Geschäft. Und du?«

Mein Vertrauen zu ihr wächst zwar immer mehr, aber zu sehr will ich doch nicht ins Detail gehen.

»Ich fing damit an, weil ich Schulden habe. Wegen einem Mann, verstehst du?«

»Ja! Sehr gut! Und jetzt lässt du bei Männern Knöpfe springen! Ist wie Rache.«

»Mag sein. Aber ich glaube, es ist nicht nur das.«

Während ich versuche, Cindy zu erklären, was meine eigentlichen Motive sind, habe ich auf einmal das Gefühl, dass mich jemand mit seinen Blicken fast auszieht. Ich drehe mich leicht um und sehe einen Mann, der seinem Freund etwas ins Ohr flüstert. Die beiden haben keine Begleitung. Das sind sie! Ich würde bei dem Licht zwar nicht meine Hand dafür ins Feuer legen, dass die Krawatte des einen rot ist, aber da die beiden das einzige männliche Duo weit und breit sind, beschließe ich, die Sache anzugehen. Ich stehe mitten im Satz auf und beschließe, auf den zuzugehen, der mich ansieht. Da merke ich auf einmal, dass irgendwas zwischen meinen Beinen komisch ist. Der verflixte Schwamm! Offensichtlich ist er verrutscht und zwickt jetzt fürchterlich in meinem Unterleib. Ich komme mir vor, als würde ich auf Eiern gehen.

Cindy merkt, dass etwas nicht stimmt.

»Alles okay mit dir?«, fragt sie mich sichtlich besorgt.

»Ja, ja. Alles okay. Nur der Schwamm ... na, wird schon gehen. Da drüben sind sie. Ich bin gleich wieder da.«

Mir stehen Schweißperlen auf der Stirn, aber jetzt gibt's kein Zurück mehr.

»Manuel? Was machst du denn hier? Du bist doch Manuel? Wir haben uns ja schon eine Ewigkeit nicht mehr gesehen!«, begrüße ich ihn mit einem breiten Grinsen.

»Sorry, aber ich heiße Antonio und das ist mein Freund Carlos. Und wie ist dein Name, schöne Fremde?«, antwortet mir der Typ, dessen Anzug so grau und dessen Krawatte so rot schien, aus der Ferne jedenfalls.

Als er seinen Namen nennt, ist mir die ganze Situation auf einmal unglaublich peinlich.

»Entschuldige bitte, ich hab dich mit jemandem verwechselt. Tut mir leid, das war ... wegen dem Licht, und ich war mir sowieso nicht ganz sicher.«

Bevor die beiden noch irgendetwas erwidern können, stakse ich mit meinem unbequemen Schwämmchen zwischen den Beinen schamesrot zurück an unseren Tisch. Cindy hat sich mittlerweile mit ein paar Typen vom Nebentisch angefreundet.

»Kommen aus Kuwait«, erklärt sie mir. »Sprechen Englisch, aber nicht Spanisch. Ich spreche *un poquinho* Englisch, aber nicht gut. Du?«

»Mensch, Cindy, was machst du denn da? Wir warten auf Kundschaft. Du kannst dich doch nicht einfach von diesen Typen anquatschen lassen!«

Die Kuwaiter lächeln mich in einer Art an, die keine Fragen offen lässt.

»Val, wenn Kundschaft nicht kommt, nehmen wir Söhne der Wüste. Die haben Geld. Müssen wir nichts abgeben und nicht Bescheid sagen im Haus.«

»Bist du verrückt geworden? Susana wartet doch auf unseren Anruf. Und wenn diese Politiker wirklich nicht auftauchen, dann müssen wir zurückfahren.«

»Soll sie bisschen warten, dann sowieso Schichtwechsel und Angelika kommt. Die ist so nett. Kommen wir dann Stunde später nach Hause und sagen Politiker nicht gekommen. Genug Zeit so lange für Vernaschen von Scheichs.«

Für sie sind die Dinge so einfach.

»Dürfte ich Sie auf einen Drink einladen?«, fragt mich plötzlich einer der Kuwaiter in bestem Englisch.

»Vielen Dank, aber wir warten auf ein paar Freunde.« Ich antworte ihm ebenfalls auf Englisch, so höflich wie es nur geht.

Die ganze Situation hier wird immer vertrackter.

»Gebe ich ihnen meine Telefonnummer«, sagt Cindy und fängt an, in ihrer Tasche nach einem Stift und einem Zettel zu suchen.

»*You want call me other time*«, radebrecht sie und gibt einem der Typen den Zettel mit ihrer Nummer.

»Und, bist du jetzt zufrieden?« Ich bin fast ein wenig wütend. »Alle Welt starrt uns an. Das sieht doch jetzt aus, als wären wir irgendwelche billigen Nutten.«

»Nicht aufregen, Val. Wirst sehen, Blick von Männer ist erste Schritt zu klingelnde Münze in Sack.«

Dabei lacht sie.

Mag sein, sie hat Recht, aber so weit bin ich noch nicht.

»Val?«

Ich drehe mich um, und vor mir steht ein attraktiver Mann, Mitte, Ende dreißig. Er trägt einen grauen Anzug und eine rote Krawatte. Der Typ hat Klasse. Ohne zu zögern erwidere ich:

»Manuel! Das gibt's doch nicht! Was machst du denn hier? Ich denke, du bist in Madrid?«

Er begrüßt mich mit Küsschen rechts, Küsschen links, als wären wir uralte Freunde.

»Du siehst ja blendend aus! Und keinen Tag älter bist du geworden. Wie machst du das bloß?«

Mir gefällt dieses Spiel und ich sehe, wie Cindy ein Lachen unterdrückt.

»Die Blumen kann ich nur zurückgeben!«, sage ich lächelnd. »Darf ich dir eine Freundin von mir vorstellen? Cindy, das ist Manuel, ein Freund von mir. Manuel, das ist Cindy.«

Manuel gibt Cindy einen Handkuss. Sie flüstert mir danach ins Ohr:

»Eine ergreifende Szene!«

Ich schenke ihr keine Beachtung. Neben Manuel steht noch jemand.

»Das ist Rodolfo, ein Freund und Kollege. Wir sind hier in Barcelona wegen einer Konferenz und Rodolfo hat heute Geburtstag. Den wollten wir natürlich gebührend feiern.«

»Herzlichen Glückwunsch, Rodolfo«, gratuliere ich dem Geburtstagskind.

»Herzlichen Glückwunsch, Rodolfo«, tut Cindy es mir gleich.

Rodolfo ist ein gut aussehender, sympathisch wirkender Mann, aber Manuel gefällt mir noch besser.

»Seid ihr verabredet?«, fragt Manuel, natürlich in der Absicht, sich neben uns zu setzen.

Die Frage wird sein, wer wen bekommt. Wenn ich es richtig verstanden habe, hat Rodolfo Vorrang, denn es ist ja sein Abend. Manuel nimmt dann die andere.

»Nein, ihr könnt euch gerne zu uns setzen«, lade ich die beiden ein.

Rodolfo zögert einen Augenblick und setzt sich dann neben Cindy. Er hat seine Wahl getroffen. Manuel kommt zu mir und ich bin ein wenig erleichtert.

»Bist du noch in der Politik?«, frage ich ihn.

»Na ja, der Mensch muss leben.«

Wir haben unsere Rollen perfekt drauf.

Er kommt mir etwas näher und flüstert:

»Weiß deine Freundin, dass Rodolfo nichts erfahren darf?«

»Ja, natürlich. Mach dir keine Sorgen.«

»Prima. Du bist übrigens auch nicht von schlechten Eltern«, beginnt er überraschend mit einem Kompliment.

»Danke gleichfalls. Und wenn ich ehrlich sein soll, bin ich sehr froh, dass dein Freund sich für Cindy entschieden hat.«

»Du nimmst mir die Worte aus dem Mund!« Er flirtet mit mir, was das Zeug hält.

Mir fällt auf die Schnelle keine passende Antwort ein. Manuel macht mich, offen gesagt, ganz schön nervös.

»Ist ja unglaublich! Mir kommt's so vor, als wären wir schon seit Urzeiten befreundet.«

Mit diesem Politiker würde ich auch ins Bett gehen, wenn er nichts dafür bezahlte.

Wir plaudern munter mit unseren neuen Freunden, da fällt mir ein, dass ich Susana ja noch Bescheid geben muss. Ich entschuldige mich für einen Augenblick und gehe zur Toilette.

Susana ist schon nach Hause gegangen und Angelika kocht vor Wut, dass ich mich jetzt erst melde. Ich beruhige sie ein wenig und lege auf. Dann wechsle ich noch mein Schwämmchen aus. Tolle Idee, die Cristina da gehabt hat! Das ist das erste und letzte Mal, dass ich mir diesen Schweinkram einsetze.

Ich gehe zurück an unseren Tisch und bemerke, dass Rodolfo gehörig über den Durst getrunken hat. Er ist schon ganz grün im Gesicht. Manuel entschuldigt sich tausend Mal, meint aber, es wäre wohl besser, wenn die beiden ins Hotel zurückfahren würden. Ich deute an, dass man sich ja später noch mal in seinem Zimmer treffen könnte. Aber das ist ihm bei dem jetzigen Zustand seines Freundes zu gefährlich.

Cindy und ich kommen uns vor wie zwei dumme Landpomeranzen, bestellt und nicht abgeholt. Neben uns werden nach dem Abgang unserer Kavaliere die Ölscheichs noch mal aktiv, und ich kann Cindy nur mit Mühe davon überzeugen, dass es besser ist, ein Taxi zu nehmen und ins Haus zurückzufahren.

# Der Walzer des Marquis de Sade

*5. September 1999*

Vier Uhr nachmittags.

Das Haus, in das ich bestellt wurde, liegt unweit des Strandes von Barceloneta, einem Viertel, das nicht gerade zu den besten der Stadt gehört.

Ich habe den Auftrag angenommen, weil es das erste Mal war, dass mich Susana während der Tagesschicht anrief, und da wollte ich nicht gleich ablehnen. Sie soll wissen, dass sie auf mich zählen kann. Susana hat mir alle Einzelheiten zu diesem offenbar sehr speziellen Freier durchgegeben, und ich fühle mich in meiner Jeans und der weißen Bluse bestens vorbereitet.

»Bloß nicht zu raffiniert dort auflaufen!«, hat Susana mir geraten. »Du brauchst dich nicht schminken und einfache Jeans reichen völlig aus. Er steht auf kleine Mädchen, und du bist ja keine 15 mehr.«

Diesen Satz hätte sie sich eigentlich sparen können. Jedenfalls macht mich die Vorstellung, wie ich das pubertierende Girlie gebe, durchaus an. Das ist doch mal was anderes! Die konventionelle Nummer, Mann kommt – zahlt – wird bedient – geht, fängt ohnehin an, mich zu langweilen. Nach dem Treffen mit den beiden Politikern habe ich richtig Spaß an Inszenierungen gefunden und so verspreche ich mir einiges von diesem Auftrag.

Das Haus ist sehr alt und hat keinen Fahrstuhl. Der Eingangsbereich sieht aus wie die Kommandozentrale einer jugendlichen Kifferbande. Überall Graffiti, Cola-Dosen und sonstiger Müll. Unter der Treppe scheinen sie gelegentlich ein Feuerchen zu machen. Im Hof hängen ein paar Kids rum und spielen Fußball.

Mein Kunde wohnt ganz oben, fünfter Stock. Ich atme tief durch und mache mich auf den Weg, wobei ich immer zwei Stufen auf einmal nehme. Ich bin ein bisschen nervös, weil ich keine Ahnung habe, was mich dort oben erwartet.

Als ich vor der Tür ankomme, klingelt mein Handy.

»Hallo?«

Ich kann kaum was verstehen, weil die Blagen im Hof so einen Krach machen.

»Bis du schon da?« Es ist Susana, die ungeduldig auf meinen Anruf wartet. »Du bist doch schon vor einer halben Stunde hier los. Was machst du denn so lang? Der Kunde ist schon ganz ungeduldig.«

»Ich wollte gerade bei dir anrufen. Ich steh hier vor der Tür.« Ich bin vom Treppensteigen noch ganz außer Atem. Plötzlich habe ich das Gefühl, beobachtet zu werden.

Ich drehe mich um und sehe, dass die Tür, an der ich gerade klingeln wollte, inzwischen geöffnet wurde. Im Rahmen steht ein kräftig gebauter Mann mit dunklen Haaren.

»Ich muss jetzt Schluss machen«, sage ich zu Susana, denn der Mann gibt mir Zeichen, das Gespräch sofort zu beenden. Er macht einen erregten Eindruck und ich lege auf.

Er winkt mich schnell zu sich in die Wohnung und wirft noch einmal einen Blick ins Treppenhaus, um zu sehen, ob jemand was mitbekommen hat.

Er führt mich, ohne ein Wort zu sagen, ins Wohnzimmer, wo er mich zur Begrüßung wütend anfährt:

»Das war ja sehr diskret!«

Der Mann ist also doch nicht stumm. Er scheint ziemlich aufgebracht zu sein, und ich habe ein schlechtes Gewissen.

»Tut mir Leid. Du hast ja Recht. Ich hätte das Handy ausschalten sollen.«

»Ich hatte deiner Madam extra gesagt, keine Handys. Ich will nicht, dass das ganze Haus mitkriegt, dass ich für eine Nutte zahle.«

Ich muss erst mal schlucken, sage aber nichts, so wie der Kerl drauf ist.

»Wie alt bist du überhaupt?«

»Zweiundzwanzig.«

»Ich wollte doch 'ne jüngere.«

Und er zündet sich eine Zigarette an. Ich sage nichts. Was soll ich auch sagen, nachdem ich mich schon acht Jahre jünger gemacht habe. In der Wohnung herrscht eine komische Stimmung. Alles ist so muffig, die Möbel, der Geruch, einfach alles. Ich fühle mich total unwohl, versuche aber trotzdem, mich zu entspannen.

»Super, so eine Wohnung mit Blick aufs Meer!«, sage ich und gehe zum Fenster.

»Red kein Quatsch. Du siehst doch, dass das das letzte Dreckloch hier ist.«

Er hat natürlich absolut Recht: Vergammelte Möbel, ein abgerissenes Sofa, der versiffte Laminatboden ist voller Flecken und die vergilbte Tapete hängt hier und da von der Wand. Alles in allem merkt man auf den ersten Blick, dass sich hier kein Mensch um irgendetwas kümmert.

»Okay, aber immerhin hast du Meerblick«, beharre ich.

»Das Meer kannst du dir in den Arsch schieben. Tatsache ist, dass ich in einem vergammelten Scheißhaufen wohne.«

Natürlich legt er es darauf an, mich zu provozieren. Er

lümmelt sich aufs Sofa, auf dem eine uralte karierte Decke liegt, deren Hauptaufgabe darin zu bestehen scheint, kleine Wollmäuse zu produzieren, die überall herumliegen. Rosige Aussichten für diesen Job! Der Typ ist ein widerlicher Schmierlappen, dem ich offensichtlich auch nicht besonders zusage.

»Jetzt komm schon her! Ich kann dich ja gar nicht sehen, wenn du nur dahinten rumstehst.«

Er räkelt sich ausgiebig auf dem Sofa, und als ich in seiner Reichweite bin, soll ich mich drehen, damit er mich von allen Seiten betrachten kann. Dann lässt er seine Hosen runter und bittet mich, das Gleiche zu tun. An seiner Unterhose hat sich eine kleine Wollmaus verfangen, mit Haaren und Staub. Er geht zur Stereoanlage und legt eine CD ein.

»Los, tanzen!«, befiehlt er.

»Okay«, sage ich, in der Hoffnung, die Musik könnte ihn etwas freundlicher stimmen.

Nach fünf Minuten hat er schon keine Lust mehr zu tanzen und fängt wieder an, Befehle zu erteilen:

»So, und jetzt auf die Knie!«

Aus seiner Hose, die auf dem Sofa liegt, zieht er das Geld, das ich zu kriegen habe, und wirft es vor mir auf den Boden.

Ich bin mir noch nicht so recht im Klaren, worauf das hier hinauslaufen soll. Jedenfalls gehorche ich.

Ich knie auf allen vieren, und er besteigt mich schnell wie ein Pferd. Kein Zweifel, der Typ ist total durchgeknallt und findet es geil, mich zu erniedrigen. Das hat mir gerade noch gefehlt! Während er mich zureitet, zerrt er wie ein Neandertaler an meinen Haaren. Er ist ziemlich schwer, und was er macht, schmerzt.

»Was soll denn das?«, schreie ich ihn an und stehe auf.
»Komm, das gefällt dir doch!«
»Ach ja? Hast du schon mal daran gedacht, dass das vielleicht wehtun könnte?«
»Wenn ich dafür bezahle, dann mach ich, was ich will. Verstanden?«
»Sei mir nicht böse«, sage ich und merke, wie ich dabei rot werde, »aber da hast du was nicht ganz richtig verstanden. Wir sind keine S/M-Agentur. Wenn du darauf stehst, dann gibt's 'ne Menge Mädchen, die das im Programm haben. Ich gehöre jedenfalls nicht dazu.«

Ich versuche, mir meine Angst nicht anmerken zu lassen. Ich habe ja keine Ahnung, zu was der Typ hier fähig ist.

»Richtig! Ich will dein Meister sein und du bist die Nutte, also musst du mir gehorchen. Aber ich stelle fest, dass du nicht sehr kooperativ bist«, sagt er verächtlich.

Das Blut pocht mir in den Schläfen.

»Sorry, aber ich bin nicht irgendeine Nutte. Vielleicht ist es besser, ich gehe wieder. Du bezahlst mir das Taxi und damit hat es sich.« Die Lage ist angespannt und ich hoffe inständig, dass er auf meinen Vorschlag eingeht.

»Alles im grünen Bereich! Mach dich locker. Ruf einfach deine Mamacita an und sag ihr, dass du eine Stunde bleibst.«

Jetzt versteh ich gar nichts mehr.

»Aber keine Gewalt, einverstanden?«

»Mach dir mal nicht ins Hemd«, sagt er mit einem wenig vertrauenerweckenden Blick. »Ich werde dir schon nicht wehtun.«

Ich rufe also bei Susana an, obwohl ich absolut kein gutes Gefühl habe bei dem Gedanken, mit diesem Perversen die nächste Stunde verbringen zu müssen. Insgeheim hoffe ich, Susana hört meiner Stimme an, dass es besser wäre, sofort zurückzukommen, denn ich traue seiner Zusage, auf Gewalt zu verzichten, nicht so recht.

»Und jetzt ab ins Schlafzimmer!«, sagt er, kaum dass ich aufgelegt habe.

Das Schlafzimmer ist klein und schmuddelig. Er zieht mir die Unterwäsche aus, begafft meinen Körper und wirft mich dann förmlich auf das fleckige, schmale Bett.

Anschließend verschwindet er erst einmal im Bad. Ich sehe mich derweil um und versuche zu verstehen, was für ein Mensch dieser Mann ist, mit dem ich gleich schlafen werde. Auf dem Bücherbord stehen Bände, deren Titel einem das Blut in den Adern gefrieren lassen, außerdem eine Gesamtausgabe der Werke des Marquis de Sade. In der Ecke entdecke ich eine Sammlung unterschiedlichster Sadomaso-Gerätschaften, darunter eine lange Peitsche und eine Ledermaske. Herzlich willkommen bei Hannibal Lecter!

Als er aus dem Bad kommt, hat er nur noch einen Tanga an, in dem er herrschaftlich vor mir auf und ab marschiert.

»Schau mich an und sei still!«, befiehlt er mir, während er mich mit weit aufgerissenen Augen ansieht.

Der Tanga ist so eng, dass seine Genitalien schon fast blau anlaufen. Er zieht ihn also aus, rollt sich ein Kondom über und bereitet mit den Fingern ohne weitere Verzögerung sein Eindringen in mich vor. Gott sei Dank gibt es Gleitmittel!

Er stößt mich hart und brüllt mir dabei seine billigen Schweinereien ins Ohr. Ich habe nur eins im Sinn: So schnell wie möglich fertig zu werden und dann nichts wie weg von hier. Sein massiger Leib zerquetscht mich fast und er stinkt wie ein räudiger Kojote. Als es ihm kommt, bäumt sich dieser ekelhafte Körper in heftigen Zuckungen auf, und mir wird fast schlecht. Endlich kann ich mich anziehen. Ohne ein weiteres Wort verlasse ich die Wohnung, stürze die Treppe hinunter und renne an den Rotznasen vorbei die Straße entlang. Weg von diesem Brechmittel! Weg von dem obszönen Gestammel, mit dem er mein Ohr beleidigt hat. Wenn der Wind diesen ganzen Dreck doch nur fortblasen wollte. Als ich keine Luft mehr kriege, bleibe ich stehen und lasse meinen Tränen hemmungslos freien Lauf.

# Im Auge des Objektivs

*6. September 1999*

Sechs Uhr früh.

»Susana hat mir erzählt, was dir gestern passiert ist.« Cristina steht kühl im Türrahmen. »Es gibt eine ganze Menge seltsamer Zeitgenossen, aber du wirst dich schon daran gewöhnen. Das wird nicht dein letzter Kunde dieser Art gewesen sein.«

»Der hätte mir fast die Knochen gebrochen«, sage ich.

Natürlich habe ich schlecht geschlafen und meine Laune ist miserabel. Nette Fotos zu machen ist jetzt wirklich das Letzte, worauf ich Lust habe. Aber was soll ich tun. Ohne Fotos weniger Arbeit.

Ignacio, der Fotograf, wartet bereits im Auto auf uns. Neben ihm sitzt sein Assistent, der mir später bei der Maske behilflich sein wird.

»Außerdem will ich dir noch einmal einschärfen, dass du bei Susana anrufst, sobald du in der Wohnung des Kunden bist. Wir könnten sonst denken, du schummelst ein bisschen mit der Zeit und machst kleine Nebengeschäfte. Das haben schon ein paar Mädchen vor dir versucht. Susana ist da sehr empfindlich. Das Gleiche, wenn du gehst. Wir wollen die genauen Zeiten haben. Wenn der Freier mehr Zeit braucht, gerne. Dann rufst du bei Susana an und gibst ihr das durch.«

»Ich wollte Susana ja im Moment anrufen, aber sie ist mir zuvorgekommen. Es war eben eine Menge Verkehr unterwegs und der Typ wohnt ja auch ziemlich weit draußen. Ich habe wirklich nicht mehr Zeit mit ihm verbracht als abgerechnet, Cristina.«

»Susana hat da ihre Zweifel.«

Ich will protestieren, aber Cristina fährt mir ins Wort.

»Für diesmal ist das in Ordnung«, sagt sie. »Aber dass mir das nicht noch einmal passiert!«

Ich fühle mich ungerecht behandelt, sage aber nichts. Der Vormittag wird noch anstrengend genug.

Während der Fahrt reden wir kaum etwas. Alle scheinen ziemlich müde zu sein. Vor allem ich, obwohl ich mich allmählich an den neuen Rhythmus gewöhne. Ich verstehe nicht, wie Susana so etwas von mir denken kann. Das macht mich richtig wütend. Man kann mir ja vieles nachsagen, aber nicht, dass ich eine Betrügerin bin.

Bevor wir mit dem Shooting anfangen, halten wir an einer Bar im Dorf, um etwas zu frühstücken.

»Cristina hat mir erzählt, dass du sehr erfolgreich bist.« Ignacio bricht als Erster das Schweigen.

»Ja, ich bin ganz zufrieden.«

»Du wirst sehen, mit den Fotos klappt's noch mal so gut.« Er hält seine Bilder wohl für die beste Investition meines Lebens.

»Das hoffe ich!«

Nach zwei Milchkaffees geht es mir schon wieder viel besser und ich habe richtig Lust darauf anzufangen.


## 9. September 1999

Keine besonderen Vorkommnisse. Außer, dass Isa natürlich mal wieder beklaut wurde. Diesmal handelt es sich um ein goldenes Armband und ihre Ringe von Cartier. Die

Sachen hatte sie von ihrem letzten Mäzen bekommen, einem alten Sack, der sie drei Monate lang finanzierte.

Ich bin gerade im Salon, als ihre hysterischen Schreie durchs Haus gellen.

»Das war bestimmt wieder diese Französin!«, höre ich sie zu Sara, der Barbiepuppe, sagen.

Ich halte mich zurück, sonst würde ich ihr an die Gurgel springen. Ich weiß genau, dass sie es darauf abgesehen hat, mich hier rauszumobben.

Isa und Sara versuchen in der Küche mit Susana zu sprechen. Leider kann ich nicht verstehen, was sie sagen. Plötzlich taucht Susana aus ihrem Kabuff auf, die Zigarette zwischen den Lippen, und kommt zu mir rüber.

»Kann ich dich mal kurz sprechen, Schätzchen?«, fragt sie mich übertrieben freundlich.

Ich kann mir schon denken, worum es geht, und nicke.

»Hör mal, was ist eigentlich mit dir los? Neulich die Sache mit Isas Jacke, dann die Geschichte mit dem Kunden, bei dem du ewig abhängst, jetzt der geklaute Schmuck. Das ist ziemlich viel für die kurze Zeit, die du bei uns bist, findest du nicht?«

»Was willst du damit sagen?« Ich habe wirklich genug davon, ständig für alles beschuldigt zu werden.

»Gar nichts, Schätzchen. Das alles ist nur ziemlich merkwürdig, oder?«

»Willst du damit sagen, ich hätte Isas Jacke und den Schmuck gestohlen?« Ich verliere langsam die Geduld.

»Das habe ich nicht behauptet. Ich wundere mich nur.«

»Könnte es vielleicht sein, dass Isa mich nur nicht ausstehen kann und das alles erfindet, um die anderen gegen mich aufzuhetzen? Sie kann mich nicht leiden, und langsam bekomme ich das Gefühl, du kannst mich auch nicht leiden.«

»Aber Schätzchen! Ich mache doch nur meinen Job. Das ist alles. Wenn es Probleme zwischen den Mädchen gibt, dann muss ich sie lösen. Wenn Isa wieder bei Manolo anruft, dann geht's mir an den Kragen.«

Wenn man vom Teufel spricht, ist er nicht weit. Manolo hat immer noch dieselbe Hose wie neulich an, dieselben Schuhe und natürlich denselben speckigen Ledergürtel mit seinem Täschchen dran. Diesmal scheint es allerdings leer zu sein.

»Sag ihm nichts«, bittet mich Susana. »Ich werde mit ihm sprechen.«

»He, ihr alten Rührbeutel!«, brüllt er schon wieder rum. »Was gibt's denn da zu tuscheln?«

»Es ist alles in Ordnung, Manolo. Wir unterhalten uns nur ein bisschen.«

Susanas Stimme bebt und sie lügt so unbeholfen, dass man es ihr sofort anmerkt. Natürlich hat sie eine wahnsinnige Angst vor Manolo.

»Wenn alles in Ordnung ist, dann hau endlich ab in die Küche, alte Kuppelbürste.«

Susana tut mir trotz allem Leid. Manolo behandelt sie wie ein Tier. Sie rennt in die Küche, während Isa und Sara gerade herauskommen.

»Und was ist mit euch Pflaumen, wieso treibt ihr euch in der Küche rum?«, fährt Manolo die beiden Mädchen an.

»Kann ich dich einen Augenblick sprechen, Manolo?«, fragt Isa und wirft mir einen bösen Blick zu. Ich verstehe! Jetzt wird sie ihm also ihre Geschichten über mich erzählen. Ich sage erst mal nichts und beschließe, den weiteren Verlauf abzuwarten. Die beiden bleiben eine ganze Weile in dem kleinen Zimmer, bevor sie wieder auftauchen.

»So gefällt mir das! Wenn ihr mir rechtzeitig Bescheid gebt, könnt ihr alles von mir haben. Nimm dir ruhig die zwei Wochen über Weihnachten«, poltert Manolo Isa zu, während er sich verabschiedet.

Isa hat ihn also lediglich darum gebeten, ihre Familie in Ecuador besuchen zu dürfen. Natürlich hat sie das alles aber auch inszeniert, um mir einen gehörigen Schrecken einzujagen. Der Blick, den sie mir zuwirft, spricht Bände: *Pass bloß auf, du. Beim nächsten Mal bist du dran.*

# Plastisch ist phantastisch ...

*15. September 1999*

Die Barbiepuppe spricht nicht, hat keine Meinung, kein Lächeln, keinen Blick. Die Barbie interessiert sich nur für ihre Frisur und verwendet Stunde um Stunde darauf. David ist wieder da, der Australier, mit dem ich in meiner ersten Nacht hier zusammen war. An dem Abend, als ich Angelika kennen lernte. Diesmal ist er ins Haus gekommen, weil er nach einer Tour mit seinen Freunden durch die Diskos der Stadt keine Lust hatte, alleine nach Hause zu gehen, und seinem Körper lieber etwas Gutes tun wollte.

Mit Barbie war er noch nie zusammen, weil sie immer, wenn er anrief, gerade dabei war, einen anderen Kunden zu bedienen. Aber heute Abend ist sie frei. Und Barbielein präsentiert sich David in ihrer ganzen, über Stunden zurechtgezauberten Haarespracht. Natürlich entscheidet er sich sofort für sie.

»Sie weckt den Modellbauer in mir«, scherzt er mit Angelika. »Das ist ja wirklich ein Wahnsinnsbusen!«

Und Barbie verschwindet stolz wie ein Pfau mit David in der Suite.

Nach kaum zehn Minuten kommt sie wieder raus, splitternackt und in Tränen aufgelöst. Uns steht vor Staunen der Mund offen. Wir platzen fast vor Neugier, zu erfahren, was vorgefallen ist. Die kleinen Geschichten mit den Freiern sind hier im Haus das Salz in der Suppe. Ich glaube nicht, dass ihr der Typ etwas getan hat. David war bisher immer sehr zuvorkommend, jedenfalls als ich mit ihm zusammen war. Vielleicht hatte er Angst, zwischen ihren Riesenmöpsen zu ersticken oder sein Ding zwischen so viel Silikon zerquetscht zu sehen. Der Geheimnisse sind so viele ... Die Mädchen machen natürlich munter ihre Sprüche.

Hinter Barbie kommt der Kunde aus der Suite und verlangt lautstark sein Geld zurück.

»Das ist keine Frau!«, tobt er. »Das ist ein Transsexueller! Ein Transsexueller!«

»Aber David! Beruhige dich doch!«, schreitet Angelika ein. »Sara ist doch kein Mann und sie war auch noch nie einer. Sie ist eine Frau! Durch und durch. Verlass dich drauf!«

»Und ich sage dir, dass sie operiert ist. Außerdem sind ihre Titten steinhart. Da kriegt man ja das Kotzen. Die hat sich operieren lassen! Das schwöre ich dir.«

»Klar ist sie operiert, aber nur der Busen. Sonst ist Sara wirklich eine Frau, David!«

»Sie ist 'ne alte Transe. Gib mir sofort mein Geld zurück.«

»Aber David ...«

Angelika versucht alles, ihn zu überzeugen, aber es hat keinen Zweck. Er gibt nicht nach, und jetzt fängt auch noch das Barbiepüppchen an, zu schimpfen und zu heulen.

»Meine Brüste steinhart!«, schluchzt sie. »Der beste Chirurg in ganz Spanien hat mich operiert, für ein Heidengeld.«

Eine der seltenen Gelegenheiten, Saras Stimme zu hören, und mit Sicherheit die letzte.

*20. September 1999*

Inzwischen fühle ich mich im Haus ganz wohl. Alle außer Isa haben mich so weit akzeptiert. Es ist ruhiger geworden, und ich habe auch schon einige Stammgäste, so dass ich ganz zufrieden bin und nicht mehr so nervös wie am Anfang.

Herz und Hirn sind im Einklang und tatsächlich ist die Arbeit nicht schwieriger als jede andere – sie hat eben ihre Eigenheiten. Nachdem die unruhige Zeit der Eingewöhnung vorbei ist, stellt sich auch eine angenehme Form der Routine ein, die es mir erlaubt, die Termine zu genießen und meine Sexualität frei und erfüllt auszuleben.

Seit der Geschichte mit Barbie hat sich David auf mich eingeschossen. Jedenfalls sagt er, er wolle nur noch zu mir kommen. Aber ich weiß natürlich, dass er in anderen Häusern andere Mädchen trifft. Er mag Sex nun mal und ich kenne ja die Spielregeln. Zwei Mal die Woche mit mir reicht ihm eben nicht. Wie auch immer, er ist zwar nicht mein Typ, aber ich genieße es, mit ihm zusammen zu sein.

*21. September 1999*

Ich bin gerade mit einem Amerikaner im Hotel Princesa Sofía zugange, als mich Angelika anruft. Wenn ich fertig bin, soll ich sofort ein Taxi in ein anderes Hotel, etwas außerhalb von Barcelona, nehmen. Ursprünglich war Gina hingeschickt worden, eine Blondine, die manchmal bei uns jobbt, um ihren neuen Mercedes abzubezahlen. Jetzt stellte sich aber heraus, dass der Kunde ihr Chef war! Was für eine Geschichte! Gina ist jedenfalls sofort mit ihrem neuen

Wagen über alle Berge verschwunden. Zum Glück hat der Freier sie nicht erkannt, weil kein Licht im Flur brannte. Aber der arme Mann ist jetzt natürlich traurig und wartet sehnsüchtig auf ein neues Mädchen.

Der Mann heißt Pedro, hat etwas schütteres Haar, kommt mir von Anfang an fast ein bisschen neurotisch vor. Er ist wahnsinnig nervös, und ich glaube, meine ruhige Art gefällt ihm. Man sagt ja, Gegensätze ziehen sich an. Nun, für ihn mag das vielleicht stimmen, für mich jedenfalls nicht.

Fünf Tage die Woche wohnt er in einem Hotel, ganz in der Nähe seiner Firma. Am Wochenende fährt er dann nach Hause und spielt den braven Ehemann und Familienvater.

Heute Nacht bittet er darum, dass ich es ihm französisch ohne mache. Als Grund gibt er an, er hätte seine Frau seit vier Jahren nicht mehr angerührt. Als ich ihm sage, ohne Kondom gehe gar nichts, fängt er an zu weinen wie ein kleines Kind. Wir machen es dann klassisch mit, und fünf Minuten, nachdem er in mich eingedrungen ist, ist der ganze Zauber auch schon vorbei. Ich habe gar nichts davon. Er ist ganz nett, aber als Liebhaber ein Totalausfall. Mir bleibt der Trost, dass ich heute wenigstens gut verdient habe.

*23. September 1999*

Pedro ist ganz vernarrt in mich. Er hat angerufen, um zu hören, ob ich frei bin. Am Ende will er mich die ganze Nacht haben. Zuerst zahlt er für ein paar Stunden und wir gehen in die Suite. Sex, sagt er, interessiere ihn eigentlich nicht besonders. Ihm geht es mehr um meine Qualitäten als Beraterin oder Psychologin. Wenn die Beine dabei gespreizt sind, umso besser!

Ich mag ihn irgendwie. Vielleicht, weil er mich gut behandelt, und das ist immerhin besser, als sich von einem Perversen zuschanden reiten zu lassen. Pedro hat das Gefühl, mir Gutes zu tun, weil ich so nicht zu den anderen Männern gehen muss. Er beschließt, mit mir auszugehen, zum Tanzen beispielsweise, wobei er mich von Anfang an darauf hinweist, dass er keinen Alkohol verträgt. Dafür vertrage ich umso mehr! Schließlich bin ich gerade wieder neu zur Welt gekommen und trage in mir eine ungeheure Kraft. Eine Kraft, an der ich mich heute Abend messen will. Er lädt mich auf einen Drink in eine Bar im Zentrum ein. Dabei eröffnet er mir, dass er mit dem Gedanken spielt, mich zu seiner festen Freundin zu erwählen. Zu diesem Behufe habe er hier und jetzt einen Ring aus reinstem Weißgold und er würde sich über alle Maßen freuen, wenn ich ihn annähme. Natürlich lehne ich entschieden ab.

»Ich will nicht fest mit dir zusammen sein. Ich will keinen Freund, sondern frei sein! Außerdem weiß ich gar nicht, ob ich überhaupt noch lieben kann. Ich möchte Geld verdienen, meine Schulden bezahlen und damit basta!«

»Ich werde alles tun, damit du mich lieben kannst. Das verspreche ich dir.«

»Aber ich will dich doch gar nicht lieben, verstehst du? Außerdem bist du überhaupt nicht mein Typ. Tut mir Leid.«

Jede Abweisung von meiner Seite scheint ihn noch mehr anzustacheln. Ich habe fast den Eindruck, als wäre ich die erste große Herausforderung seines Lebens. Je mehr ich ihn von mir stoße, desto heftiger klammert er sich an mich. Er gibt selbst zu, dass er eine resolute Frau an seiner Seite braucht. Vielleicht gefällt er sich auch nur in der Rolle des barmherzigen Samariters, der ein gefallenes Mädchen aus den Fängen der Prostitution befreit. Vielleicht befriedigt das Pedros Stolz und gibt seiner drögen Existenz irgendeinen Sinn. Aber er ekelt mich an, schon körperlich, und so will ich heute Abend versuchen, mich irgendwie um den Geschlechtsverkehr mit ihm herumzumogeln. Sein Penis ist ein rechtes Hänschenklein, das nur dazu da ist, ab und zu mal Pipi zu machen. Das ist alles.

Wir tanzen, und der bloße Anblick seiner völlig unmusikalischen Bewegungen erregt mein Mitleid. Er hat in etwa den Groove einer verleimten Spanplatte. Um das alles zu ertragen, bestelle ich einen Whisky nach dem anderen. Ab und zu schütte ich ihm heimlich etwas nach, damit er endlich betrunken wird. Er scheint es nicht zu merken. Jedenfalls soll er meinen Körper heute Nacht nicht haben. Ich habe schon genug an seinem Gejammer zu ertragen.

Plötzlich verkündet er:

»Ich lasse mich scheiden!«

»Ja, aber geht's dir denn wirklich so schlecht zu Hause?«, frage ich ihn.

Er ist völlig betrunken und ich kann mir nicht vorstellen, dass er das ernst meint.

»Ich bin da nur der letzte Depp. Seit ich dich kenne, weiß ich, dass ich mir die ganze Zeit was vorgemacht habe. Ich ertrage meine Frau nicht mehr und unsere Ehe ist die reinste Farce.«

»Wenn das wirklich so schlimm ist, solltest du in der Tat was ändern. Aber für dich und nicht für mich. Ich versuche dir zu helfen, aber mehr als das geht nicht. Ich kann unmöglich deine Privatgeliebte sein.«

»Ich will dich nicht als Geliebte, sondern als Freundin.«

»Mach dir doch nichts vor, Pedro! Wir haben uns unter ganz besonderen Umständen kennen gelernt. Du kannst kommen und gehen, wann du willst – alles eine Frage des Geldes. Im wirklichen Leben wäre das alles doch ganz anders. Wahrscheinlich würdest du mich gar nicht ertragen.«

»Nein! Nein! Nein! Ich liebe dich so sehr, so unendlich, wie es unendlicher gar nicht geht! Ich liebe dich mehr als meinen eigenen Sohn!«

Ganz schön starker Tobak, finde ich. Und ich gebe ihm noch mehr zu trinken, weil ich es einfach nicht ertrage, wenn jemand so einen Mist erzählt, nur weil er nicht weiß, was Liebe ist, oder weil er keinen Bezug zu seinem Sohn hat. Er ist jetzt natürlich auch schon jenseits von Gut und Böse, aber ich habe keine Lust, mir diesen Quatsch länger anzuhören.

»Außerdem sollte eine Frau wie du nicht hier sein. Du hast doch eine gute Ausbildung. Mit der solltest du was anfangen!«

»Ich mache das, weil es Männer wie dich gibt!« Langsam werde ich wirklich wütend. Was erzählt mir dieser Mensch da? Nur weil ich einen Uni-Abschluss machen konnte und im Management gearbeitet habe, darf ich das hier nicht machen?! Ich bin doch keine Verbrecherin und kein schlechter Mensch, nur weil ich jetzt hier mit Leuten wie ihm mein Geld verdiene.

Pedro sieht mich aus glasigen Augen an, scheint aber nichts zu begreifen. Der Alkohol hat sein Übriges getan und ich muss ihn aus der Bar schleppen. Die Leute amüsieren sich, wie ich den besoffenen Kerl nach draußen zerre. Er wiegt zwar nicht viel mehr als ich, trotzdem sieht es komisch aus, wie ich ihn fast auf dem Arm trage.

Auf der Straße ist es gar nicht so einfach, ein Taxi zu

finden, das uns in sein Hotel bringt. Die Fahrer haben natürlich berechtigte Bedenken, dass ihnen meine kleine Schnapsleiche mit ihrem Mageninhalt den Rücksitz ruinieren könnte. Endlich finde ich doch einen netten älteren Herrn, der uns in sein Taxi steigen lässt. Wahrscheinlich hat er in der Dunkelheit Pedros Zustand nicht gleich erkannt, ich hatte ihn während meiner Suche wohlweislich auf einer Bank sitzen lassen. Tatsächlich müssen wir auf halbem Weg mitten auf der Stadtautobahn halten, weil höchste Gefahr besteht, dass sich Pedro augenblicklich übergibt. Zum Glück passiert nichts, aber ich muss mir bis zum Hotel eine Litanei des Taxifahrers zum Thema betrunkene Fahrgäste anhören. Ich komme gar nicht hinterher mit meinen Beteuerungen, wie Leid mir alles täte.

Im Hotel angekommen, beschließe ich resolut das weitere Vorgehen: Pedro muss kotzen! Sonst kann ich die ganze Nacht aufbleiben, um ihn zu bewachen. Eben wollte er sich aus dem Fenster stürzen, weil er in eine Frau verliebt sei, die nichts von ihm wissen wolle. Melodramatik um diese Zeit und in einem solchen Zustand ist nicht meine Sache, also schleppe ich ihn aufs Klo und sorge dafür, dass er alles wieder von sich gibt. Danach geht er ins Bett und auch ich schlafe ein.

Am nächsten Morgen hat Pedro natürlich einen Mordskater und raucht erst einmal eine nach der anderen, bis ich von dem Gequalme aufwache. Ich bin stolz darauf, dass mir meine gestrige Strategie den Verkehr mit ihm erspart hat.

Ich komme glücklich und erfrischt zurück ins Haus.

»Der Typ ist ganz nach deinem Geschmack, was?«, fragt mich Susana, als sie mich kommen sieht, wobei das weniger eine Frage als eine Feststellung ist. Ich werde ihr natürlich nicht auf die Nase binden, dass es mir so gut geht, weil das leicht verdientes Geld war. So wie ich sie inzwischen kenne, wäre sie durchaus imstande, damit gleich zu Manolo und Cristina zu rennen. Und dann hätte ich ein ziemliches Problem. Susana ist eben nicht nur wahnsinnig neugierig, sondern auch eine alte Petze.

»Es macht bestimmt immer sehr viel Spaß mit ihm im Bett«, setzt sie nach.

Ich lächle, nehme mein Geld und gehe nach Hause.

# Heute lade ich ein ...

*25. September 1999*

Als Susana mich anruft, bin ich gerade im Fitnessstudio. Das mache ich etwa zwei, drei Mal die Woche. Zum Glück habe ich das Handy bei mir. Das Klingeln macht in dem großen Raum einen Mordskrach. Die anderen schauen schon ganz böse, weil sie sich beim Workout gestört fühlen.

»Du musst sofort herkommen. Es ist momentan niemand im Haus, und als ich dem Kunden, der hier sitzt, das Goldene Buch gezeigt habe, hat er sich für dich entschieden.«

»Susana, ich bin gerade im Fitnessstudio. Ich mach so schnell, wie ich kann, aber ein bisschen dauert's schon.«

»Beeil dich!«

Wie gut, dass ich immer etwas Garderobe dabeihabe, für den Fall, dass so was passiert. Das erspart mir den Weg nach Hause. Ich mache mich in der Umkleide fertig, rufe ein Taxi und fahre direkt ins Haus.

Heute ist ein grauer Tag, am Morgen hat es genieselt und meine Stimmung ist so lala. Was will man machen, Arbeit ist Arbeit.

Susana ist schon ganz ungeduldig. Sie ist eben ein Profi und kann den Gedanken nicht ertragen, dass ihr ein Kunde durch die Lappen geht, nur weil ein Mädchen rumtrödelt. Bei ihr ist das schon fast psychosomatisch, und wenn irgendetwas nicht klappt, dann hat sie am ganzen Körper Schuppenflechte. Kein Wunder, bei dem Druck, den Manolo auf sie ausübt. Das hat natürlich auch zur Folge, dass wir uns bei ihr nie so hundertprozentig wohl fühlen, weil sich diese Unruhe auf uns überträgt. Angelika ist da wesentlich flexibler.

»Los, mach schon, sonst geht er noch!«

»Tut mir Leid, Susana, schneller ging's nicht. Ich musste durch die ganze Stadt fahren.«

Ich ordne noch schnell mein Haar und gehe in den Salon. Der Kunde sieht fern und trinkt einen Cuba Libre dazu. Sieht so aus, als wäre das nicht sein erster. Als er mich sieht, lächelt er, sagt aber erst mal nichts. Also fange ich an zu plaudern. Er ist Luftfahrtingenieur, Familienvater (wie so viele) und einsam. Wenn ich ehrlich sein soll, ist er rein äußerlich eher abstoßend. Aber er hat etwas, das ihn besonders macht. Als ich mich neben ihn setze, fängt er seltsamerweise plötzlich an zu zittern. Er redet schüchtern von seiner Angst, das rührt mich, und ich versuche ihn zu beruhigen. Wir gehen in die Suite, wo er sich scheu auszieht, um sofort unter der Decke zu verschwinden, damit ich ihn nicht nackt sehe. Na, das kann ja was werden, denke ich. Aber es kommt anders …

Er macht es mir wunderschön. Ich komme, ohne irgendetwas vorspielen zu müssen. Er ist sehr zärtlich und geschickt, ein wirklicher Kenner der weiblichen Anatomie. Ich kann kaum glauben, dass dieser Künstler neben, in, auf und unter mir derselbe ist wie der Mann, den ich eben noch im Salon gesehen habe.

Als wir fertig sind, geht er ins Bad, um zu duschen. Währenddessen hole ich aus meiner Tasche ein paar Scheine und lege ihm 50 000 Peseten hin.

»Wofür ist das?«, fragt er mich, als er aus dem Bad kommt.

»Das ist der Betrag, den du Susana für mich gegeben hast«, flüstere ich ihm zu, damit man mich über die im Raum verteilten Mikros nicht hören kann.

»Was ...?«

»Bitte! Nimm es!«

»Aber warum?«

»Ich will dir für diese wunderbare Stunde danken und dich einladen. Aber nicht, dass du denkst, das ist jetzt immer so ... und kein Wort zu Susana!« Ich lächle ihn an.

Es dauert eine ganze Weile, bis er das Geld endlich akzeptiert.

»Also, Frauen werden mir immer rätselhafter.«

Als er das Geld einsteckt, flüstere ich noch:

»Da gibt es nichts zu verstehen.«

Ich sage das wohl eher zu mir selbst – wo er doch nicht einmal mein Typ ist.

# Ausnahmezustand

*30. September 1999*

Heute Morgen gab's einen Riesenzoff zwischen Manolo und Angelika. Ich schlief noch im kleinen Zimmer, als mich das Gebrüll von unserem Chefprolo aufweckte. Ich bin dann sofort raus, um zu sehen, was los ist. In diesem Irrenhaus kann ja alles Mögliche passieren.

Die anderen Mädchen interessiert das nicht. Wenn Manolo kommt, ist das eine höhere Staatsangelegenheit, haben sie mir lapidar erklärt. Kümmer dich um deinen Dreck, fügte Mae neulich noch hinzu. Aber so bin ich nicht, und offensichtlich ist Manolo im Begriff, Angelika zu verprügeln. Das kann ich nicht mit ansehen.

Manolo teilt wieder nach allen Regeln der Kunst aus, unter anderem soll Angelika am Abend zuvor während der Arbeit eingeschlafen sein. Zum Beweis hält er ihr vor, die Bandaufzeichnung würde bestätigen, dass ich morgens um vier ans Telefon gegangen sei.

»Du alte Pissnelke hast wohl vergessen, dass wir alles aufnehmen, was?«, wirft ihr Manolo an den Kopf. »Man hört auf dem Band ganz deutlich Vals süßes Stimmchen, wir wollen aber lieber dem Grunzen unserer lieben Bumsmama lauschen, wenn das Telefon klingelt. Du bist die verdammte Hausdame, oder willst du das gar nicht mehr sein?«

Ich greife ein, weil Angelika völlig aufgelöst ist.

»Sie war gerade auf der Toilette.« Was Besseres fällt mir auf die Schnelle nicht ein.

»Ah, unsere französische Nachtigall will auch ein bisschen trillern?« Manolo kommt immer mehr in Fahrt. »Soll ich dich auch rausschmeißen? Warum verteidigst du diese Maulhure auch noch? Wir wissen, dass sie geschlafen hat. Dummerweise hast du es Isa selbst gesagt. Sollen wir's dir vorspielen? Also halt gefälligst die Schnauze!«

Mir fällt ein, dass ich tatsächlich mit Isa darüber gesprochen habe. Diesmal bin ich gehörig ins Fettnäpfchen getappt. Angelika wirft mir noch einen traurigen Blick zu, dann packt sie ihr Zeug zusammen und sagt, sie gedenke nicht eine Minute länger in dieser Anstalt von Psychopathen und Voyeuren zu bleiben.

»Mach, dass du deinen Arsch endlich hier rausschiebst, alte Kuhfotze!«, ist alles, was Manolo für sie übrig hat.

Angelika schlägt die Tür hinter sich mit einem Knall zu, der bestimmt im ganzen Viertel zu hören ist.

»Ja, ja, aber heute Nacht wird hier jemand sitzen, der ein wirklicher Profi ist!«, murmelt Manolo noch vor sich hin.

Auf einmal fühle ich mich sehr verloren, denn Angelika war der einzige Mensch hier im Haus, mit dem ich offen sprechen konnte. Auf gewisse Weise fühle ich mich auch ein wenig schuldig. Was mir jetzt noch bleibt, ist Angelikas Telefonnummer. Ich nehme mir fest vor, sie anzurufen, um den Kontakt aufrechtzuerhalten.

Ein trauriger Tag geht zu Ende, als ich am Abend meine Schicht antrete. Manolo hat es tatsächlich geschafft, ganz schnell einen Ersatz für Angelika zu organisieren. Dolores ist zwar ein bisschen dürr, hat aber an sich eine gute Figur, langes, pechschwarzes Haar und beindruckende, große honigfarbene Augen. Sie hat was von einem Püppchen und ich stelle sie mir eher als Kollegin denn als Hausdame vor.

Bei der Begrüßung ist sie bemüht freundlich. Klar, bei so vielen neuen Frauen muss sie erst mal die Lage sondieren und sich ihren Platz erobern.

Als ich in den Salon komme, um meine Jacke aufzuhängen, sitzen dort sämtliche Mädchen schweigend beieinander und blicken mich an. Diese Konspiration stiftet schon fast so etwas wie Einheit zwischen uns.

Sie rauchen wie die Schlote, der Aschenbecher ist voll bis obenhin. Irgendwas muss faul sein, denn so nervös habe ich die Mädels noch nie gesehen. Cindy ist die Erste, die was sagt:

»Setz dich und bitte mach die Tür zu.«

Hier ist etwas im Gange. Ich schließe die Tür.

»Was ist denn los mit euch? Warum setzt ihr solch eine Grabesmiene auf?« Langsam mache ich mir wirklich Sorgen.

»Was mit uns los ist?«, sagt Isa.

»Siehst du das nicht?« Mae zündet sich die nächste Zigarette an.

»Eine Katastrophe!«, fügt Estefanía hinzu.

»Wie soll ich denn jetzt meinen Mercedes abbezahlen?« Ginas Mundwinkel zittern, als sie das sagt.

Wer natürlich als Einzige nichts sagt, ist der/die/das Barbie. Wahrscheinlich kreisen ihre Gedanken schon um die nächste OP.

»Wir sind erledigt!«, ruft Cindy.

Ich habe keine Ahnung, worum es hier überhaupt geht. Es muss jedenfalls was Gravierendes sein, denn mit einem Mal scheinen alle Probleme zwischen den Mädchen wie weggewischt zu sein.

»Wieso denn erledigt?«, frage ich.

Mir wird das jetzt alles langsam zu bunt.

»Diese Frau …«, sagt Isa.

»… wird uns alle Kunden wegnehmen!«, beendet Mae den Satz.

»Was soll denn der Quatsch? Sie ist die neue Hausdame für die Nachtschicht. Angelika ist rausgeflogen und Manolo meinte, er wolle einen echten Profi anheuern.« Ich versuche mit meinen Erklärungen die Gemüter zu besänftigen. »Warum sollte sie uns denn die Kunden ausspannen?«

»Weil sie ein Püppchen ist«, beeilt sich Estefanía zu antworten. »Und wenn sie erst mal schnallt, was für ein mieses Gehalt sie im Vergleich zu uns bekommt, wird sie ihre Konsequenzen daraus ziehen und uns die Freier wegnehmen. Du wirst schon sehen! Das ist übrigens nicht das erste Mal.«

»Das wäre aber ein starkes Stück!«

»Eine Hausdame sollte nie zu hübsch sein. Das ist immer gefährlich. Ich verstehe Manolo nicht, warum er das gemacht hat«, meint Gina.

Barbie wackelt zustimmend mit dem Kopf, während sie sich ununterbrochen die Haare bürstet.

»Also, wenn ihr meint … Was können wir tun?«

»Wir müssen zusammenhalten«, meldet sich Cindy zu Wort, »und wir zählen auf dich.«

»Genau. Wir müssen sie streng überwachen und beim kleinsten Verdacht gehen wir sofort zu Manolo«, schlägt Isa vor.

»Okay, Mädels, ihr könnt auf mich zählen, aber ich glaube ehrlich gesagt nicht, dass es so wild wird.«

»Du wirst schon sehen«, ruft Gina. »Und jetzt tun wir so, als ob nichts wäre.«

Irgendwie hat uns Angelikas Weggang zusammengeschweißt. Wir fangen also an, Wache zu schieben. Die, die im Haus sind, müssen jeden von Dolores' Schritten verfolgen. In der ersten Nacht macht sie ihren Job vorbildlich und auch uns gegenüber ist sie sehr zuvorkommend. Alles perfekt! Ich bin drauf und dran, Entwarnung zu geben.

## 4. Oktober 1999

Heute haben eine ganze Menge Ausländer angerufen, die kein Spanisch sprechen. Und schon fangen die Probleme mit Dolores an. Sie spricht weder Englisch noch Französisch, und weil ich die Einzige mit Fremdsprachenkenntnissen bin, weckt sie mich mitten in der Nacht und bittet mich, die Gespräche anzunehmen. Das ist natürlich ganz schön frech von ihr, aber ich mach's, weil ich ja weiß, dass ihr Manolo früher oder später auf die Schliche kommt, wenn er oder Cristina die Bänder abhören. Dolores hatte versichert, perfekt Englisch und Französisch zu sprechen, was offensichtlich gelogen war. Die perfekte Gelegenheit, um sie loszuwerden.

Tatsächlich taucht Manolo bereits am nächsten Morgen auf, um Dolores zur Rede zu stellen. Er brüllt sie an, sie solle als Hausdame auch ausländische Gäste angemessen betreuen, wie sie das bewerkstellige, interessiere ihn einen Dreck.

Dolores wittert, dass sie über kurz oder lang ihren Job verlieren wird. Die Folge ist, dass sie mit den Gästen zu kokettieren beginnt, nachdem sie von mir einiges erfahren hat:

»Sag mal, was verdienst du denn so die Woche?«
»Ach, das kommt darauf an, Dolores. Mal so, mal so.«

»Na, ja, ich meine so ungefähr ...«
»Ich würde sagen, so zwischen 600 000 und 700 000 Peseten.«

Ich übertreibe absichtlich ein bisschen.

»Was? Das ist ja unglaublich! Und mir zahlen sie 200 000 Peseten im Monat! Das ist ja der Gipfel!«

»Okay, dafür spreize ich die Beine und du nicht. Ist doch gerecht, oder?«

Sie antwortet mir nicht direkt. Wahrscheinlich überlegt sie, wie sie es am geschicktesten anstellt, vor ihrem Rausschmiss noch ein paar Freier nebenbei abzugreifen und so ihre Schäfchen ins Trockene zu bringen. Die Mädchen hatten also Recht.

## 6. Oktober 1999

Heute haben wir Dolores erwischt, wie sie einem unserer Stammkunden ihre Telefonnummer gegeben hat. Wir sagen Manolo Bescheid. Natürlich streitet sie alles ab, trotzdem steht sie am Nachmittag auf der Straße. »Verpiss dich, du Schmeißfliege!«, brüllt Manolo ihr zum Abschied hinterher.

# Fluktuation

## 7. Oktober 1999

Nach der Geschichte mit Dolores haben mich die Mädels nicht mehr im Visier. Wunderbarerweise ist weder Isa noch sonst wem seitdem was weggekommen.

Als Sofía sich heute bei uns als neue Hausdame vorstellt, ist das wie eine Frischzellenkur. Sie ist um die fünfzig und ein richtiger Hippie. An ihrem langen Rock flattern bunte Fransen und unter ihrem schwarzen Samthut trägt sie riesige Ohrringe. Wir fühlen sofort, dass wir uns mit dieser Frau während der Nachtschicht sehr gut verstehen werden. Sie ist kultiviert, sanft und hat etwas an sich, das mich sehr an meine Großmutter erinnert. In ihrer Freizeit versorgt sie Hunde und Katzen, die sie halb verhungert von der Straße aufsammelt.

Sofía beweist mal wieder meine These, dass Menschen, die lieb zu Tieren sind, auch sonst niemandem etwas zuleide tun können. Sie ist die Güte in Person und von überbordender Großzügigkeit.

Sofía hat ein kleines Hündchen, das sie auf den typisch katalanischen Namen Jordi getauft hat – um ihre Wurzeln nicht zu vergessen, wie sie sagt. Sie hat den kleinen Mischling, der absolut nichts von einem Katalanen hat, in irgendeiner Seitenstraße in Paris aufgelesen, wo sie vor Urzeiten wegen ihres damaligen Geliebten hingezogen war. Jordi ist ihr Ein und Alles, und sie hat es sogar fertig gebracht, Manolo die Zustimmung abzuringen, das Tierchen ab und zu mit ins Haus bringen zu dürfen – unter der Voraussetzung, dass er nicht mitten in der Nacht zu kläffen anfängt. Der kleine Vierbeiner leidet nämlich unter Depressionen, wenn er zu lange allein ist. Sollte Manolos Herz am Ende doch nicht nur ein zuckender Muskel sein?

Ich habe die ganze Nacht mit Pedro verbracht. Als ich zurückkomme, schlage ich Sofía vor, mit Jordi Gassi zu gehen. Sie ist einverstanden. Sie gibt mir meinen Anteil für die Nacht und die Leine, dann sagt sie noch:

»Sei klug, Kleines. Wenn du deine Schulden abbezahlt hast, kannst du doch noch was ansparen. Nicht so wie die anderen Vögelchen, die sofort alles für Klamotten verjubeln. Spar so viel du kannst! Und verlieb dich nicht!«

Ich höre Sofía zu, aber ich weiß auch, wenn die Liebe kommt, aufrichtig und voller Wahrheit, ist sie stark, stärker als alles andere.

Und mir sollte das passieren, am denkbar ungeeignetsten Ort, mit einem Menschen, von dem ich das niemals erwartet hätte.

# Die erste Begegnung mit Giovanni

*10. Oktober 1999*

Es ist kaum einen Monat her, seit ich angefangen habe, mit Unbekannten ins Bett zu gehen. Und schon hat es den Reiz des Neuen verloren und sich in eine Art Fitnessübung verwandelt. Ein Monat, und ich habe schon an die zwei Millionen Peseten verdient. Wenn das so weitergeht, werde ich meine Schulden sehr viel schneller als erwartet abbezahlen können, innerhalb von fünf Monaten. Bevor ich dann aber ein neues Leben beginne, spare ich mir hier noch etwas zusammen.

Heute Nachmittag bin ich zu Hause beim Putzen, als Susana mich anruft.

»Val, Schätzchen, kannst du ganz schnell kommen? Ich habe hier zwei Italiener sitzen, die auf dich warten. Sie haben nicht viel Zeit, weil sie zum Flughafen müssen. Geht das?«

»Klar. Ich mach so schnell ich kann. Sag ihnen, ich bin sofort da.«

Ich lasse alles stehen und liegen, schminke mich rasch und gehe runter auf die Straße, um ein Taxi zu nehmen. Natürlich ist weit und breit keines zu sehen. Die Zeit vergeht, schon eine halbe Stunde seit Susanas Anruf, da klingelt das Handy.

»Wo bleibst du denn, Schätzchen? Wenn du nicht gleich kommst, muss ich ein anderes Mädchen anrufen.«

»Tut mir Leid, Susana, aber ich finde einfach kein freies Taxi. Du weißt doch selbst, wie das in der Rushhour ist.

Sag ihnen, dass ich auf dem Weg bin und dass es wegen dem Verkehr noch einen Augenblick dauern kann. Bitte, Susana!«

An jedem anderen Tag hätte ich mich wahrscheinlich viel mehr aufgeregt, aber heute sagt mir mein Gefühl, dass ich ruhig bleiben muss. Ich komme mit etwa einer Stunde Verspätung völlig verschwitzt im Haus an. Meine Wimperntusche ist ganz verschmiert, Susana sauer und die Italiener wollen gerade gehen.

Ich stelle mich sofort vor. Die beiden sind sehr elegant, Italiener eben. Der eine heißt Alessandro, ist klein, dick und glatzköpfig. Der Name des anderen ist Giovanni. Er ist groß und schlank und scheint den Schalk im Nacken zu haben. Das gefällt mir. Giovanni ist keine Schönheit, aber sein Gesicht strahlt eine sympathische Gelassenheit aus. Natürlich kann ich ihn mir nicht einfach aussuchen. Ich gehe also erst mal ins kleine Zimmer, wo Estefanía und Mae schon warten. Die beiden haben sich bereits vorgestellt. Alessandro, erfahre ich, hat sich für Estefanía entschieden. Mae geht leer aus. Mir fällt ein Stein vom Herzen, dass ich den bekomme, der mir sowieso am besten gefällt.

Mae sitzt auf dem Bett und raucht, aber sie ist mir nicht böse. Unter uns Mädchen hat sich eine Art Ehrenkodex eingebürgert: *Der Freier hat sich für mich entschieden, also reg dich nicht auf.*

Giovanni und ich gehen also in die Suite und er springt noch mal schnell unter die Dusche. Ich lege meine Kleider ab, und als er aus dem Bad kommt, nimmt er mich erst mal in die Arme. Das ist selten und überrascht mich, denn meistens kommen die Männer sofort zur Sache. Er sieht mich liebevoll an, um mich dann zärtlich zu küssen. Wir haben beide Lust. Zwischen uns herrscht eine fast magnetische Anziehungskraft, was jeden auf seine Art so überrascht, dass wir unvermittelt anfangen, uns zu unterhalten. Wir sprechen über Italien und über seine Gründe, nach Spanien zu kommen. Aus dem Nebenzimmer dringen Estefanías Schreie zu uns herüber, die sich mit Alessandros Stöhnen vermischen. Bei uns ist rein körperlich bei weitem nicht so viel los. Giovanni ist sehr müde und ich massiere ihn mit der Hand, bis er kommt. Für mich war sein Kuss der Höhepunkt dieser Stunde. Er hat mir viel gegeben, so dass ich kein bisschen frustriert bin. Was zwischen uns passiert ist, war mehr wert als jeder Orgasmus. Ich habe das seltsame Gefühl, diesen Mann schon mein ganzes Leben lang zu kennen, seinen Geruch, sein Lächeln, seine Hände. Als wir uns verabschieden, verspricht er, in zwei Tagen wieder da zu sein, und er würde sich freuen, mich wiederzusehen. Dann fragt er mich nach meinem richtigen Namen.

»Ich heiße wirklich Val. Großes Ehrenwort.«

»Komm schon! *Non è vero!* Ich weiß, dass du in Wirklichkeit anders heißt!«

»Ich schwindle dich nicht an. Ich habe keinen Künstlernamen.«

Er lacht und droht scherzhaft, beim nächsten Mal meinen wirklichen Namen und meine Telefonnummer aus mir herauszukitzeln. Ich weiß gar nichts über ihn, und die Männer erzählen viel, wenn der Tag lang ist, aber irgendwie spüre ich, dass wir uns wiedersehen werden.

# Der Mann aus Glas

*11. Oktober 1999*

Nach der Begegnung mit Giovanni habe ich viel über meinen bisherigen Weg nachgedacht. Der Mensch erscheint mir wie ein Spielball des Schicksals, und keiner weiß, wohin dieser Ball springt. Mein Weg führte mich durch zahlreiche Höhen und Tiefen über ein Freudenhaus zu Giovanni. Wenn ich nicht hierher gekommen wäre, hätte ich ihn sicher nie kennen gelernt. Wir haben wenig Gemeinsamkeiten, und die Chancen, dass wir uns in freier Wildbahn begegnet wären, sind sehr gering. Im Grunde suche ich nur nach Liebe. Vielleicht weil ich mich noch nie wirklich geliebt gefühlt habe. Aber alles, was ich bisher gemacht habe, lässt sich in letzter Konsequenz auf diesen einen Antrieb zurückführen: die Sehnsucht nach Liebe. Blind Dates, Abenteuer für eine Nacht, das Haus – verschlungene Pfade auf dem Weg zu meinem Ziel. Heute bin ich glücklich und ich will alle Welt daran teilhaben lassen.

Mit diesem tiefen inneren Glücksgefühl gehe ich zur Arbeit, entschlossen, den Menschen meiner Umgebung Gutes zu tun. Noch weiß ich nicht, dass mein »Opfer« für diese Nacht mich so nötig haben wird wie keiner meiner Kunden jemals zuvor.

Gegen zwei Uhr nachts weckt mich Sofía, die wie immer Jordi auf dem Arm trägt, um mir zu sagen, dass ein neuer Kunde angerufen habe, der noch recht jung geklungen und nach einer besonders zärtlichen Europäerin verlangt habe.

»Hinterher wird sie verstehen, warum«, habe er Sofía am Telefon erklärt.

Isa und ich sind heute Nacht die beiden Einzigen und für Sofía steht fest, dass sie Isa nicht schicken kann.

Also mache ich mich auf den Weg zur Wohnung des Kunden. Er wohnt in einem hübschen Haus in der Zona Alta, das rund um die Uhr bewacht wird.

Als er mir die Tür öffnet, bleibt mir vor Schreck erst mal die Spucke weg, obwohl ich mich bemühe, so selbstverständlich wie möglich zu wirken. Iñigo sitzt im Rollstuhl.

Er bittet mich herein und führt mich ins Wohnzimmer, weil »es keinen Sinn hat, dich in mein Schlafzimmer zu bringen«, wie er mir lachend erklärt. Die Wohnung ist groß und modern, allerdings riecht es ein wenig ranzig. Die Türen sind rollstuhlgerecht erweitert. Der junge Mann, er dürfte so Mitte 20 sein, tut mir Leid.

»Ich habe eine schwere Form von Querschnittslähmung, fast 100 Prozent«, erklärt er mir, als wäre es das Natürlichste von der Welt.

Ich muss mich erst mal setzen und lasse mich in eine Ecke des Sofas fallen. Auf meine Frage, ob ich rauchen darf, erwidert er:

»Nur, wenn du mir auch eine anzündest und in den Mund steckst.«

Das mache ich natürlich sofort. Ich bin froh, ihm etwas Gutes tun zu können. Er nimmt einige Züge und gibt mir dann zu verstehen, dass ich die Zigarette wieder nehmen kann. Ihm reicht das.

»Danke!«, sagt er. »Also, würde es dir etwas ausmachen, mich aus dem Rollstuhl zu heben und auf das Sofa zu legen? Ich kann das auch selbst, aber es kostet mich wahnsinnig viel Kraft.«

Ich habe sehr viel Respekt vor diesem jungen Mann, und ich zögere einen Augenblick, bevor ich ihn hochhebe. Er kommt mir fast vor wie eine ganz feine Glasfigur, die sofort zerbricht, wenn man nicht Acht gibt.

»Du brauchst keine Angst zu haben! Ich spüre nichts, absolut nichts, nirgends – außer am Hals und ein bisschen an den Händen.«

Kann er Gedanken lesen?

Als er sitzt, bittet er mich, ihm die Kleider auszuziehen. Er ist sehr schmächtig, alle Glieder sind verkümmert und seine Beine sind kaum dicker als die Arme. Für mich ist das eine ganz und gar ungewohnte Situation. Auch sein zartes Glied ist schmächtig, aber immerhin, zu meiner Überraschung, erigiert.

»Das hat nichts zu bedeuten«, erklärt er mir. »Seit dem Unfall ist das immer so. Auch da unten kann ich nichts fühlen.«

Und er lacht wieder. Wenn ich diesen Mann hier sehe, in seiner Lebensfreude und seinem Humor, die er sich trotz seines schweren Schicksals erhalten hat, dann komme ich mir schäbig vor, wenn ich daran denke, wie ich mir seinerzeit den Tod gewünscht habe.

Die nächste Stunde verbringe ich damit, ihm Küsschen auf den Hals zu geben, wofür er mir mit einem leichten Stöhnen dankt.

Auf dem Weg zurück ins Haus nehme ich mir fest vor, mich nie wieder zu beklagen. Außerdem will ich keinem der Mädchen oder sonst wem etwas von Iñigo erzählen. Diese Stunde hat mir mein Schicksal geschenkt, um mir zu zeigen, wie man den Augenblick genießt und sich bietende Gelegenheiten ergreift, ohne ewig darüber nachzugrübeln.

# Wie ist er und wo hat er sich in dich verliebt?

## 12. Oktober 1999

Giovanni hat angerufen! Er hat sein Versprechen wirklich gehalten. Um vier Uhr wollen er und Alessandro ins Haus kommen. Susana hat mir heute Morgen Bescheid gesagt und ich habe fast geheult vor Freude.

»Was ist denn los mit dir, Schätzchen? Du tust ja fast so, als hätte er um deine Hand angehalten.«

Natürlich muss ich mich Susana gegenüber etwas beherrschen, damit sie nicht wer weiß was denkt. Auch bei unserem zweiten Treffen will ich Giovanni meine Telefonnummer eigentlich noch nicht geben. Erstens, weil ich ihn schon noch etwas besser kennen lernen will, zweitens, weil ich keine Lust habe, im Haus Probleme zu bekommen. Die Kontrollen sind streng und ich habe wirklich Angst vor Manolo.

Alessandro will diesmal eine Stunde mit Mae verbringen. Inzwischen scheint sie ihm doch ganz gut zu gefallen. Als ich reinkomme, wartet Giovanni bereits auf mich. Natürlich bin ich ausgerechnet heute wieder zu spät dran. Aber Giovanni lächelt mich an und man sieht, dass seine Sehnsucht größer ist als seine Ungeduld.

Wir müssen mit dem kleinen Zimmer vorlieb nehmen, weil die Suite ja von Alessandro und Mae in Beschlag genommen wurde. Ich hätte nie gedacht, was für wunderschöne Spiele an diesem Ort möglich sind. Nach einer guten Stunde klopft Susana an der Tür, um uns daran zu erinnern, dass die Zeit um ist.

»Gib mir bitte deine Telefonnummer«, flüstert er mir noch ins Ohr.

»Es tut mir wirklich Leid, aber das geht nicht«, antworte ich ihm ohne weitere Erklärungen.

»Aber wieso denn? Willst du mich denn nicht wiedersehen? Wir könnten eine Reise zusammen unternehmen, und wenn es das ist: Was das Geld betrifft, brauchst du dir keine Sorgen zu machen.«

»Ich möchte dich sehr gerne wiedersehen! Aber nicht außerhalb des Hauses.« Dabei deute ich mit dem Finger in Richtung der versteckten Mikrofone.

»Was ist denn los mit dir?« Er versteht mich offensichtlich nicht und nimmt stattdessen meine Hände, um mich zu beschwören, doch Ja zu sagen.

Ich krame in meiner Tasche nach einem Zettel und einem Stift. Dann schreibe ich ihm auf: ›Mikrofone im Zimmer!‹

Er nimmt mir den Stift aus der Hand und ergänzt: ›Deine Nummer. Bitte!‹

Ich gebe sie ihm nicht. Ich weiß nicht, warum, aber diesmal noch nicht. Giovanni ist zwar traurig, verspricht mir jedoch, am 25. November wiederzukommen und mich eine ganze Nacht zu buchen, irgendwo, draußen.

Wie soll ich die Zeit bis dahin aushalten? Unser zweites Treffen nimmt mich noch mehr mit als das erste und ich glaube, ich werde hier nicht mehr so unbeschwert arbeiten können wie zuvor. Ich trage innere Kämpfe aus, denn wenngleich ich fühle, dass er die große Liebe meines Lebens sein könnte, weiß ich doch nicht, was er empfindet. Okay, es hat ihm Spaß gemacht – aber vielleicht war das alles? Ich möchte nicht wieder alles für einen Mann aufs Spiel setzen. Dass er sich unsterblich in mich verliebt haben könnte, von diesem Gedanken bin ich weit entfernt.

# Der Arbeitsunfall

*22. Oktober 1999*

Zehn Tage nach unserem letzten Treffen bin ich noch immer ganz durcheinander. Ich habe keinerlei Möglichkeit, mit Giovanni Kontakt aufzunehmen. Es liegt in seiner Hand, entweder bei Susana oder Sofía anzurufen. Ich kann nur noch an ihn denken und gehe immer seltener zur Arbeit. Ich habe einfach nicht die Kraft dazu. Ununterbrochen schwirrt er mir durch den Kopf.

Obwohl ich dadurch weniger Freier habe, verdiene ich doch ganz ordentlich, denn die Stammkunden bleiben mir gewogen. Das Thema Treue spielt dabei für mich keine Rolle, denn Treue hat für mich nichts damit zu tun, ob ich mit einem anderen Mann Sex habe oder nicht. Den Körper kann man einem anderen schenken, die Seele jedoch wohnt nur bei dem einen. Dennoch: Seit ich Giovanni kenne, ist diese Leichtigkeit verflogen und etwas nagt in mir, wenn ich mit einem anderen im Bett bin. Warum weiß ich nicht.

Die kommende Nacht werde ich mit Pedro verbringen (müssen!). Ich habe schlechte Laune, weil ich mir natürlich wieder sein Gejammer anhören darf. Wie satt ich das habe! Um nicht dauernd seine Mama spielen zu müssen, werde ich heute wohl ausnahmsweise mit ihm schlafen, um ihn ruhig zu stellen. Als er mir vorschlägt, schick essen zu gehen, sage ich Nein und schlage direkt das Hotelzimmer vor. An seinem Blick sehe ich, wie ihn diese Entschiedenheit begeistert. Es ist das erste Mal, dass ich so eine Art von Initiative zeige. Er kann es kaum fassen, lässt sich aber natürlich nicht zweimal bitten.

Als wir es tun, passiert, was ja irgendwann einmal passieren musste: zu meinem Entsetzen reißt das Kondom.

Wie eine Wahnsinnige fange ich an zu heulen, meine Tränen fließen ins Kissen.

»Jetzt nimm's doch nicht so tragisch! Es wird schon nichts passiert sein«, flüstert Pedro mir zu, um mich zu beruhigen.

Ich habe einen Knoten im Hals, kann kaum atmen und die Tränen laufen und laufen.

»Ach, du hast doch überhaupt keine Ahnung! Du hast mir doch selbst gesagt, dass du noch nie einen Test gemacht hast.« Ich presse die Sätze mit erstickter Stimme hervor. »Du bist ein verdammter Feigling! Ich habe den Test immer wieder gemacht! Immer und immer wieder!«

Pedro ist entsetzt, mich in diesem Zustand zu erleben. Sein Versuch, mich zu beruhigen, hat natürlich überhaupt keinen Sinn, denn er hat ja gar keinen Einfluss auf das, was passiert sein könnte.

»Val, bitte! Ich habe den HIV-Test nicht gemacht, weil ich schon seit vier Jahren nicht mehr mit meiner Frau geschlafen habe. Und außer mit dir habe ich keinerlei außereheliche Beziehungen.«

»Wir haben keine außereheliche Beziehung!«, brülle ich ihn an. Langsam kriege ich wieder Luft. Aber als ich das zerrissene Kondom in seiner Hand sehe, bekomme ich die nächste Panikattacke und schließe mich im Bad ein.

»Was hältst du davon, wenn ich morgen als Erstes einen Test machen lasse? Nur, damit du ganz sicher sein kannst! Einverstanden?«

Es ist mir völlig egal, was er da draußen vor sich hin

sabbert. Ich kann ihm nicht antworten und hasse ihn dafür, dass er zu blöd war, das Kondom richtig überzustreifen. Er will mir seine ekelhafte Liebe geben, die mich ankotzt. Alles an ihm widert mich so an, dass ich keine Worte dafür finde.

Es ist eine Strafe Gottes. Ich stelle mich unter die Dusche, um jede Spur von ihm an mir fortzuschwemmen.

# Sesam, öffne dich!

*30. Oktober 1999*

Das Erlebnis mit Pedro vor einer Woche geht mir immer noch nach. Leider wirkt sich das auch auf meine Arbeit aus. Immer häufiger lehne ich Angebote aus dem Haus ab. Ich bin einfach nicht in der Stimmung. Pedro habe ich gebeten, sich erst dann wieder zu melden, wenn er das Testergebnis hat.

Mit den Mädchen komme ich gut klar. Heute habe ich mit Cindy sogar über das gesprochen, was vorgefallen ist. Sie war sehr verständnisvoll und meinte, es wäre sehr unwahrscheinlich, dass ich mir bei so jemandem wie Pedro was einfange. Ihr selbst, erzählt sie, sei das auch zweimal passiert und sie nehme das eben als Berufsrisiko.

»Du kannst nie ganz sicher sein, dass Gummi nicht doch mal reißt«, erklärt sie mir. »Je mehr Männer zu Besuch in deinem Bauch, desto größer ist natürlich Gefahr.«

Das ist mir so noch nie in den Sinn gekommen, wofür ich mich noch mehr hasse. Eigentlich hat der Typ gar keine Schuld an der Sache, das kann jedem passieren. Aber er ist einfach momentan mein Sündenbock, weil Giovanni sich nicht meldet.

Pedro ist von der Bildfläche verschwunden. Ich befürchte schon das Schlimmste. Inzwischen denke ich, wenn ich noch eine Nacht mit ihm verbringe, könnte ich vielleicht meine Aids-Paranoia loswerden. Aber Pedro taucht und taucht nicht auf.

Manolo und Cristina vermuten schon, dass ich mich

heimlich mit ihm treffe und auf eigene Rechnung arbeite. Natürlich ist das nicht so. Tja, wenn die wüssten!

Heute Abend nehme ich einen Auftrag an, der mich ins Haus einer jungen Frau führt. Der »Kunde« ist ein vielleicht zwanzigjähriges Mädchen, das ein bisschen hochnäsig auf mich wirkt. Sie öffnet mir die Tür in einem durchsichtigen, weißen Nachthemdchen mit feinen Bordüren an den Ärmeln und am Ausschnitt. Sie ist sehr hübsch und ich bin überrascht, einer so jungen, attraktiven Frau gegenüberzustehen.

Die Wohnung ist riesig, mit hohen Decken und einem ewig langen Flur. Sie führt mich in einen etwas kleineren Raum, der offenbar als Empfangszimmer für Gäste dient.

»Ich heiße Beth«, stellt sie sich vor, während sie mir einen Drink anbietet.

»Bist du denn allein?«

»Ja. Meine Eltern sind verreist und ich habe mich ziemlich gelangweilt und so. Na, da dachte ich, telefonierst du doch mal ein wenig herum. Überrascht es dich, eine Frau als Kundin zu haben?«

»Nein, überhaupt nicht«, sage ich, so selbstverständlich wie möglich. »Was mich überrascht, ist, auf eine so junge Frau zu treffen, die, wie es aussieht, weiß, was sie will.«

»Das bekomme ich oft zu hören. Was soll ich sagen? Mir gefallen nun mal Männer und Frauen. Und heute Nacht will ich eine Frau haben. Außerdem hat mich mein Freund verlassen und ich brauche ein wenig Ablenkung.«

Während wir ganz entspannt plaudern, höre ich im Nebenzimmer auf einmal ein Geräusch. Wir sind anscheinend doch nicht allein in der Wohnung. Auf meinen irritierten Blick hin versucht mich Beth zu beruhigen: »Ach, das ist nur Paki, unser Hund. Keine Angst.«

Da hechelt er auch schon um die Ecke. Paki ist ein stattlicher Schäferhund.

»Komm her, mein Kleiner! Komm zu deiner Mami.«

Der Hund kommt näher, schnuppert zuerst an mir und steckt dann die Nase unter Beths Nachthemd. Ihr macht das überhaupt nichts aus und sie streichelt ganz vertraut seinen Rücken.

»Ganz ruhig, Paki! So ist es brav. Das ist eine Freundin von mir. Brav.« Ich hoffe nur, er versteht, was Beth ihm sagt, und kommt nicht auf die Idee, mich für einen Eindringling zu halten, dem man das halbe Gesicht wegbeißen muss. Beths Worte beruhigen mich überhaupt nicht. Im Gegenteil.

»Was ist denn los? Dein Hund hat doch hoffentlich keine Kampfhund-Ambitionen, oder?«

»Du brauchst wirklich keine Angst zu haben. Er hat ein bisschen Probleme mit Fremden, aber ansonsten ist er ein guter Junge.« Beth tätschelt ihn wieder.

Ich kann Beth noch nicht so richtig fassen. Einerseits ist sie das süße Mädchen, andererseits funkelt in ihren Augen eine Art von diabolischer Gier. Während ich sie beobachte, höre ich im Nebenzimmer wieder ein Geräusch.

»Beth, hier ist doch noch jemand?!«

»Aber nein! Keine Sorge. Vielleicht ist etwas runtergefallen. Ich geh mal schauen. Du bleibst am besten hier sitzen.«

»Beth, du kannst mir ruhig die Wahrheit sagen.«

Sie hört mir gar nicht zu, sondern verlässt den Raum.

»Ich bin sofort wieder zurück«, ruft sie mir noch zu.

Ich bin überzeugt davon, dass sich außer uns noch jemand in der Wohnung aufhält, jemand, den Beth kennt, denn der Hund hat sich überhaupt nicht für das Geräusch interessiert. Kein Zweifel, Beth lügt.

Fünf Minuten lang wage ich mich nicht zu rühren, bis Paki ein letztes Mal an mir schnuppert und sich dann auf den Boden legt.

»Ah, ich sehe, ihr habt bereits Freundschaft geschlossen«, sagt Beth, als sie zurückkommt und den Hund zu meinen Füßen liegen sieht.

»Na ja, ich mag Hunde eigentlich ganz gern, vielleicht hat Paki das gemerkt. Was war denn das für ein Geräusch?«

»Ach das. Das Holz im Kamin hat geknackt. Willst du den Kamin mal sehen?«

Ich folge ihrer Aufforderung und wir gehen zusammen ins Schlafzimmer, das Glas mit dem Drink in der einen Hand, meine Handtasche in der anderen. Paki trottet uns hinterher. Das geräumige Schlafzimmer ist im Landhausstil eingerichtet, wobei das Bett aussieht wie ein Holzboot. Die Laken sind total zerwühlt und liegen kreuz und quer im Bett verteilt. Der Kamin sieht so aus, als hätte jemand gerade eben erst Feuer gemacht.

Auf dem Nachttisch stehen halbvolle Gläser herum und daneben erkenne ich verstreut die Reste eines weißen Pulvers.

»Mein Freund war heute Nachmittag da. Wir waren zusammen im Bett und haben uns danach getrennt. Komisch, oder?«, sagt Beth und zieht sich eine Line von dem weißen Zeug in die Nase. »Möchtest du?«

Während sie das fragt, schiebt sie den letzten Rest des Kokains auf dem Nachttisch zusammen. Zwischendurch tupft sie sich mit dem feuchten Finger noch etwas davon unter die Oberlippe.

»Nein, danke. Ich steh nicht auf das Zeug.«

Ich stelle mir vor, wie Beth mit gespreizten Beinen und völlig zugekokst unter einem braungebrannten Typen mit breiten Schultern ihre Lustschreie ausstößt. Wahrscheinlich haben sie es den ganzen Nachmittag getrieben, bevor sie ihn in ihrem Dunst rausgeschmissen und für immer aus ihrem Leben verbannt hat. Dann, am Abend, als sie wieder einigermaßen nüchtern war, hat sie bei uns angerufen, um sich mit einer Prostituierten an allen Männern der Welt zu rächen, besonders an ihrem Freund. Irgendwie kann ich sie gut verstehen.

Sie legt mir die Arme um den Hals und küsst mich auf die Lippen. Ihre Zunge ist heiß und bitter vom Kokain, und nach einer Weile fühlt sich mein Mund ganz taub an. Plötzlich höre ich wieder dieses Geräusch. Aus dem Kamin kommt es ganz bestimmt nicht – wenn der Spruch jetzt nicht ein bisschen albern wäre, würde ich sagen: Dafür lege ich meine Hand ins Feuer. Das Geräusch kommt vielmehr aus dem Schrank, der neben dem Fenster steht. Mit einem Sprung bin ich aus dem Bett heraus, obwohl mich Beth zurückhalten möchte.

»Es ist nichts! Komm her. Du kannst mich doch nicht mittendrin hier so liegen lassen.«

Ich höre überhaupt nicht auf sie und öffne die Schranktür.

»Von wegen knackendes Holz!«, rufe ich und ziehe den Typen, der sich hinter den Klamotten versteckt, am Ärmel aus seinem Versteck hervor.

»Los, komm schon raus. Was soll denn der Quatsch?«

Der Kerl stolpert so ungeschickt heraus, dass er fast zu Boden stürzt. Ich kann nicht glauben, was sich mir dann offenbart!

Vor mir steht Pedro, der sich schämt wie ein kleines Kind.

»Du!?«, brülle ich völlig hemmungslos. »Was zum Teufel machst du denn hier? Kannst du mir das vielleicht bitte mal erklären?«

Pedro versucht sich einigermaßen zu sammeln und setzt sich erst mal neben Beth, die zugekokst und ziemlich debil vor sich hin kichert, Paki bellt dazu.

»Es tut mir so Leid, Schatz«, stammelt es endlich aus Pedro heraus. »Ich ... ich wollte dir ein Geschenk machen. Diese Frau war meine Überraschung für dich. Sie sollte es dir schön machen und dann wäre ich dir nachgelaufen, bis ins Haus, um dir zu sagen, dass das Testergebnis negativ war und ich kein Aids habe und du auch nicht und alles gut wird.« Pedro schwitzt, und der Kragen seines Hemdes klebt an seinem Hals. Er sitzt da wie ein kleiner Junge, der bei einem seiner Streiche erwischt wurde.

»Dann ist dein Geschenk ganz schön geschmacklos! Außerdem hast du mich zu Tode erschreckt. Warum hast du mir die Haustür denn nicht aufgemacht und dich stattdessen hier im Schrank versteckt? Du wolltest dich an uns aufgeilen, weil du selber keinen mehr hochkriegst, du Pfeife. Bestellst eine Frau, damit ich ja nicht mit anderen Männern meinen Spaß habe. Du bist ein egoistisches Arschloch!«

Ich fühle mich nach dieser Schimpftirade richtig befreit, obwohl ich die Hälfte meiner Worte gleich schon wieder bedauere.

»Und wer bist du?«, frage ich Beth, die nur noch halb so hysterisch kichert und schon wieder Ausschau nach Koksresten auf dem Nachttisch hält. »Ich?«, fragt sie, als wäre noch jemand anders im Zimmer. »Ich bin eine Kollegin von dir, aber ich empfange die Freier bei mir zu Hause.«

Und schon fängt sie wieder an zu kichern. Pedro versucht sie zu beruhigen, aber ohne Erfolg. Ich nehme meine

Handtasche und gehe raus. Dabei schlage ich dem armen Paki, der mich bis zum Eingang begleitet, die Tür vor der Nase zu.

Pedro rennt mir natürlich hinterher und ruft schon von weitem:

»Warte! Bitte, Val, warte!«

Ich winke gerade ein Taxi heran, als er keuchend bei mir ankommt.

»Heirate mich, bitte! Ich flehe dich an!«

»Scher dich zum Teufel«, zische ich, um ins Taxi zu steigen und zurück ins Haus zu fahren.

# Partnertausch

*25. November 1999*

Sieben Uhr abends.

Giovanni hatte mir versprochen, heute zu kommen, um die ganze Nacht mit mir zu verbringen. Bis jetzt ist er nicht aufgetaucht, Susana hätte sich sonst sicher gemeldet. Den Tag über war ich ziemlich aufgeregt und jetzt stellt sich langsam das altbekannte Gefühl ein, wieder einmal die Dumme zu sein. Ich wollte mich ein bisschen ausruhen, bekomme aber kein Auge zu. Also gehe ich ins Fitnessstudio, um mich abzureagieren. Das Handy habe ich natürlich dabei, für den Fall, dass er doch noch anruft. Die Hoffnung stirbt zuletzt und dieser Italiener hat nun mal mein Herz im Sturm erobert.

Viertel nach neun. Seit einer Stunde stemme ich wie eine Blöde Gewichte und verfluche dabei alle Schwänze dieser Welt. Da klingelt das Handy.

»Hi, Val, ich wollte dich nur noch mal kurz an deinen Termin um elf im Hilton erinnern.«

»Was heißt denn hier ›noch mal kurz erinnern‹, Susana? Wir haben überhaupt keinen Termin für elf ausgemacht!« Ich bin völlig perplex.

»Haben wir nicht? Na, jetzt weißt du es jedenfalls. Mae und du, ihr werdet die ganze Nacht mit den Italienern im Hilton verbringen. Das bringt 'n Haufen Kohle, Schätzchen.«

Wie eine Gestörte renne ich im Jogginganzug nach Hause und springe unter die Dusche.

Die Wut des Tages ist wie verflogen und an ihrer Stelle macht sich jetzt eine irrsinnige Freude in mir breit. Ich bin noch nicht mal auf Susana wütend, weil sie den Termin verbummelt hat. Ich habe praktisch überhaupt keine Zeit, mich großartig zurechtzumachen, und nehme das Erstbeste aus dem Schrank: ein schwarzes Abendkleid und einen Bolero aus Kaschmir. Ich muss auch noch Mae abholen und bitte den Taxifahrer, auf uns zu warten. Auf der Treppe nehme ich zwei Stufen auf einmal. Mae ist schön wie die Sünde, und so wie sie aussieht, hat sie wesentlich früher von unserem Date erfahren als ich. Sie war sogar extra beim Friseur.

Susana wartet schon auf mich und sie gibt mir den Zettel, auf dem alles notiert ist. Mit Entsetzen sehe ich die Verteilung der Zimmer:

Val und Alessandro, Zi. 624
Mae und Giovanni, Zi. 620

Ich bin fassungslos.

»Aber ... aber das stimmt doch nicht!«, sage ich zu Susana.

»Was stimmt nicht?«

»Na, bei den Namen! Da hast du was verwechselt. Es ist doch genau andersherum, oder?«

Mae sieht mich skeptisch an und bemerkt dann spitz:

»Nun ja, sie scheinen die Abwechslung zu lieben. Ich hatte Alessandro ja schon das letzte Mal. Jetzt gehört er dir. Er hat mir auch nicht wirklich gefallen. Der andere scheint ja ganz gut im Bett zu sein. Ich werde dir auf jeden Fall berichten!«

Am liebsten würde ich auf sie losgehen und ihr die Augen auskratzen. Das gibt's doch gar nicht! So grausam kann man doch nicht sein! Wie konnte dieser Mann mir vorgaukeln, dass ich ihm gefalle? Und jetzt verlangt er von mir auch noch, dass ich es mit seinem Freund treibe. Mir wird gleich schlecht. Ich weiß nicht, was ich tun soll: wegrennen oder es diesem Alessandro so besorgen, wie es ihm noch nie eine Frau zuvor besorgt hat. Dann kann er diesem Giovanni am nächsten Tag davon erzählen. Er soll leiden, wie ich leide. Er soll vor Eifersucht vergehen. Wir fahren also mit dem Taxi ins Hotel. Da wir zehn Minuten zu früh sind, schlage ich Mae vor, noch was an der Bar zu trinken. Ich brauche etwas Starkes, um das alles zu ertragen, diese schamlose Erniedrigung. Ich frage mich, ob er mir in die Augen schauen kann. Wenn es überhaupt zu einer Begegnung zwischen uns kommt.

Also, Whisky pur, ohne Eis. Während ich das Glas auf ex runterschütte, sehe ich Mae vor Glück oder was weiß ich strahlen wie ein Honigkuchenpferd. Mit spitzen Lippen saugt sie dabei dümmlich an ihrem rosa Strohhälmchen – Fanta!

Warum muss ich mich hier zum Affen machen?

Wir stellen die Gläser zurück auf die Theke und fahren hoch in den sechsten Stock. Ich koche vor Wut. Vor dem Zimmer 620 bleiben wir stehen und Mae will sich von mir verabschieden.

»So, Liebes, mein Kavalier wartet hier auf mich. Ich glaube, du musst noch ein Stückchen weiter den Gang runter. Bussi, bis morgen.«

Und sie klopft an der Tür.

Ich bleibe wie angewurzelt stehen. Ich will diesem Schwein ins Gesicht sehen.

»Also, wie gesagt, meine Liebe, dein Zimmer ist noch

ein klitzekleines Stückelchen weiter da vorne. Viel Spaß!«, wiederholt Mae so zuckersüß, dass ich ihr am liebsten eine scheuern würde.

Giovanni macht die Tür auf. Alessandro steht direkt hinter ihm. Sie haben sich hier getroffen und bitten uns zu Maes Enttäuschung beide herein. Sie will sich nichts anmerken lassen und albert ein bisschen herum. Sie schlägt scherzhaft vor, doch gleich hier eine kleine Orgie zu veranstalten. Ich habe eine Stinkwut, was Giovanni sofort bemerkt.

»Ist mit dir alles in Ordnung?«

»Alles bestens!«, lüge ich. »Darf man hier rauchen?«

»Klar, so viel du willst. Darf ich dir die Jacke abnehmen?«

Ich lasse ihn gewähren, während Mae mit Alessandro auf dem Bett sitzt und rauchend mit ihm schäkert. Ich habe nichts zu sagen und will endlich gehen. Ich verstehe überhaupt nicht, warum ich eigentlich hergekommen bin. Als ich Maes selbstgefälliges Gehabe sehe, kann ich nicht mehr.

»Also, kommen wir zur Sache. Da ich ja die Nacht mit Alessandro verbringen soll und Mae bei Giovanni bleibt, ist es wohl besser, wir gehen jetzt rüber«, sage ich Richtung Alessandro, der gerade dabei ist, den Ausschnitt meiner Rivalin näher zu betrachten.

Giovanni ist auf einmal wie versteinert und Alessandro fängt an, lauthals zu lachen. Mae schaut mit ihren dummen Kuhaugen vorwurfsvoll zu mir herüber, während Giovanni in Alessandros Lachen einfällt. Ich würde am liebsten allen jetzt und sofort die Fresse einschlagen.

»Hey, mein kleines Dummerchen, du bleibst natürlich bei mir!« Giovanni legt mir seine Hand auf die Schulter.

»Ich dachte, du wolltest heute zur Abwechslung mal mit Mae ...«

»Mit Mae? Aber Alessandro ist doch ganz vernarrt in Mae. Ich will natürlich mit dir zusammen sein. Was erzählst du denn da überhaupt?« Jetzt scheint er auf einmal ganz ernst zu sein.

»Was weiß denn ich? Mir wurde gesagt, ich soll die Nacht mit Alessandro in der 624 verbringen.«

»*Ma no,* meine Kleine!«

Er spricht ganz gut Spanisch, aber manchmal rutscht ihm doch das eine oder andere italienische Wort heraus. Ich hab das von Anfang an gemocht, ich finde das total sexy.

»Da haben sie bei euch wohl irgendetwas verwechselt!«, sagt er.

Wach ich oder träum ich? Ich würde am liebsten heulen vor Freude und weil ich so bescheuert war. Mich nimmt das alles so mit, dass ich mich erst mal für fünf Minuten auf dem Klo einschließe. Als ich wieder rauskomme, ist Giovanni allein.

»Geht es dir wieder besser?«, fragt er mich besorgt.

»Jetzt ja. Viel besser. Stimmt das wirklich, dass du nie mit Mae zusammen sein wolltest?«

»Nie! Natürlich nicht! Wir waren uns doch für diese Nacht versprochen – und da bin ich!«

»Und du hast dir auch nie vorgestellt, wie das mit ihr sein könnte?«

Anstatt zu antworten, nimmt er mich zärtlich in den Arm. Ich sehe ihm an, wie Leid ihm dieses Missverständnis tut.

»Keine Sekunde.«

Wir lieben uns die ganze Nacht und ich entdecke zum

ersten Mal in meinem Leben, dass ich mehrere Orgasmen hintereinander haben kann. Giovanni vergisst alles um sich herum, mich, sich, das Geld, die Zeit. Für ihn gibt es jetzt nur diesen unendlichen Augenblick des Genusses.

Am nächsten Tag stürzen wir uns auf ein herrliches Frühstück, das Giovanni extra für uns bestellt hat. Ich gebe ihm meine Telefonnummer und bitte ihn, niemandem etwas zu sagen.

Für meine Zeit im Haus bedeutet das das Ende. Meine Tage bei Cristina, Manolo und all den anderen sind gezählt. Doch das weiß ich in diesem Augenblick noch nicht.

# Mein Schutzengel

*In der Mitte des Lebens
fandst du mich verloren ...*

Als wir uns kennen lernten, wusste ich, dass Giovanni und ich füreinander bestimmt waren. Mit einem Mal war alle Sehnsucht vergessen, die meine Lenden in diesen Jahren verzehrt hatte. Vergessen die irrsinnige Suche nach Sex, Liebe, Treue, Abenteuer und all den anderen Dingen.

Ich war auf dem Weg in die Hölle und unterwegs begegnete mir ein Stück vom Paradies. Mein ganz persönlicher Engel war ein hochgewachsener Mann in den besten Jahren: dunkle Haare, ein paar graue Strähnen, ebenmäßiges Gesicht, tiefgrüne Augen, kräftige Hände mit ein bisschen holprig geschnittenen Fingernägeln. Vielleicht knabberte er ab und zu an der Nagelhaut, an den Nägeln kaute er jedenfalls nicht. Meinem Engel lugten zwei oder drei Härchen aus der Nase und er hatte einen kleinen Bauch, was mir sehr gefiel. Das machte ihn so zart, vor allem, wenn ich meinen Kopf dort hinlegte und ihn sanft streichelte.

Manchmal besuchte mein neugieriger, kleiner Finger seinen Bauchnabel, auch wenn ich weiß, dass ihm das gar nicht so besonders gefiel. Ihn umschmeichelte immer eine leichte Brise. Am Morgen duftete er mal nach geraspelten Mandeln und einem Tropfen Rosenwasser, dann wieder nach frisch gehacktem Holz oder goldenem Stroh oder einer Sommerwiese nach einem heftigen Regenguss. Am Nachmittag war es oft der Geruch eines jungfräulichen Buches oder der frisch gemolkenen Milch, die den brennenden Durst des Wanderers stillt. Am Abend wehte der Atem des feurigen Löwen herüber oder die samtene

Weichheit eines unendlich zarten Pfirsichs. Mein Engel hatte ein rebellisches Haar in seiner rechten Augenbraue, das ich immer zuerst begrüßte, wenn wir uns trafen. Eines Tages war es verschwunden und wir suchten es ganz verzweifelt zwischen den Laken. Aber es hatte sich auf immer verabschiedet. Einen Monat später spross ein neues aus der Braue, und ich gelangte zu der Überzeugung, dass es die Unsterblichkeit wirklich gibt. Mein Engel überraschte mich immer wieder.

Wunderliche Zähne hatte er. Weiß zwar, doch ein bisschen schief stehend. Wenn er lachte, dann war er wie ein kleiner Junge, dem die Milchzähne niemals ausfallen. Der Engel stritt sich nie mit mir. Wenn ich mich ärgerte, sahen mich seine großen Augen beruhigend an und sein Mund hauchte mir einen Kuss auf die Stirn. Dann war der Engel eine Mutter, die ihr Kind tröstet, wenn es weint. Hatte ich Angst, dann nahm er mich in die Arme, und ich fasste wieder Mut in meiner unsichtbaren Wiege.

Sein Mund war fein und zart und rosa, als trüge er Lippenstift. In jedem Augenblick eines Augenblicks denke er an mich, sagte mir mein Engel. Ich war verwirrt. Und er schenkte mir das Wertvollste, das es gibt, er schenkte mir Küsse. Er verschlang mich förmlich mit seinem Mund. Und ich konnte ihm das nie so zurückgeben, was er mir aber nur ganz selten gesagt hat.

Er weinte nächtelang, wenn er mich in den Armen eines anderen wusste. Seinen Kopf verbarg er dann unter den Kissen und tröstete sich mit Dvořáks Symphonie »Aus der Neuen Welt«.

Damals entdeckte ich, dass die Tränen eines Mannes das süßeste Geschenk für eine Frau sind, vor allem, wenn sie verliebt ist.

Mein kleiner Gott hatte auch einen kleinen Makel. Er konnte das spanische C nicht richtig aussprechen. Ich wollte es ihm beibringen, und wir verbrachten ganze Nächte damit, erfolglos vor uns hin zu spucken. Er konnte sehr witzig sein.

Aber am meisten gefiel es mir, wenn ich seinen Segen empfing. Er war sehr großzügig und salbte mich, wann immer ich ihn darum bat.

# Odyssee in Odessa

*8. Dezember 1999*

Seit ich Giovanni meine Nummer gegeben habe, telefonieren wir miteinander. Zu Beginn etwa einmal pro Woche, dann praktisch jeden Tag. Ich arbeite nach wie vor im Haus, und wenn das Handy nicht an ist, dann weiß er natürlich, was ich gerade mache. Bis jetzt erträgt er das klaglos, aber ich weiß natürlich, dass er nicht glücklich damit ist. Neulich konnte er es sich nur mühsam verkneifen, am Telefon loszuheulen.

Noch habe ich ihm nichts von meinem früheren Leben erzählt, und er hat nicht danach gefragt, so wie ich ihn auch nicht nach seiner Vergangenheit gefragt habe.

Als Giovanni heute anruft, will er hören, ob ich mir gegen Mitte des Monats nicht ein paar Tage freinehmen könnte, um mit ihm zu verreisen. Er müsse auf Geschäftsreise und fände es schön, wenn ich ihn begleitete.

Ich muss mir was einfallen lassen, um die tagelange Abwesenheit im Haus zu rechtfertigen. Mae hat Cristina gegenüber bereits einige Andeutungen gemacht, was die intensive Begegnung zwischen Giovanni und mir betrifft, und sie kann sich bestimmt denken, dass ich ihm meine Nummer gegeben habe. Natürlich ist sie nach dem, was vorgefallen ist, eifersüchtig und zerreißt sich hinter meinem Rücken das Maul über mich. Die Stimmung ist von Tag zu Tag angespannter und ich habe den Eindruck, dass mich Manolo schärfer kontrolliert als vorher. Das geht so weit, dass er meine Stammkunden an andere Mädchen vermittelt, die den Freier dann über mich aushorchen sollen. Ich finde nicht, dass mein Verhalten das alles rechtfertigt.

Ich muss mir also irgendeine Ausrede einfallen lassen, um mit Giovanni verreisen zu können. Eine schwere Magen-Darm-Grippe wäre eine Möglichkeit.


## 12. Dezember 1999

Odessa liegt in der Ukraine, am Rand des Schwarzen Meeres. Giovanni und ich kommen dort in Begleitung eines engen Freundes von Giovanni an, der gleichzeitig offiziell anerkannter Dolmetscher ist. Er hat uns eine Datscha in einem ehemaligen sowjetischen Erholungszentrum besorgt.

Der Nachmittag ist recht kalt. Vor dem Fenster unseres Ferienhauses setzt sich eine Möwe auf die Balustrade des Balkons. Noch nie habe ich eine Möwe so nah gesehen. Sie lugt frech herein und beobachtet uns, wie wir es auf der Kommode miteinander treiben. Ich beobachte sie auch. Am liebsten würde sie wohl von dem Kaviar und dem Toastbrot naschen, das Boris für uns vorbereitet hat. Aber angesichts dessen, was sie sieht, hält sie sich respektvoll zurück. Wie lieben sich die Möwen? Ob ihnen der Schnabel wohl zum zärtlichen Vorspiel dient?

Später fragt mich Giovanni, warum ich gar nichts sage, und er erkundigt sich, ob die Möwe noch da sei.

»Sie beobachtet uns.«

»*Porca puttana! Fuori!*« Giovanni versucht sie zu verscheuchen, aber die Möwe bleibt ungerührt sitzen. Ich stelle mir vor, wie sie sich wohl ausgestopft als Zimmerschmuck machen würde: ein Stück Unsterblichkeit auf meinem Nachttisch ... Nein! Das passt nicht. Sie ist zu groß.

Giovanni dringt wieder in mich ein, stöhnend, so wie ich es von ihm kenne. Ich spüre ihn und betrachte dabei den Vogel. Die Lust und die Natur verschmelzen zu einer neuen Dimension. Plötzlich unterbricht Giovanni, er scheint sich heute nicht recht konzentrieren zu können.

Er geht duschen und ich betrachte derweil die in sein Hemd gestickten Initialen. Alle seine Hemden sind so. Ich betaste sorgsam das erhabene Relief des Fadens. Dabei schließe ich die Augen, als wäre ich blind und seine Buchstaben meine Schrift.

Ich will nicht, dass mich Giovanni in diesem besonderen Augenblick überrascht. Als ich höre, dass er fertig ist, lege ich das Hemd schnell zurück.

## 14. Dezember 1999

Eine schwarze Limousine mit getönten Scheiben ist vorgefahren.

Giovanni und ich stehen noch vor der Datscha und sehen hinaus auf das dunkle Wasser. Ich muss an eine riesige, schwarze Plastiktüte denken und auf einmal kommt mir der Name des Meeres passend vor. Wäre da nicht das sanfte Plätschern der Wellen in der Dunkelheit, man könnte meinen, es wäre gar nicht da. In der Ferne ist ein schüchterner Mond auszumachen, der rechts und links von Wolken begleitet wird. Wolken, die das Leben gesehen haben.

Der Chauffeur steigt aus dem Auto und öffnet die hintere Tür. Giovanni und ich halten den Atem an. Dem Fond des Wagens entsteigt ein Wunderwerk der Natur. Die junge

Frau trägt ein schwarzes Abendkleid und Schuhe mit versilbertem Absatz. Ihre Haare sind kurz geschnitten und buchstabieren im zerbrechlichen Nacken ein laszives V. Ihr keckes Schlüsselbein erinnert an ein Modell, das über einen Laufsteg schreitet, dem Ruhm der kommenden Vollendung entgegen. Doch der Schatz muss erst noch gehoben werden: Noch ist die Knospe nicht aufgesprungen, noch sind die Brüste mehr Ahnung als Form. Sie ist wunderschön. Giovanni reicht ihr, ohne etwas zu sagen, die Hand, um sie ins Haus zu geleiten. Boris, unser Dolmetscher, wartet drinnen bereits, und als ginge es darum, ein Examen zu bestehen, schenkt er sich einen Wodka nach dem anderen ein. Giovanni möchte ihm die junge Prinzessin als Dank für alles zum Geschenk machen. Die Blume setzt sich ohne zu zögern zu Boris an den Tisch und nippt aus seinem Glas. Giovanni und ich sehen amüsiert zu. Sie sieht so jung aus, dass ich sie nach ihrem Alter frage. Ich hoffe doch, dass sie zumindest volljährig ist. Boris übersetzt.

»Sie ist sechzehn«, sagt er mit einem kindlichen Lächeln.
Mich haut's fast um und auch Giovanni scheint etwas perplex zu sein. Auf einmal komme ich mir vor wie die Komplizin eines Kinderprostitutionsrings oder so was. Ich will das nicht und bitte Giovanni, die Kleine wieder nach Hause bringen zu lassen. Giovanni ist einverstanden, gibt aber zu bedenken, dass es ihr ja bei uns unter Umständen ganz gut gefalle. Außerdem wäre es doch besser für sie, hier zu sein, wo sie gut behandelt wird, als bei irgendeinem perversen Sadisten. Sie wird diesen Job machen, hier oder an einem anderen Ort. Wir fragen sie also und die Prinzessin, die eigentlich ganz zufrieden aussieht, beschließt zu bleiben, auch als wir ihr anbieten, sie könne

einfach gehen und wir würden sie trotzdem bezahlen. Ich betrachte sie ausgiebig und meine, mich in diesem Mädchen wiederzuentdecken. Sie lacht und bewegt sich unbeschwert durch den Raum. Am rechten Fuß trägt sie eine kleine Kette mit Glöckchen, deren Klingeln das Wohnzimmer mit der Exotik Odessas erfüllt.

Obwohl unser alter Kassettenrekorder schrecklich scheppert, tanzt das Mädchen anmutig auf dem Tisch dazu. Boris hält sein Glas in der Hand und stiert sie an, und auch Giovanni und ich, die wir auf dem fleckigen und von Brandlöchern übersäten Sofa liegen, sehen wie gebannt zu. Yana knöpft ihr Kleid auf, und ich spüre, wie ich rot werde. Es ist die Reinheit, das unverdorbene Lächeln, das mich beschämt. Ihr erotischer Tanz für uns drei macht sie einfach nur glücklich. Ich sehe, wie sie Boris etwas ins Ohr flüstert.

»Was sagt sie denn?«, frage ich neugierig.

»Sie sagt, du bist sehr hübsch und deine Ohrringe gefallen ihr.« Boris nimmt noch einen mächtigen Schluck aus seinem Glas.

Ich senke den Kopf, weil ich nicht weiß, wie ich reagieren soll. Als ich wieder aufschaue, sitzt Yana bereits auf Boris' Schoß und verlockt ihn mit den aufreizenden Bewegungen ihrer Brüste. Sie hat jetzt nur noch einen schillernden, giftgrünen Tanga an. Giovanni steht auf und schaltet das Licht aus. Im Halbdunkel leuchtet vor meinen Augen nur noch das sanft kreisende V ihres Höschens. Ich nehme den Mann meiner Träume bei der Hand und führe ihn die Treppe hoch ins Schlafzimmer. Dort lieben wir uns zu den erregenden Lustschreien Yanas.

Am nächsten Morgen komme ich mit schlechtem Gewissen die Treppe herunter. Unsere Prinzessin schläft völlig nackt auf dem Sofa. Ich schleiche eilig die Treppe wieder hoch und beginne in unserem Zimmer zu suchen. Wo habe ich sie nur hingelegt? Da! Unter dem Bett, neben den Schuhen. Ganz leise, um Giovanni nicht zu wecken, nehme ich sie und gehe wieder runter ins Wohnzimmer. Vorsichtig öffne ich Yanas Handtasche und lege meine Ohrringe hinein.

## 15. Dezember 1999

Das weiße Email der Badewanne platzt überall auf und der Duschkopf ist völlig verrostet. Warmes Wasser gibt's zwar, aber nie, wenn wir duschen wollen. Müssen wir uns eben so behelfen. Giovanni lacht mit seinem Zahnpastamund, als ich heute Morgen unter der eiskalten Brause stehe und wie Espenlaub zittere. Zum Glück haben wir Seife mitgebracht, denn die ukrainische riecht doch sehr verdächtig und ist hart wie Bimsstein. Als ich aus der Wanne glitsche, muss mich Giovanni auffangen, damit ich nicht mit dem Hintern auf dem kalten Steinboden lande. Wir kringeln uns vor Lachen. Das ist Luxus! Boris wäscht sich unten im Gästeklo. Da gibt's zwar nur ein kleines Handwaschbecken, aber er kommt damit prima zurecht. Alles ist hier ein bisschen versifft, und wer hat schon Lust, ständig bei arktischen Wassertemperaturen zu duschen? Ansonsten tauchen in der Datscha überall Spuren alter kommunistischer Größe auf: Mikrofone, die in den Wänden versteckt sind (die verfolgen mich wohl bis ins Grab!) und Bewegungsmelder an den Fenstern.

Der angebliche Seeblick wird von massiven Betonpfeilern verstellt. Aber immerhin kann ich auf der Terrasse am Abend meine Joggingschuhe auslüften, die einen Duft nach Tigerkäfig verströmen. Selbst Giovanni, der Großmütige, hat mir die Pistole auf die Brust gesetzt:

»Entweder die Turnschuhe oder ich!«

Ich entscheide mich für Giovanni, denn ehrlich gesagt ist selbst mir die Turnschuhnote etwas zu würzig.

Giovanni und ich lieben uns drei bis vier Mal am Tag. Es ist sehr schön mit ihm und ich lerne einiges. Zum Beispiel den verrückten Frosch (sitze vor ihm mit gespreizten Beinen, mach's mir selbst und schütte immer mal wieder Wasser aus einer Flasche auf meinen Bauch). Oder das Französische U-Boot (kleiner Mund in Herzform lässt die Lippen flattern, geht auf Tauchstation unter die Laken und verschlingt den zufällig dort vorgefundenen Penis). Die »Levretiña« (das kommt vom französischen *levrette*, »auf allen vieren«, wobei wir noch eine Messerspitze Italienisch dazugeben).

Giovanni und ich machen eine ganze Menge verrückter Sachen in diesem wackligen Bett. Das Schöne: Giovanni hat mich nie mit irgendjemandem geteilt, auch wenn es morgen eine Ausnahme geben wird – Kateryna.

## 16. Dezember 1999

Boris möchte unsere Prinzessin wiedersehen und er will sie mit uns teilen. Das möchte ich allerdings nicht und Giovanni ist da mit mir einer Meinung. Also bestellt Boris bei Yanas Agentur noch eine Kollegin von ihr, volljährig und sehr beschlagen in Sachen Flotter Dreier.

Kateryna und Yana kommen in derselben Limousine wie neulich. Unsere Prinzessin sieht diesmal, zur Überraschung aller, aus wie ein frecher Teenager. Sie trägt winzige schwarze Shorts, ein weißes T-Shirt und schwindelerregende Plateauschuhe. Der lange Pelzmantel, den sie übergeworfen hat, passt zwar nicht ganz dazu, schützt sie aber vor der Kälte. Das »Femme fatale«-Outfit vom letzten Mal ist jetzt nicht mehr nötig, denn sie kennt uns ja inzwischen. Sie wirkt noch lockerer als vorgestern und begrüßt uns alle mit Küsschen, als wären wir seit Jahren befreundet. Wir erwarten sie vor der Datscha und ich sitze auf dem Geländer der Terrasse. Yanas Lächeln ist ihr Dankeschön für die Ohrringe, die sie jetzt trägt. Plötzlich dreht sie sich um und ruft nach ihrer Begleiterin. Die blonde Kateryna ist etwas kleiner und hat lange lockige Haare. Sie trägt ein blaues Kleid, das mit winzigen roten Blümchen übersät ist. Ihre vielleicht eine Idee zu prallen Hüften sind eingefasst von einem breiten Gürtel aus blauem Leder. Sie hat riesige türkisfarbene Augen und eine klitzekleine Nase, fast wie eine Japanerin. Ihr Lächeln ist noch sehr zurückhaltend und sie erinnert ein bisschen an ein scheues Hündchen. Als sie mir ihre kalte Hand zum Gruß reicht, kommt mein schlechtes Gewissen wieder hoch. Yana redet auf Kateryna ein, wohl um sie zu beruhigen. Ich verstehe natürlich kein Wort und blicke mich hilfesuchend nach Boris um. Auf Yanas Wortschwall antwortet Kateryna nur mit kurzen Sätzen. Sie fühlt sich offensichtlich unbehaglich. Yana wischt das weg, indem sie ihre Kollegin bei der Hand nimmt und über die Terrasse ins Wohnzimmer zieht.

Wir folgen unserer Prinzessin, die sich unversehens zur Königin gemausert hat, während wir das Volk sind. Yana sieht sich um, als suchte sie etwas, während Kateryna unbeholfen herumsteht. Ich kann Yanas Blicke inzwischen so gut lesen, dass ich weiß, wonach sie Ausschau hält, und ich bringe eine Flasche Wodka, die mir Kateryna fast aus den Händen reißt. Sie macht sich auch gar nicht erst die Mühe, ein Glas zu holen, sondern trinkt direkt aus der Flasche. Der Alkohol wirkt sofort, denn sie beginnt zu tanzen. Yana plappert inzwischen munter weiter.

»Was sagt sie zu ihr?«, frage ich Boris.

Er scheint in Gedanken momentan ganz woanders zu sein, denn er zuckt zusammen.

»Sie sagt: ›Ich liebe dich. Du liebst mich. Das ist, was zählt. Wenn du das niemals vergisst, dann wird alles gut!‹«

Wir haben überall Kerzen aufgestellt und Giovanni beginnt sie anzuzünden, damit wir es richtig schön gemütlich haben. Im Kerzenlicht schimmern Katerynas großzügige Formen durch das Kleid, das Yana jetzt im Begriff ist, leicht tanzend aufzuknöpfen. Giovanni sitzt auf dem Sofa und genießt. Ab und zu schaut er her, wie um zu sehen, ob mir das gefällt. Als ich mich zu ihm setze, nimmt er mich in den Arm und gibt mir einen Kuss auf die Stirn. Yana und Kateryna sind unterdessen in einem tiefen Kuss verschmolzen und lassen ab und zu ihre Zungen erahnen, mit denen sie wie verrückt nach ihren empfindlichsten Stellen suchen. Giovanni und ich lassen uns anstecken. Er zieht mir den Wollpulli aus und schickt seine Hände auf die Reise. Ich liege da, gefangen von Giovannis Armen, aber auch gefangen in meiner Neugier auf diesen lesbischen Kuss. Bis ich die kalten Hände von Kateryna auf meinem Rücken spüre, wie sie mit dem Verschluss meines BHs spielen.

## 17. Dezember 1999

Das mit mir und Kateryna hat nicht funktioniert. Auf der Rückreise versuche ich Giovanni zu erklären, dass ich mich sehr unwohl fühle wegen dem, was in Odessa passiert ist. Auf dem Flughafen in Frankfurt will er mich für meine Reisebegleitung in die Ukraine bezahlen. Ich lehne das Geld ab. Er ist sehr überrascht, als ich ihn so stehen lasse, um den Flieger zurück nach Barcelona zu nehmen.

Im Taxi nach Hause kommen mir die Bilder unserer Reise wieder in den Kopf: die Möwe; unser Herumalbern im Badezimmer; der Strand mit dem schwarzen Sand, auf dem man so schlecht laufen kann; Yana, die fast noch ein Mädchen ist, aber schon besser blasen kann als ich, und das, ohne zu sabbern; und all das zusammen in diesem seltsam grotesken Ambiente, umgeben von den Betonpfeilern der kommunistischen Vergangenheit – irgendwie surreal. Und zum Schluss das Spiel der Lesbierinnen. Yana als Zeremonienmeisterin mit ihrer Gehilfin Kateryna, die meinen Rücken streichelte und mir den BH öffnete. Alles ist so klar, so gegenwärtig. Und ich weiß, ich habe mich in Giovanni verliebt.

# Die Häutung zum Jahrhundertwechsel

*19. Dezember 1999*

Bei der Rückkehr ins Haus ist mir ein wenig mulmig zumute. Heute sind alle Mädchen da. Isa, die ihre Reise nach Ecuador vorbereitet, lädt mich unter einem Vorwand zu einem Kaffee draußen ein. Sie will mit mir reden.

»Das hier ist ein Irrenhaus, oder? Männer, die Frauen dafür bezahlen, dass sie mit ihnen schlafen, und Frauen, die Geld dafür nehmen, was fast noch schlimmer ist.«

»Absolut, Isa. Aber was willst du mir eigentlich sagen?«

»Hier kursieren Gerüchte über dich. Verbreitet von Leuten, die sehr eifersüchtig auf dich sind.«

»Zum Beispiel?«

»Dass du ihnen die Kunden wegschnappst, dass du sie außerhalb des Hauses auf eigene Rechnung bedienst. Diesen Pedro zum Beispiel, der früher jede Woche hier war und erst wieder aufgetaucht ist, als du krank warst, oder der Italiener, um nur zwei zu nennen.«

»Was ist denn mit Pedro?«

»Na, er war wieder da, bei Mae, dieser Schlange. Er hat ihr erzählt, wie er in dich verliebt war und du ihm keinerlei Beachtung geschenkt hast. Sie hat das dann völlig verdreht und verbreitet, dass du dich mit ihm außerhalb des Hauses triffst. Sie will dir an den Karren fahren?«

Ich wundere mich, dass gerade Isa mir das erzählt.

»Früher oder später musste so was ja passieren.«

»Mae meinte auch, du hättest dem Italiener deine Nummer gegeben.«

Das stimmte natürlich, aber Mae hatte keinerlei Beweise und verdächtigte mich ins Blaue hinein.

»Ist ja klar, die kann jetzt über mich erzählen, was sie will.«

»Und Manolo wird ihr glauben, weil sie schon wesentlich länger hier ist als du. Das riecht schwer nach Stress.«

Dass Manolo nicht lange fackelt, wenn's hart auf hart kommt, daran besteht kein Zweifel. Und mit körperlicher Gewalt kann man mich wirklich einschüchtern.

»Man munkelt auch, du könntest Aids haben.«

»Das ist ja unglaublich!«

Jetzt gehen sie zu weit! Wahrscheinlich hat sich die Memme Pedro bei Mae ausgeheult und auch von dem gerissenen Kondom erzählt und Mae hat sich daraus irgendwas zusammengesponnen.

»Wer hat das gesagt?«

»Na, wer schon? Diese durchgeknallte Blondine versucht eben mit allen Mitteln, dir die Kunden abspenstig zu machen.«

Ich hätte spontan ein paar deftige, ganz und gar nicht jugendfreie Koseworte für diese Schlampe parat, aber ich will mich nicht noch mehr in die Nesseln setzen.

»Aber bitte versprich mir eins: Sag auf keinen Fall, dass du das von mir hast. Sonst bekomme ich einen Riesenärger«, fleht Isa mich an.

»Mach dir keine Sorgen. Ich danke dir, dass du mir alles erzählt hast.«

Wir gehen zurück in den Salon, wo sich Mae vor dem Spiegel gerade für einen Kunden fertig macht, der ihr Vater sein könnte. Sie wirft mir einen abschätzigen Blick zu. Ich gehe nicht weiter darauf ein. Kurz darauf erscheint Manolo mit Sofía, die sich auf die Nachtschicht vorbereitet.

»Ich muss dich sprechen!«, sagt Manolo so ernst, als hätte er gerade jemanden umgebracht.

»Okay«, antworte ich und nehme mir vor, alles abzustreiten, was er mir gleich an den Kopf werfen wird.

Maes Blick ist an Überheblichkeit nicht mehr zu toppen, und als sie sieht, dass Manolo vor Wut kocht, wirft sie mir zum Abschied noch zu: »Oje, da scheint sich wirklich was zusammenzubrauen.« Damit verschwindet sie durch die Tür.

Manolo legt los.

»Sag mal, meine süße Liebesfee, stimmt das, was Onkel Manolo zu Ohren gekommen ist? Dass du dich mit Pedro außerhalb unserer gemütlichen kleinen Herberge triffst?«

»Nein, wirklich nicht! Wer hat dir das denn erzählt?«

»Seine königliche Hoheit, der Kunde persönlich.«

Ich bin wie versteinert. »Dann hat er dich eben angelogen. Er wollte sich immer mit mir treffen, aber ich habe abgelehnt.«

»Und was ist mit dem Itaker?«

»Ich habe den Italiener insgesamt drei Mal gesehen. Das ist alles. Er wohnt ja auch gar nicht in Barcelona, wie soll ich mich denn da mit ihm treffen?« Es überrascht mich, wie leicht mir diese kleine Notlüge von den Lippen kommt.

»Hör mal, die Vögelchen pfeifen da aber was ganz anderes von den Dächern.«

»Das war bestimmt Mae, die sich irgendetwas zusammenspinnt, um mir eins auszuwischen.«

»Warum soll dir denn deine Kollegin schaden wollen?«

»Was weiß ich, vielleicht ist sie eifersüchtig.«

»Ich werd dir jetzt mal was sagen: Noch hab ich keine Beweise, aber wenn ich irgendwas rauskriege oder du Geschäftchen hinter unserem Rücken machst, weht hier 'n verdammt scharfer Wind um deine hübschen Öhrchen, klar?« Dabei fuchtelt er mit seiner rechten Hand in der Luft herum. Sofía steht in der Küchentür und bedeutet mir, bloß nichts zu sagen, um Manolo nicht weiter zu provozieren.

In meinen Augen habe ich nicht gegen die Hausordnung verstoßen, denn Pedro habe ich nie außerhalb der offiziellen Vereinbarungen getroffen und von Giovanni habe ich kein Geld genommen. Ich bleibe aber ruhig, weil ich noch zumindest bis Ende des Jahres hier arbeiten möchte, wenngleich mich der Job seit der Geschichte in Odessa mit der kleinen Yana und ihrer Kollegin inzwischen etwas anwidert.

## 31. Dezember 1999

Der bevorstehende Jahrhundertwechsel lässt in allen Lenden die Lust explodieren. Vielleicht weil die Leute Angst haben, die Welt könnte untergehen oder ein Krieg kommen oder ein riesiges Chaos würde ausbrechen, weil mit einem Mal alle Computer verrückt spielen. In ihrer Endzeitstimmung wollen es alle noch mal so richtig wissen.

Heute Abend kommen sogar einige Pärchen, die sich kurz vor dem Weltuntergang ihre geheimsten Träume erfüllen wollen. Ich habe alle Hände voll zu tun, zusammen mit Cindy. Das Handy habe ich dabei die ganze Zeit aus, und als ich es wieder anmache, sind ein paar Nachrichten drauf.

Giovanni hat mehrmals versucht, mich anzurufen. Er wünscht mir ein gutes neues Jahr. Außerdem hat er mir eine SMS geschickt, die mein persönlicher Höhepunkt dieser Silvesternacht ist: ›Es ist so schön von Liebe zu sprechen, und es ist so schwierig. Ich glaube, ich liebe dich.‹ Er hat das auf Englisch geschrieben: ›*I think I love you*‹.

Mit so einer Nachricht hatte ich nicht gerechnet.

# Die Rettung

*4. Januar 2000*

Ich habe Giovanni alles erzählt. Maes Intrigen, Manolos Verdächtigungen und wie er mir gedroht hat. Ich habe viel von mir erzählt und dass ich glaube, mich auch in ihn verliebt zu haben.

»Du musst da sofort aufhören!« Giovanni klingt durchs Telefon sehr besorgt.

»Wie soll ich das denn machen? Ich habe auch noch mein ganzes Zeug im Haus.«

»Vergiss das alles und nimm den ersten Flieger. Die wissen doch, wo du wohnst. Und ich möchte nicht, dass sie dir irgendwas antun. Du kannst erst mal für eine Weile zu mir nach Italien kommen. Wenn Gras über die Sache gewachsen ist, fährst du zurück und suchst dir eine neue Wohnung. Okay?«

Ich habe das Gefühl, Giovanni übertreibt ein bisschen, aber weil er so besorgt ist, willige ich ein.

*23. Januar 2000*

Heute habe ich seit langem wieder mal von Omi geträumt. Sie spazierte durch einen dichten Wald und schob dabei einen Kinderwagen mit verrosteten Rädern vor sich her. Es war Herbst und die Blätter lagen in den herrlichsten Farben auf dem Boden. Omi hatte sich die Haare sorgsam zu einem kunstvollen Knoten gebunden. Ihr Mantel war lang und schwarz und hatte eine Knopfleiste von oben bis unten. Es war ein Mantel, wie ihn die Soldaten tragen. Obwohl sie Schwierigkeiten hatte, sich durch die Blätterhaufen zu kämpfen, waren ihre Bewegungen leicht und anmutig. Auf einmal blieb sie stehen, ein bisschen außer Atem, und streichelte das Gesicht des Babys im Wagen.

Die zärtlichen Berührungen füllten mein Herz mit Wärme und Omis sanftes Gesicht spendete mir Trost. Irgendwie war sie immer bei mir und wir waren nie getrennt. Ihre Hände sanft auf meinem Haar, durchflutet mich mit einem Mal eine unendliche Liebe und sie lächelt, weil sie weiß, dass ich sie ansehe, obgleich ihre Augen geschlossen sind. Ihre Lippen sind zartrosa und bewegen sich leicht, als wollte sie mir etwas sagen.

»Ruh dich aus, meine Kleine.«

Giovanni drückt mich wie zur Bestätigung ihrer Worte fester an sich, wir schlafen wieder ein, in diesem kleinen Hotelzimmer, das er für mich besorgt hat.

# Und nun?

Hassan hat wieder angerufen. Er wollte unbedingt, dass ich zu ihm nach Marokko komme und für ihn arbeite. Ich will davon nichts mehr wissen. Der bittere Medizingeschmack von Coca-Cola gehört der Vergangenheit an.

Von Felipe habe ich nichts mehr gehört. Ich weiß nur, dass seine Agentur mit den Lebensstücken Pleite gemacht hat. Wahrscheinlich sind die Menschen einfach zu langweilig.

Sonia ist seit der Trennung von ihrem Violinisten solo.

Zwischen Angelika und mir hat sich mittlerweile eine wirkliche Freundschaft entwickelt. Ob wir uns zwischendurch eine Woche oder ein paar Monate nicht sehen, spielt gar keine Rolle. Es ist jedes Mal so, als hätten wir uns gerade erst verabschiedet.

Wie es Susana und Sofía geht, weiß ich nicht.

Die Mädchen haben das Haus inzwischen verlassen, weil es mit Manolo einfach nicht mehr auszuhalten war. Sie sind woanders hingegangen, machen aber nach wie vor dasselbe.

Carolina hat den Kontakt zu mir abgebrochen und ich befürchte, dass sie wieder mit Jaime zusammen ist, gegen den ich übrigens Klage eingereicht habe, die aber noch anhängig ist.

Pedro hat sich mittlerweile von seiner Frau getrennt und wir sind tatsächlich Freunde geworden. Ab und zu sehen wir uns, gehen was trinken und plaudern über dies und das.

Giovanni und ich sind nicht mehr zusammen, haben

aber immer noch Kontakt. Ein paar Mal habe ich den Versuch unternommen, ihm meinen Weg, wie ich ihn in diesem Tagebuch beschreibe, zu erklären. Er ist sehr verständnisvoll und sagt zu allem Ja, um mich zu unterstützen. Manchmal kommt es mir vor, als hielte er sich für einen Part meines psychoanalytischen Masterplans. Ich weiß, seine Absichten sind die besten der Welt. Er beteuert immer, dass ich jederzeit auf ihn zählen könne, aber das ist natürlich nicht dasselbe wie früher.

Geblieben ist meine besondere Beziehung zu Badezimmern. Dort kann ich loslassen, körperlich und psychisch. Alles fließt, alles vergeht. Du musst nur irgendwann die Spülung drücken.

Ich bereue nichts. Gar nichts. Und wenn ich wieder zu entscheiden hätte, würde ich alles ganz genauso machen. Es hört sich vielleicht komisch an, aber die Zeit im Puff gehört mit zum Besten, was ich in meinem Leben bisher erleben durfte. Schon weil ich dort Giovanni begegnet bin – und jener Frau, die heute in mir wohnt. Reptilien wechseln von Zeit zu Zeit ihre Haut, bei mir passiert das jetzt täglich. Und meine Haut fühlt sich sanft an: Sie ist sanft und fein, ist durchlässiger und leichter geworden. Die Dinge kommen wieder an mich heran.

Und, lieber Leser, täusch dich nicht: Dieses Buch ist weder mein *mea culpa* noch der Klagegesang einer Verfolgten und Entrechteten. Ich will nichts damit bewirken. Ich habe es für mich geschrieben, aus reinem Egoismus.

Ich war eine Frau, die viele Männer hatte. Der Sex war mir dabei Mittel zum Zweck. Ich habe nach Anerkennung gesucht, nach Selbstachtung, ich wollte genießen, ich wollte Zärtlichkeit – und ich wollte Liebe. Was ist daran so schlecht?

# Danksagung

An David Trias, meinen Verleger, der vom ersten Moment an an mich geglaubt hat.

An Isabel Pisano, ohne die dieses Buch nie zustande gekommen wäre. Ich liebe sie bedingungslos.

An Jordi, meinen Freund. Ich weiß, er wartet mit gezücktem Stift auf mich, damit ich ihm das erste Exemplar signiere.

An So, die meine Zurückgezogenheit ohne Murren akzeptiert und mich immer bei allem unterstützt hat.

An Mimi, die mich viele Male aus meiner Welt herausgeholt und in die ihre mitgenommen hat.

Und schließlich an Giovanni, der mir alles gegeben hat, ohne je irgendetwas im Gegenzug dafür zu verlangen.

Mein herzlicher Dank euch allen!